U0905744

本书由山东师范大学中国语言文学山东省高水平学科·优势特色学科建设经费资助。

屈原辞文体研究

张世磊 著

中国社会科学出版社

图书在版编目（CIP）数据

屈原辞文体研究／张世磊著．—北京：中国社会科学出版社，2022.6

ISBN 978-7-5227-0080-9

Ⅰ.①屈…　Ⅱ.①张…　Ⅲ.①楚辞研究　Ⅳ.①I207.223

中国版本图书馆CIP数据核字(2022)第061440号

出 版 人　赵剑英
责任编辑　史慕鸿　王小溪
责任校对　师敏革
责任印制　戴　宽

出　　版　中国社会科学出版社
社　　址　北京鼓楼西大街甲158号
邮　　编　100720
网　　址　http://www.csspw.cn
发 行 部　010-84083685
门 市 部　010-84029450
经　　销　新华书店及其他书店

印　　刷　北京君升印刷有限公司
装　　订　廊坊市广阳区广增装订厂
版　　次　2022年6月第1版
印　　次　2022年6月第1次印刷

开　　本　710×1000　1/16
印　　张　15
插　　页　2
字　　数　218千字
定　　价　88.00元

目　录

绪　论

一　“屈原辞文体研究”之“辞”与“文体”简论

如今不论是一些字典、词典还是一些论著，在说到“辞”时，均有将其视为一种文体的看法①。然而本书的题目是《屈原辞文体研究》，若是依此，那么题目本身便有些龃龉不通了。我们不反对将“辞”视为一种文体，只是将“辞”约定俗成地看作一种文体，在时间上是比较晚的。刘勰在《文心雕龙》中并没有将辞列作一种文体，在与刘勰大约同时期的萧统主编的《文选》中，始列辞为一体，但所收录的文章仅有两篇，一是汉武帝的《秋风辞》；一是陶渊明的《归去来》。除此之外，北朝民歌中还有一篇《木兰辞》，但也有一些集子将之题为《木兰诗》。可见以辞为题的作品并不多。

或有人说，“楚辞”之辞就已是一种文体，对此，笔者认为，这只能说是一种过于宽泛而广义的理解。“楚辞”这一称谓最早见于《史记·酷吏列传》，其中载：“长史朱买臣，会稽人也。读《春秋》。庄助使人言买臣，买臣以《楚辞》与助俱幸，侍中，为太中大夫，用事。”② 这里朱买臣所言“楚辞”，是时人对带有楚地特色的文辞作品的一种概称，并非指楚

① 如《辞海》中注解“辞”，其第九个义项即“古代的一种文体”。见辞海编辑委员会编《辞海》，上海辞书出版社 1979 年版，第 4292 页。

② （汉）司马迁：《史记》卷 122《酷吏列传》，中华书局 2014 年版，第 3815 页。

地的某一种文体。假若如一些论者所言，将“楚辞”理解为一种具体的文体，那么这就等于说《离骚》《天问》《招魂》《卜居》《渔父》等皆可以视为同一种文体——辞。而事实显然不是这样，这些篇章分明既有体类上的不同，又有体征上的差异。研究屈原辞，还是应该将辞还原到战国时代那个历史语境当中。

许慎《说文解字》称：“辭，说也。从𤔔辛，𤔔辛犹理辜也。”段玉裁注云：“今本说讹讼，广韵七之所引不误。今本此说讹为讼，讻字下讼讹为说，其误正同。”① 从许慎训解“理辜”来看，解作“讼”应更合适，一些版本也确实解释为“辞，讼也”。徐灏笺注曰：“凡有说以告于人者谓之辞。”朱骏声《说文通训定声》曰“分争辩讼谓之辞”②。李学勤先生主编《字源》中称：“（辭）会意字。从𤔔，从辛。‘𤔔’是‘乱’的本字，有‘治理’的意思；‘辛’代表刑法，会合起来就是‘以法律理纷乱’，也就是‘诉讼’的意思。”③ 由此足以得出，辞的本义乃是诉讼，正如徐灏所云“凡有说以告于人者谓之辞”。狱讼场合中，原告要通过说，即用言语向官家告状，而被告会用言语为自己开脱，这样在诉讼过程中，原告、被告所说的话也会被称作辞，如此一来，辞由其本义诉讼，最先引申为讼辞，如《尚书·吕刑》云：“民之乱，罔不中听狱之两辞。无或私家于狱之两辞。”④“两辞”就是指狱讼双方的讼辞。又如《周礼·秋官·乡士》云：“听其狱讼，察其辞。”⑤ 其中辞也是指讼辞的意思。狱讼之中，原告、被告双方为了赢得狱讼，必然会有意修饰、美化讼辞，并注重言说的技巧。傅道彬先生曾指出：“古希腊修辞学源于论辩与诉讼，其目的在于说服法庭的法官、议会的元老和教堂的听众，正因为如此，古希腊人热衷于学习修辞学和逻辑学，认为只有掌握了修辞与逻辑的技巧，才能在论辩与诉讼中以

① （清）段玉裁撰：《说文解字注》，中华书局2013年版，第749页。

② （清）朱骏声：《说文通训定声》，中华书局1984年版，第170页。

③ 李学勤主编：《字源》，天津古籍出版社2012年版，第1277页。

④ （清）孙星衍撰：《尚书今古文注疏》，中华书局1986年版，第540页。

⑤ 李学勤主编：《十三经注疏·周礼注疏》，北京大学出版社2000年版，第1087页。

理服人，克敌制胜。”[①] 显然讼辞不断被修饰、加工的原因与之相似。

正常来说，上古狱讼审察应有固定场所，如同中古时期的公堂，当代的法院。但也会有一些较为特殊的情况，如王侯对于臣属的问罪，就可以在任何场合中发生，《国语·晋语》“郑叔詹据鼎耳而疾号”中载：“郑人以詹予晋，晋人将烹之。詹曰：‘臣愿获尽辞而死。固所愿也。’公听其辞。”[②] 又如《晋语·悼公始合诸侯》篇载：

> （晋悼公）四年，会诸侯于鸡丘，魏绛为中军司马，公子扬干乱行于曲梁，魏绛斩其仆。公谓羊舌赤曰：“寡人属诸侯，魏绛戮寡人之弟，为我勿失。”赤对曰：“臣闻绛之志，有事不避难，有罪不避刑，其将来辞。”言终，魏绛至，授仆人书而伏剑。[③]

中军司马魏绛因悼公之弟乱行而杀其仆，但这一举动使晋悼公觉得魏绛不给他面子，因而问罪魏绛。羊舌赤是了解魏绛的，他肯定“其将来辞”，这里的“辞”已不再指讼辞，而是指魏绛就杀扬干之仆一事所做出的解释、辩解之辞，但这一义项与讼辞仍有紧密联系，是由讼辞引申而来。

当“辞”生发出“解释之辞”“辩解之辞”的意义后，其使用范围便进一步扩大，不再拘泥于问罪场合，开始适用于外交、论辩等与人论争、交流的场合。这样一来，辞的内涵由原初诉讼、讼辞之义，经解释之辞、辩解之辞的义项后，发展到普通场合的辩说或论说中的言辞、语辞。但有一点，这种言辞、语辞也必定是经过有意加工思考的，不同于一般的口语。如《晏子春秋》载：“晏子将至楚，楚王闻之，谓左右曰：‘晏婴，齐之习辞者也。’”[④] “习辞者”即善言辞的人，这里的辞，是指言辞、语辞

---

① 傅道彬：《诗可以观：礼乐文化与周代诗学精神》，中华书局 2010 年版，第 137 页。

② 上海师范学院古籍整理组校点：《国语》，上海古籍出版社 1978 年版，第 380 页。

③ 上海师范学院古籍整理组校点：《国语》，上海古籍出版社 1978 年版，第 438 页。

④ 孙彦林等译注：《晏子春秋译注》，齐鲁书社 1991 年版，第 292 页。

之义，习辞就是会说善言，显然有别于一般的口语对话，其中有说话者的才华与言说技巧。又如《左传·隐公三年》："宋穆公疾，召大司马孔父而属殇公焉，曰：'先君舍与夷而立寡人……先君若问与夷，其将何辞以对？'"① 这里的辞，也已指向普通问答语辞了。但不论是诉讼双方的论辩还是普通问对用辞，起初都是口头上的，由口直说，所以称之为言辞、语辞。虽是口语，因为有较强的言说目的在，必然经过有意文饰加工。

辞的另一主要形式，是书面的语言。商周时期占卜过后而记于甲骨之上的文字，今天我们称之为甲骨卜辞。上古大规模书面语的出现是在西周雅言系统确立之后。《周礼·春官》载：

> 大祝掌六祝之辞，以事鬼神示，祈福祥，求永贞。一曰顺祝，二曰年祝，三曰吉祝，四曰化祝，五曰瑞祝，六曰策祝。掌六祈，以同鬼神示，一曰类，二曰造，三曰禬，四曰禜，五曰攻，六曰说。作六辞，以通上下亲疏远近，一曰祠，二曰命，三曰诰，四曰会，五曰祷，六曰诔。②

可见大祝是掌管辞令制作的官员。不论是祈福仪式用辞、消灾仪式用辞，还是训诰、哀悼、会盟等仪式用辞，都由大祝草拟、制作，这种创作显然是书面上的。如对于命、诰、诔等文体的文本，我们称之为命辞、诰辞、诔辞。因为这些辞令所运用的场合，不是祭祀就是外交，都是神圣、正式的场合，可以想象大祝在制作这些辞令时，必然是精心文饰、仔细雕琢。由此便可将大祝精心撰写的用于不同场合且隶属于不同文体类别的书面语言，统称为文辞。文辞，即是有意修饰、加工创作的书面或口头的语言文字。

从流传于世的先秦文献来看，其中大部分文辞的创作开始于周王室衰

① 杨伯峻编著：《春秋左传注》（一），中华书局2009年版，第28、29页。

② 李学勤主编：《十三经注疏·周礼注疏》，北京大学出版社2000年版，第774—777页。

微之际，各诸侯国的士是创作文辞的主体，尤其以行人辞令的写作最为著名。行人代表国家出使问对，肩负着重要责任与使命，因此外交辞令的创作必然会经过谨慎、精心的修饰加工，如《论语·宪问》所载郑国外交辞令的制作：

> 子曰："为命，裨谌草创之，世叔讨论之，行人子羽修饰之，东里子产润色之。"①

可见，一条外交辞令的制作要分好几步，由多人协作共同完成，其中子羽修饰之、子产润色之，即是对语言的文饰、美化，这已与文学创作非常近似了。诚然，这些外交辞令的文本我们也可称之为文辞。今天被视为历史散文的《国语》《左传》中，就包含大量这种文辞。因此文辞这一称谓也越来越向指称文学文本倾斜，傅道彬就说："'辞'是春秋时代的经典的文学样式，是春秋时人对文学作品的独特称谓。'辞'的基本意义有二：一是文辞的，即文学的文本意义。"②

综上可知，辞在先秦时期本义为诉讼，进而指讼辞，之后其义迅速引申扩大，亦指精心修饰加工过的口语及不同文体类别的书面语，所以可释为言辞、语辞及文辞③，其中文辞多指向文本语言。从这一意义出发，本书所谓的屈原辞是指经屈原精心构思修饰而创作的精美文辞，也即是屈原的文学作品。

屈原之后，依司马迁所言，楚地主要作家有宋玉、唐勒、景差三人，司马迁说他们"皆好辞而以赋见称"，"然皆祖屈原之从容辞令，终莫敢直谏"④。这里要注意司马迁所说的"辞"与"赋"两个字，"赋"这里显然

① 杨伯峻译注：《论语译注》，中华书局2009年版，第145页。

② 傅道彬：《诗可以观：礼乐文化与周代诗学精神》，中华书局2010年版，第137页。

③ 或有人说，在春秋战国，辞亦有推辞、辞谢、拒绝之义。但此义项之辞，是由"辤"简化而来，而本文所论之辞则由"辭"简化而来，并不相同。

④ （汉）司马迁：《史记》卷84《屈原贾生列传》，中华书局2014年版，第3020页。

是指文体学意义上的赋体，而这里的“辞”，即是指辞采华美的文辞，“好辞”，即喜好文辞，“祖屈原之从容辞令”，即是学习、模仿屈原作品的精美文辞，但只是用来娱乐君王，而非用于直言进谏，这里的辞应该仍不具备文体意义。事实上司马迁在《史记》中于无意间多次区分过“辞”与具体文体的差异，如《史记·屈原贾生列传》中，司马迁在介绍贾谊《吊屈原赋》的创作时说：“贾生既辞往行，闻长沙卑湿，自以寿不得长，又以适去，意不自得。及渡湘水，为赋以吊屈原。其辞曰：……”[①]“为赋以吊屈原”之赋，是就文体体类而言的赋体，而“其辞曰”之辞，显然指作品之文辞，即作者精心修饰写作的文字。又如《史记·司马相如列传》载：“上读《子虚赋》而善之……乃召问相如。相如曰：‘有是。然此乃诸侯之事，未足观也。请为天子游猎赋，赋成奏之。’……奏之天子，天子大说。其辞曰：……”[②] 当然不独《史记》，《汉书》中这样的例子也有很多，这足以证明，辞在汉代学人的观念中，并不是指一种具体的文体。

就文体概念来说，本书所谓文体是指文章类别及其文本表现出的体征。也就是说文体的内涵既包括文章之体类，也包括文本之体征。文是文章，体是文本整体。文体范畴的出现，源于不同文本产生后区别的需要，因此，文本自身的功能，文本的结构，初始发表及传播的方式，文本的风格、语言，皆成为文体区分的依据，也是文本成体的依据。在本书第一章中，笔者对此将进行详细论述。

二　屈原辞文体研究的现状、问题及研究方向

二十世纪八十年代初期，文体学研究萌兴，郭绍虞在《提倡一些文体分类学》一文中从“文体分类论与总集”“文体分类学与目录学”“文体分类学与文学批评”“文体分类学与修辞学”四个方面梳理了我国文体分类的现状，结合当时文体四分法之说，提出了有关文体分类的见解，他

① （汉）司马迁：《史记》卷84《屈原贾生列传》，中华书局2014年版，第3022页。

② （汉）司马迁：《史记》卷117《司马相如列传》，中华书局2014年版，第3640页。

说："我对文体之分，只讲语言型与文字型二种，因为我觉得从语言文字的角度来看问题要更重要一些。"① 这可谓开启了当时的文体学研究之门。从文体学视角研究古代文学也开始兴起，有关屈原辞的文体学研究就始于那一时期。1984 年褚斌杰先生出版了专著《中国古代文体概论》，其中第二章专讲楚辞，包括"楚辞的名称和起源"、"楚辞体的主要特点"以及"楚辞体的流变"三个部分。

事实上，八十年代初期兴起的这波文体学研究热潮受到了西方文体学研究的影响，那个时期学界对于文体概念的认识也几乎和西方文学语境中的文体概念相同，侧重于从语言、文字等外在文本形式认识文体，含义大致等同于体裁，从本质上来说，这种认识依然是承接新文化运动以来，西方文学概念引进后，时人对于文体概念的认识。这种文体概念的内涵，与我国白话文学写作中的诸文体内涵相契合，但与我国古典文学，尤其是先秦文学文体概念并不相吻合。就我国古代文学而言，从魏晋开始，已有非常自觉的文体意识与辨体意识。对屈原辞来说，西汉初年，对其文体性质人们就已有自己的认识。所以这里对于屈原辞文体研究现状的梳理，我们从汉初论起，兼及魏晋、整个二十世纪以及二十一世纪以来，共四个时段。

（一）两汉称辞、称赋

1. 称辞

《史记·酷吏列传》载："严助使人言买臣，买臣以《楚辞》与助俱幸，侍中，为中大夫，用事。"② 这被认为是关于"楚辞"称谓的最早记载。但这里的"楚辞"是否包括屈原的作品，学界尚有不同认识。如黄灵庚先生认为"汉世所称'楚辞'，并不包括先秦之世屈原、宋玉等人的诗赋"③，理由是"汉人一般称屈、宋之作为'赋'，称类似或模拟屈、

① 郭绍虞：《提倡一些文体分类学》，《复旦学报》（社会科学版）1981 年第 1 期。

② （汉）司马迁：《史记》卷 122《酷吏列传》，中华书局 2014 年版，第 3815 页。

③ 黄灵庚：《楚辞与简帛文献》，人民出版社 2011 年版，第 47 页。

宋的汉人之作为‘辞’”。这里所说的“楚辞”应当包含屈原作品，具体缘由在笔者已发表的《论朱买臣在汉初“楚辞”传播中的作用》[①] 一文中有论述。如上文所论，辞并非一种具体文体，汉初士人称包括屈原作品在内的文辞为楚辞，其着眼点多半在“楚”上，以此与其他文学形式相区别，如同《诗三百》中“十五国风”的称谓。

2. 称赋

司马迁在《史记·屈原贾生列传》中写到“乃作《怀沙》之赋”[②]，是第一位明确将屈原作品称为赋的人。刘向、刘歆父子著有《别录》，刘歆又在《别录》的基础上，完成《七略》，遗憾的是这两部目录学著作均已亡佚，好在班固《艺文志》是依《七略》删简而成，基本保存了《七略》的面貌。其中在“诗赋略”中载有“屈原赋二十五篇”[③]，这应是刘向、刘歆的意思，如此看来，刘氏父子将屈原作品归入赋类。扬雄在《法言》中云：“或问：屈原、相如之赋孰愈？曰：原也过于浮，如也过以虚。”[④] 由此看来，扬雄也将屈原作品看作赋。

东汉班固在《汉书》中也多次将屈原作品视作赋体。如《汉书·贾谊传》载“屈原，楚贤臣也，被谗放逐，作《离骚》赋”[⑤]。在《离骚赞序》中他也曾说“至于襄王，复用谗言，逐屈原。在野又作《九章》赋以讽谏，卒不见纳”[⑥]。班固对屈原作品皆是以赋相称，反映出他也将屈原作品看作赋体。挚虞在《文章流别论》论述“赋”时说：“赋者，敷陈之称，古诗之流也。前世为赋者，有孙卿、屈原，尚颇有古诗之义，至宋玉则多淫浮之病矣。《楚辞》之赋，赋之善者也，故扬子称赋，莫深于《离骚》，

① 张世磊：《论朱买臣在汉初“楚辞”传播中的作用》，《阜阳师范学院学报》（社会科学版）2016 年第 2 期。

② （汉）司马迁：《史记》卷 84《屈原贾生列传》，中华书局 2014 年版，第 3015 页。

③ （汉）班固：《汉书》卷 30《艺文志》，中华书局 1962 年版，第 1747 页。

④ 李诚、熊良智主编：《楚辞评论集览》，湖北教育出版社 2002 年版，第 9 页。

⑤ （汉）班固：《汉书》卷 48《贾谊传》，中华书局 1962 年版，第 2222 页。

⑥ （宋）洪兴祖撰：《楚辞补注》，中华书局 1983 年版，第 51 页。

贾谊之作，则屈原俦也。”① 可见汉魏之末的挚虞仍将屈原作品视为赋。综上可知，除《史记》记述朱买臣事迹时以“楚辞”概称包括屈原作品在内的楚人辞章之外，司马迁专记屈原事迹时，以及扬雄、刘向、刘歆、班固、挚虞等的相关论述，均称屈原具体篇章为赋，基本反映出有汉一代对屈原作品的文体认识。

（二）齐梁称骚

梁昭明太子萧统主编的《文选》是一部包括不同文体的文学总集，规模宏大。《文选》的编辑不收政令一类的文献，这在一定程度上体现着那个时代文学的自觉。萧统在《文选序》中说：“凡次文之体，各以汇聚。诗赋体既不一，又以类分；类分之中，各以时代相次。”② 这种编排思想直观地反映在《文选》的目录中，而这也能反映出彼时文体分类的自觉。萧统将文章分为三十九个大类，其中诗类和赋类又以内容相区分而分有子类。屈原作品被其归入“骚”类，与赋、诗相区别。萧统《文选》的可贵之处在于已能将屈原作品同赋、诗等区别开来，有了辨体的意识，比起两汉学人对屈原辞文体的认识，有了一定进步。同时他对骚体文学的兴起也作了一个简述，在《文选序》中，他说“又楚人屈原，含忠履洁，君匪从流，臣进逆耳，深思远虑，遂放湘南。耿介之意既伤，壹郁之怀靡诉。临渊有怀沙之志，吟泽有憔悴之容。骚人之文，自兹而作”③。此语对屈原的人格、遭遇及情志等与其文学创作间的关系做了说明。

刘勰撰写《文心雕龙》的时间与萧统编辑《文选》的时间相近，《文心雕龙》被视为我国第一部完整的文体论专著。与萧统在《文选》中单列“骚”相类似，刘勰在《文心雕龙》也列有《辨骚》一篇。《辨骚》虽然被认为是“文学枢纽”，但它与《明诗》《诠赋》《颂赞》等篇相并列，还是能够表明刘勰发现了屈原作品与诗、赋等文体的不同。此外，《辨骚》

① 邓国光：《挚虞研究》，香港：学衡出版社1990年版，第186页。
② （南朝·梁）萧统：《文选》，上海古籍出版社1986年版，第3页。
③ （南朝·梁）萧统：《文选》，上海古籍出版社1986年版，第1页。

篇中还就屈原作品不同篇章的风格特点做出说明。如“《离骚》《九章》，朗丽以哀志；《九歌》《九辨》绮靡以伤情……《卜居》标放言之致；《渔父》寄独往之才”①，即是着眼于具体不同篇章所表现出来的风格特征和思想内容特征。

（三）二十世纪称诗

近代以来，尤其在新文化运动以后，因白话文的倡导与推广，中国语言样式发生了巨大变化。白话语言的写作也使文学文体发生了巨大变化，对于文学的认识，也有别于文言时代。尤其是西方文学观念、文体观念的引入，更是影响着当时学人对文学、文体的认识。这一时期，将包括屈原作品在内的“楚辞”视为诗歌，成为一种共识，屈原也被定位为中国文学史上第一位诗人。如郑振铎在其所著《中国文学史》中即说：“屈原是古代第一个有主名的大诗人。”② 刘大白在《中国文学史》中指出：“这一时期（周秦）的诗歌，可以用两部集子来代表，就是《毛诗》和《楚辞》。”③ 就等于将《楚辞》看作诗歌。傅斯年在《中国古代文学史讲义》中也说道：“三百篇后，四言的运命已经终结，即如我们在前文所说：接续四言体制而起的，是所谓‘楚辞’一类的诗歌，这类体制影响后来的文学反比《诗经》大得多，所以值得我们格外考核一下。”④ 同样将《楚辞》看作诗歌。

中华人民共和国成立以来，将屈原作品视为诗体依然是学术界的主流观点，如林庚在《中国文学简史》中说：“《楚辞》因此虽然大部分是屈原个人的作品，但是它必然就成为《诗经》之后一个全新的诗体。”⑤ 又如游国恩、萧涤非、费振刚等主编的《中国文学史》也认为“‘楚辞’是战国时代以屈原为代表的楚国人创作的诗歌，它是《诗经》三百篇以后的一

① 范文澜注：《文心雕龙注》，中华书局 1958 年版，第 47 页。
② 郑振铎：《中国文学史》，新世界出版社 2011 年版，第 40 页。
③ 刘大白：《中国文学史》，岳麓书社 2011 年版，第 27 页。
④ 傅斯年：《中国文学史讲义》，时代文艺出版社 2009 年版，第 72 页。
⑤ 林庚：《中国文学简史》，清华大学出版社 2007 年版，第 64 页。

种新诗体”[①]。从此学界基本形成一种共识，即楚辞是继《诗经》之后的另一种新诗体，它和《诗三百》并称为我国诗歌的两大源头。之后所编著的中国文学史基本延续了这样一种认识。

新时期以来，文体学研究开始兴起。褚斌杰在《中国古代文体概论》中专门讲到“楚辞”，他说：“‘楚辞’，按其本意来说，是指楚地的歌辞的意思。它是一种乡土文学，是一种具有浓厚地方色彩的新诗体。”[②] 并且褚先生将这种新诗体称为“楚辞体”。1992 年，萧东海发表《楚辞的文体特征及其源与流》一文，也认为“楚辞，是继《诗经》四言之后，在战国时期兴起于楚国的一种新的诗歌体裁”[③]。1997 年，黄凤显在其专著《屈辞体研究》中提出“屈辞体”概念，以此来概括屈原作品文体，并且在文体类别上将“屈辞体”看作诗体，他说“‘屈辞体’就是指屈原诗体”，“对屈原诗作体式，本书乃统一称之为‘屈辞体’”[④]。综上来看，整个二十世纪，学界普遍将屈原文学作品看作诗体。

（四）二十一世纪以来的屈原辞文体研究

进入二十一世纪，学界对于屈原辞文体的研究已不再局限于对文体性质的判定，而是向着更为具体的研究方向发展，总览这一阶段的屈辞文体研究，可以归为四个主要方面：屈原辞文体性质的界定；屈原辞文体分类研究；屈原辞具体篇章文体渊源研究；屈原辞文体的流变与接受研究。

1. 屈原辞文体性质的界定

何念龙《骚、赋文体辨——兼说屈作不当名赋》一文中，先是列举出当下有关屈原作品的称谓，如“骚”、“骚体诗”、“楚辞”、“赋”或“骚体赋”。通过对骚与赋的辨析，何先生认为二者属于不同文体形式，并认

---

① 游国恩、萧涤非、费振刚等主编：《中国文学史》（一），人民文学出版社 1963 年版，第 76 页。

② 褚斌杰：《中国古代文体概论》，北京大学出版社 1984 年版，第 58 页。

③ 萧东海：《楚辞的文体特征及其源与流》，《吉安师专学报》1992 年第 1 期。

④ 黄凤显：《屈辞体研究》（第二版），湖南人民出版社 2002 年版，第 6 页。

为屈原作品称“骚”或“骚体诗”均可，但不能称为赋。[①]

郭建勋在其著述《先唐辞赋研究》中指出，“人们谈及‘楚辞’，大多认为它仅指屈原、宋玉的辞作，或《楚辞》这部专书，却往往忽视了‘楚辞’的第三种涵义，即它同时也是一种文体”[②]。郭先生所给出的“楚辞体”的概念是，“骚体即楚辞体，是带有浓厚荆楚地方色彩的文学形式”。

李中华在《楚辞的文体界定与文体渗透》一文中认为“楚辞的文体，不能一概而论，其中包含诗歌（如《九歌》），可唱亦可诵，也包含只能有节奏朗咏的诵”[③]，李先生认为楚辞中包含有不同样式的文体，这是正确的。但文章最后李先生总结到“楚辞是一种特殊的文体”，似乎还是想以一种文体称谓来统称楚辞，并没有做进一步的具体分析，这是遗憾的。

廖群师在《楚地巫风与屈辞“寓言体”考论》一文中，从屈辞文本体征出发提出“寓言体”一说。廖群师在文中首先指出《庄子》“寓言”本义乃“借他人之口发表言论”，通过仔细分析屈原作品后，认为“屈辞虽是屈原抒发情感之作，但不是直抒胸臆，而是借人物之口抒怀达意的庄子式的‘寓言体’”[④]，此文着重以《离骚》《招魂》《卜居》《渔父》文本所具有的这一特点相观照。文章将屈辞中的一些作品定性为“寓言体”，无疑把握住了这些作品的创作体征。

韩高年在《〈九歌〉文体新论》一文中，罗列了各家对《九歌》文体性质的认识，在比对后指出，“《九歌》的文体性质，是一种产生于祭祀仪式的‘混合性艺术’”[⑤]，在确定《九歌》的文体性质后，他认为《九歌》十一篇还包孕着不同的“小文体”，即有“叙事之歌”“颂神之歌”“赋体

---

① 何念龙：《骚、赋文体辨——兼说屈作不当名赋》，《荆州师范学院学报》2000 年第 6 期。

② 郭建勋：《先唐辞赋研究》，人民出版社 2004 年版，第 85 页。

③ 李中华：《楚辞的文体界定与文体渗透》，《中国楚辞学》（第十一辑），学苑出版社 2009 年版。

④ 廖群：《楚地巫风与屈辞“寓言体”考论》，《中南民族大学学报》（人文社会科学版）2014 年第 2 期。

⑤ 韩高年：《〈九歌〉文体新论》，《兰州大学学报》（社会科学版）2009 年第 1 期。

歌”。韩先生将仪式影响文体生成这一角度作为判定文体性质的依据，无疑是正确的。

姚小鸥、孟祥笑在《赋体文学源流与〈招魂〉的文体性质》一文中，先是将《招魂》文本分为四部分，接着以《艺文志·诗赋略》和《文心雕龙·诠赋》篇中有关“赋”的理论加以观照，认为《招魂》完全符合有关赋的理论界定，即《诠赋》篇所说的“既履端于倡序，亦归余于总乱。序以建言，首引情本；乱以理篇，迭致文契”，文章最后得出结论：“从《招魂》的结构形式与审美特征来看，它是典型的赋体文学。”①

2. 屈原辞文体分类研究

赵敏俐在《楚辞的文体区分与屈宋的文体意识》一文的第一部分“楚辞与宋玉其它作品的文体区分”中，依文体形式的不同对屈原作品做了较为细致的划分。他将屈原作品分为《九歌》体、《离骚》体、《招魂》体、《天问》体、对问体五类。赵先生能看出屈原作品之间文体形式的不同，并按一定的标准对屈原作品文体做出较为细致的分类，较之前人无疑是一种进步②。

范卫平通过对先秦仪式活动等考察后认为，《骚》属于“乐体文学”，所谓“乐体文学”，是“指在乐事活动中创制、演习、传承的文学性文本，如《诗经》、楚辞、乐府诗”③。范先生认为“从乐事活动的角度看乐体文学作品，却有着明显的文体差别”④，由此他将《楚辞》作品的文体分为五种。即“舞歌体”，以《九歌》为代表；“诵歌体”，以《离骚》为代表；“招歌体”，以《招魂》《大招》为代表；“问歌体”，以《天问》为代表；“讲歌体”，以《卜居》《渔父》为代表。范先生之所以对《楚辞》也进行了划分，无疑是看到了屈原作品彼此间的不同，但皆归入歌体是有待商

① 姚小鸥、孟祥笑：《赋体文学源流与〈招魂〉的文体性质》，《学术界》2012 年第 6 期。

② 赵敏俐：《楚辞的文体区分与屈宋的文体意识》，《长江学术》2007 年第 4 期。

③ 范卫平：《文体在活动中生成——先秦诗学新论》，甘肃人民出版社 2012 年版，第 27 页。

④ 范卫平：《文体在活动中生成——先秦诗学新论》，甘肃人民出版社 2012 年版，第 199 页。

権的。

3. 屈原辞具体篇章文体渊源研究

姚小鸥在《〈天问〉意旨、文体与诗学精神探原》一文中，从《天问》诗文的开端形式入手，对《天问》文体渊源进行考察，结合巴基斯坦北部至今流传的被称为《索玛莱克》的对话体创世歌，得出“《天问》所采用的文体形式是史诗的形式”①。

廖群师《楚歌“代言体”与〈离骚〉三章臆说》一文认为，“《离骚》极可能是屈原在楚地巫觋歌舞剧或巫师作法歌基础上改造而成的人物独白式的弦歌诗，其原型有可能是《劳商》，也有可能是作者在《九歌》之类祀神乐歌影响下的全新创作”②，廖群师推断《离骚》或是作为楚曲固有的名称，或是源于《九歌》，将其渊源指向祭祀乐歌，是富有启发性的。

范卫平在《文体在活动中生成——先秦诗学新论》一书中，对《离骚》和《天问》两篇的文体渊源做了着重分析。他认为《离骚》是楚王族祭祀其“始祖—太阳神”的祀神乐典；之后范先生通过比较《天问》与藏族《世巴问答歌》，认为《天问》是楚民族问歌体创世史诗。

4. 屈辞文体的流变与接受研究

蒋方、张忠智在《论楚辞文体在魏晋六朝的传播与接受》一文中认为，“楚辞作为一种文体的确认，则是在魏晋六朝时期”，该文从传播与接受的视角出发，认为汉代之所以辞、赋不分，没有辨别楚辞文体形式，在于时人对《楚辞》的接受侧重于屈原的思想情感，“并不关心屈骚的形式”；而“魏晋以后的文人则不同。他们读《楚辞》，揣摩楚辞，对屈原作品的形式更感兴趣”③，所以对屈原作品的文体特征有清晰的认识，而与诗、赋相区分。

---

① 姚小鸥：《〈天问〉意旨、文体与诗学精神探原》，《文艺研究》2004 年第 3 期。

② 廖群：《楚歌“代言体”与〈离骚〉三章臆说》，《中国楚辞学》（第五辑），学苑出版社 2004 年版。

③ 蒋方、张忠智：《论楚辞文体在魏晋六朝的传播与接受》，《湖南师范大学社会科学学报》2002 年第 4 期。

吴贤哲在《楚辞文体在汉代的流变》一文中将楚辞定性为“一种新诗体”，认为“散体大赋、骚体赋、拟骚诗是汉代作家在学习楚辞的基础上产生发展起来的。散体大赋、骚体赋属赋体文学，而拟骚诗以及君臣所作的楚歌属诗歌体裁，他们在文体上不能混为一谈”①。

方铭在《关于汉赋研究的几个问题》一文中，指出“屈原的作品，特别是《卜居》、《渔父》，以及收在楚辞中的宋玉等人的作品《九辩》、《招魂》、《大招》，是从楚辞到赋体的过渡，与赋体文学有很大关系”②。这里方先生也指出了由楚辞文体到赋体的流变。

综观以上所述，从西汉到魏晋这一时段，时人对屈原作品文体的认识逐渐趋向客观化，逐渐接近屈原作品本身实际，并能与其他文体相区分，但仍以一种文体类别来统称屈原作品，或称赋，或称骚。二十世纪初期以来，受新文化运动的影响，西方文学、文体概念在一定程度上影响着当时学人对文学、文体的认识，于是普遍地将屈原作品看作诗，这种认识几乎贯穿整个二十世纪。二十一世纪以来，随着我国文体学理论的建构完善，学者们从文体学视角对屈原作品的研究开始细化和具体化，已涉及文体分类、文体溯源、文体性质的认定等各方面，并取得了很多成果。

（五）屈辞文体研究中的问题

基于上述研究现状，对于屈原辞文体的研究看起来似乎达到了一定的高度，甚至到了难以推进的地步，而实际上还存在不少问题。这主要表现在三个方面。首先，研究屈原辞文体，对文体概念还没有一个统一的认识，有学者还是以西方体裁这一概念作为立论依据，而不是从中国古代文体学实际出发，这必然不能真正认清或者把握住屈原辞文体特点。其次，多数学者试图以一种文体类别来称谓屈原作品，或称诗，或称骚，或称楚辞体，将不符合自己所设定的文体概念的屈原其他作品排除不论，这样做

① 吴贤哲：《楚辞文体在汉代的流变》，《西南民族大学学报》（人文社科版）2005年第12期。

② 方铭：《关于汉赋研究的几个问题》，《北方论丛》2005年第1期。

既不能全面研究屈原作品文体，也抹杀了屈原辞文体类别的丰富性。再次，对屈原辞文体概念的命定具有随意性，没有从屈原作品原初创作的艺术依据或文本体征的实际出发，简单称《离骚》体、《楚辞》体、《天问》体、《招魂》体，既体现不出文类归属，又体现不出文本特征。

整个二十世纪，学界普遍认为包括屈原辞在内的楚辞是一种新诗体。从文体体类上来说，屈原大部分作品符合这一论断，但《卜居》《渔父》《招魂》显然不是诗体。因而一些学者在论述屈原作品文体时，将屈原辞统称为诗体后，往往会将这几篇排除不论。显然，研究者们如果试图用一种文类来指称屈原作品，结果往往不尽如人意，即使给定出了自己所思考的文体概念，但又不得不排除与此概念不相吻合的其他作品，其实这也正好可以证明屈原作品包含多种文体类别，确实不可以用一种文体形式概而论之。

有学者对屈原辞文体的分类，虽然能认清屈原辞篇章之间文体的差异，但直接称《九歌》体、《离骚》体、《招魂》体、《天问》体，从名称上讲，体现不出文类归属，比如“离骚”体是什么体，是属于诗，还是属于赋；同时又很难体现出所分文体应有的文本体征，如将“离骚”体单列出来，不同于其他篇章文体，其突出的特征是什么。并且一些论者将“天问”体、“招魂”体与歌、赋等文类放在同一层次，则没有认清文类与文本体征之间的差别。这其中最大的原因在于没有把握好文体的概念，没有将之还原到古典文学自己的范畴中去。

（六）屈辞文体研究方向

基于目前屈原辞文体研究中所存在的问题，笔者认为对于屈原辞文体的研究还有可以深化和拓展的空间。首先，从二十世纪八十年代算起，持续三十余年的屈原辞文体研究，尚没有将其研究范围指向所有屈原作品者，这需要专门而系统的研究以全面把握屈原辞文体的生成与特征。其次，研究屈辞文体，要以什么样的文体概念作为依据，目前还没有达成统一的标准，这是需要进一步论定的问题。此外，还应当以我国传统古典文学范畴中总结出的文体概念为依据，尤其是就先秦文学而言。当然，对一个课题、问题的研究，本就是在学者们的论辩下由模糊逐渐走向清晰的，屈原辞文体的研究也是如此。本书的研究离不开前人的研究成果，自然也处在走向清晰的过程之中。

因具体文体的确立与其生成形式有密切关系，文体研究离不开对文体生成的考察。笔者认为先秦文体的生成形式主要有两种：一是源于仪式制度的需要；二是源于士人个体的创造。

春秋之前，多是仪式礼制决定文体生成。从夏商巫术仪式到西周礼乐制度，不同的仪式礼制下，会有与之相应的不同的文体生成，同时也决定了文体最初的文本体征，形成各自不同的文体功能，时人会根据文体功能，决定文体的使用，而并不注重文体本身的形式、风格等创作因素，如誓、诰、颂、盟等。但春秋以来，随着王官之学的下移，士人开始注重其所言、所作之辞的华丽和巧妙，诸如行人、诸子、策士。行人出使他国，要讲究华丽言辞以更好地接遇应对；诸子则是为更好地宣扬一家之学说；策士则为博取一己之富贵。士人个体的创作，较之仪式礼制下的文辞写作，更注重创作的技巧以及言辞的华丽，如庄子寓言体、策士虚拟问对体、史家叙事体、史传体等。

仪式制度下生成的多是文类，即誓、盟、诰、颂等不同的文章类别；个体士人创造的则多注重文本体式上的技巧，如寓言体、问对体等。若对此二者皆以文体相称，那么先秦文体概念内涵应该是丰富的，绝不单单等于体裁。笔者认为文体应该至少有这样两层内涵：一是指文章之体类，二是指文本之体征。仪式制度下生成的多属于文章之体类；个体创作的多是某一文类下的具体文本之体征。若将文章之体类看作一级文体，那么具体文本之体征则为二级文体。例如就文学文体来说，诗为一级文体，与赋、小说等并列，不同时代的不同作家所创作的四言体、七言体、歌行体等，则属于二级文体，它们统属于一级文体诗之下，称为四言体诗、七言体诗、歌行体诗。根据先秦文献，将先秦文体的生成、特征做出理论性的归纳总结，这应当是研究屈原作品文体的前提。

屈原作品均是在其被疏、被逐之后所作，是属于个体失意士人的创作，以满足其抒情、抒愤、言志、自慰等自我生命的需要，可视为一种完全自觉的个体创作行为，符合先秦文体生成的第二种情况。但是又要看到，屈原的创作所采用的艺术形式是多样的，其中不乏巫祭仪式、占卜仪式、招魂仪式等南楚巫文化的影子，因此，对屈原辞文体的研究又不能完全排除仪式制度带来的影响。如《九歌》的仪式性质就非常明显，王逸在《九歌序》中明确指出它与沅湘当地祭祀乐歌间的关系。当代许多学者又论证了沅湘《九歌》与夏启《九歌》的直接关联性，这便可以进一步说明屈原《九歌》同巫祭仪式之间的密切联系。有了这样一个认识前提，在判定《九歌》文体性质时，则可以直接指出《九歌》就是歌，在大的文类范畴中属于诗体；溯源其文体渊源时，则应该往巫祭仪式用歌上找，这样思路就会变得非常清楚。

又如《离骚》，屈原创作此篇，其目的是缓解心灵郁愁，表白婞直之志及讽刺朝野是非，这与西周中后期普遍兴起的怨刺讽谏诗，有着相似的创作动机与目的，也即如王逸所谓“独依诗人之义”①。而且《离骚》句式整齐，合乎韵律，有节奏，也符合当下我们对诗体特征的认识，由此首先可以确定《离骚》是诗体。又因屈原不是直抒胸臆，而是借助神巫形象，让一位能上天入地、差使百神的“主人公”来替他说话，即屈原将一己之言托于巫口来说，托言特征明显，因而可称《离骚》为托言体诗。这一称谓既能反映出其文类归属——诗，又能表现出其文本之体征——托言体。

自然《九章》《招魂》《卜居》《渔父》都可以这样来论。屈原创作的每一篇文章，都有其一定的艺术依据，有其创作构思，我们要探析的就是每一种文体，屈原的创作目的是什么，而艺术上又依据什么。对于屈辞文

---

① （宋）洪兴祖撰：《楚辞补注》，中华书局1983年版，第48页。

体对后世的影响，我们要看是影响了后世文体的艺术形式，还是影响了创作目的，还是兼而有之。若从这样的视角来看，屈原辞文体的研究还有待继续进行。

三　选题思路与理论价值

《屈原辞文体研究》的选定最初缘于廖群师的一篇研究屈原辞文体的论文，廖群师见笔者对屈原辞文体感兴趣，同时也感到对屈原辞文体尚有可研究的空间，于是便初步定下了这一题目。随着对屈原辞的深入阅读，以及对相关研究成果的了解，也深感这一课题确实存在研究的价值和必要。

从时间上看，屈原辞虽创作于战国中后期，但从那一时期以后的很长一段时间，并没有辑成一部专门的屈原作品集。西汉初年，以“楚辞”一名统称包括屈原辞在内的南楚文学作品。西汉中晚期的刘向编辑整理出十六卷本的《楚辞》，但这并不是屈原的专集，其中除屈原辞外，还包括宋玉作品以及汉人的拟骚之作。因为“楚辞”不等于屈原作品，所以东汉以来，人们在指称屈原作品时，根据自己的文体认识称之为“屈赋”或“屈骚”，这也影响到后世对于屈原辞文体的判断。后世据此以为在文类上，屈原辞只属于一种，或归之为赋，或归之为骚，二十世纪又普遍认为是一种新诗体。如前文所说，这种只将屈原辞看作一种文体的观点，实际上抹杀了屈原辞文类的丰富性。

二十世纪八十年代以来，有学者开始认识到屈原辞中篇章文体间的不同，并给出了自己的分类，但有些学者的分类还存在问题，对于问题上文我们已经列出了一些。基于此，笔者认为对于屈原辞文体的研究还有待继续，这样本论题便完全定了下来。

《屈原辞文体研究》的理论价值主要体现在两个方面：一是对中国古代文体学理论的丰富；二是对楚辞诗学理论建构的参与。

章学诚在《文史通义》中说：“至战国而文章之变尽，至战国而著述之事专，至战国而后世之文体备。”[①] 这说明先秦时期，文辞的写作已经比较成熟，文章体类已经十分丰富。经秦汉两代至魏晋，便出现了相当成熟的文体理论著作，如挚虞《文章流别论》、陆机《文赋》、刘勰《文心雕龙》，还有单论诗体的《诗品》。之后明代吴讷著有《文章辨体序说》，徐师曾著有《文体明辨序说》，晚清章太炎著有《文例杂论》，可以说魏晋以来直到晚清，我国古代对文体理论的总结归纳一直存在。但这种总结归纳多半在服务于文学的写作与研究，直到新时期以来的很长一段时间，文体学也多是被当作研究文学的一个视角。其后随着文体学研究的兴起蓬勃，2005 年吴承学和沙红兵在其发表的《中国古代文体学学科论纲》[②] 一文中率先提出成立中国古代文体学学科。

“周虽旧邦，其命维新”[③]，任何一个时代都需要“维新”，在承续传统的基础上创造出属于本时代的文化与学术，吴先生等提出中国文体学学科，就是一种“维新”的表现。当然，任何新事物的产生都会面临许多需要解答的问题。《屈原辞文体研究》尚不能说是直接参与到中国文体学学科的建设，只是希望对中国古代文体理论有些许丰富和发展。屈原辞创作于先秦，但其文辞与六朝之后文学观念下的文学创作相似，甚至也符合当下我们对文学的认识，这也就是说，屈原辞对于当时的文辞形式来说具有特殊性，如《离骚》《九章》等抒情文体的开创，对于巫祭艺术形式的吸收等。研究屈原辞文体，尤其是从文本特征上探究具体篇章的独特性，对于先秦文体创造理论必然是一种丰富。

楚辞诗学是在二十世纪九十年代由杨义率先提出的，因为屈原是楚辞创作的核心作家，也有学者称之为屈原诗学。又因为屈原没有自己的诗学理论学说，学界对屈原诗学的提法仍处在商议阶段。任何理论的提出，都建立在对现象的归纳总结上，诗学理论也是如此，是对创作现象、创作实

① （清）章学诚著，叶瑛校注：《文史通义校注》，中华书局 1985 年版，第 60 页。
② 吴承学、沙红兵：《中国古代文体学学科论纲》，《文学遗产》2005 年第 1 期。
③ 高亨注：《诗经今注》，上海古籍出版社 2009 年版，第 369 页。

践的总结，甚至创作实践本身也可称为诗学。屈原的诗歌创作在战国中后期具有独特性与开创性，打破了诗歌的政教功用，引向个体文人的自我抒情，形成了悲怨、凄婉的风格，与那个时代文质彬彬、温柔敦厚的诗学主张不同。况且屈原在作品中也有一些创作自述，如“发愤以抒情”“道思作颂，聊以自救”“赋诗之所明”等，这已具有诗学创作论、功能论的思想。

研究屈原辞文体，探明屈原采用怎样的文体形式，准确地说是采用怎样的诗体样式来表现其思想、情感，这有利于把握其情感表达与文体创造、文体选择之间的关系，尤其是把握其文辞中所带有的浓厚的巫文化艺术成分。从这个角度来说，研究屈原辞文体对于屈原诗学的建构也是有积极意义的。

四 研究方法与创新

《屈原辞文体研究》以屈原辞为主要研究对象，目的是探究其文体特征。对于屈原辞，本书采用文献学、文艺学方法，对文本细读精耕，力求把握好其艺术构思与文本特点。因屈原辞的创作与南楚巫祭文化有紧密的关系，在涉及创作艺术渊源问题时，也运用了文化人类学的研究方法及相关研究成果。新时期以来，湖北、湖南、安徽、河南等地发掘出土了许多战国秦汉时期的文物，其中楚简的出土数量很大，尤以郭店简、上博简、清华简为著。在本书的一些章节研究中，我们借鉴了一些出土文献资料，采纳了文学考古学的研究方法。除此之外，在论述屈原辞文体的流变时，还借鉴了传播学的相关理论。

《屈原辞文体研究》在前人研究成果的基础上，将研究范围指向所有屈原作品，正如前文所说，目前学界还有待从文体学视角出发对全部屈原作品做一次整体研究。新时期以来，学界对屈原辞文体的研究断断续续已走过了近四十年，但多数是单篇研究，是零碎的、不完整的，对于可与《诗经》并称的屈原辞，应该从文体上对其做一次全面研究。

先秦时期文辞的写作、文体的生成有自己特定的文化环境，与仪式、礼制存在紧密关系。在文体概念的使用上，本书不采用近代传入的西方文体概念，这并非因为保守，而是二者相关文体的生成在文化土壤上确实存在很大差异。任何事物都有特殊性，文体的生成也是如此。通过仔细阅读先秦文献，结合已有的文体学研究成果，笔者认为，文体概念当包含文章之体类与文本之体征两个方面，以此出发，先从类属上对屈原辞做出划分，之后再对每一类的具体篇章从文本特征上做出论析。

从文章体类与文本体征两方面综合把握文体内涵，将带来对屈原辞具体作品文体的新认识。比如《天问》是屈原辞中较为特殊的一篇，从文章体类上说，它属于诗体，与西周中期以来“诗人作刺”的创作传统相一致。从文本体征上看，四言体、问句体固然是其特征，但楚先王宗庙壁画更是关键，屈原观画，不仅触发了其创作动机，而且壁画还提供了极好的写作素材。壁画的排列顺序甚至决定了《天问》的写作顺序。壁画本身的功能、内容、思想，转化成了《天问》文体的功能与思想。一幅幅壁画的独立性，也造就了《天问》一句一事或几句一事的体例，决定了其与西方长篇叙事史诗的不同，因此可将《天问》认定为题画体。自然，屈原辞其他篇章，笔者也是按照这个思路来论。

第一章　战国历史语境下的文体生成及其内涵

文体的形成取决于其特定的生成机制。探究战国历史语境下的文体生成，了解其文体概念及内涵，是研究屈原辞文体首先要做的。

第一节　仪礼制度与文体生成

人类社会发展的需要催生了记事符号——文字。文字成熟后，作为语言文字集合体的文体，其生成的直接原因是某种具体仪式、礼制的需要。从夏商巫术仪式到西周礼乐制度，不同性质、样式的仪式制度决定了不同文本体式的生成，决定了文体各自不同的功能，也决定了文体最初的体征与分类。祭歌、颂、誓、诰、盟等文体的生成鲜明地体现着这一点。

一　巫祭仪式与祭歌生成

在文字没有产生的远古时期，人类对自己生活中的一些事件不会有太久的记忆，为满足记事的需要，文字起初以一种记事图像符号的形式出现。当人们需要完整记录一次较重大活动，把许多符号串联在一起时，便形成了一个文本，或者也可以称之为一种文体了。目前，我国最早的成熟文字是甲骨文，是锲刻在龟甲、兽骨上的一种文字，主要是记录当时占卜仪式活动的内容。夏商文化的主体形态是巫文化，祭祀、占卜等巫术活动是世人生活中重要的仪式活动，而每次占卜后，会将有关占卜的诸种事宜刻于相应的卜甲、卜骨上，包括占卜时间、占卜者的名字、占卜的内容及占卜后的应验情况。作为记录占卜的需要，甲骨文本的生成正是占卜仪式活动的产物，它属于占卜活动的一部分，承载着记录占卜活动的功能，所以也称为甲骨卜辞，突出的正是它与占卜仪式活动的密切关系。可以说人类生活发展的需要催生了记事符号——文字。而作为语言文字集合体的篇章文体，其生成的直接原因，则是人类某种具体仪式礼制的需要。

上古最主要的巫术仪式是祭祀，这是人类各民族发展史上都会经历的文化阶段。根据传世典籍的记载来看，部落首领、酋长乃至国家形成后的君王，他们都拥有另一个身份——巫。李泽厚先生指出，“尽管有各种专职的巫史卜祝，最终也最重要的，仍是由政治领袖的‘王’作为最大的‘巫’，来沟通神界与人世，以最终做出决断，指导行动”[①]。《国语·楚语下》载：“及少皞之衰也，九黎乱德，民神杂糅，不可方物。夫人作享，家为巫史，无有要质。……颛顼受之，乃命南正重司天以属神，命火正黎司地以属民，使复旧常，无相侵渎，是谓绝地天通。”[②] 颛顼帝“绝地天通”后，集巫权于一身即属于这种情况。

《山海经·海外西经》载：“大乐之野，夏后启于此舞九代；乘两龙，云盖三层。”[③]《山海经·大荒西经》载：“西南海之外，赤水之南，流沙之西，有人珥两青蛇，乘两龙，名曰夏后开。”[④] 这能证明夏启的大巫身份。商王汤也有“以身祷于桑林”的故事。《吕氏春秋·顺民》载：“昔者汤克夏而正天下。天大旱，五年不收，汤乃以身祷于桑林，曰：‘余一人有罪，无及万夫。万夫有罪，在余一人。无以一人之不敏，使上帝鬼神

① 李泽厚：《由巫到礼 释礼归仁》，生活·读书·新知三联书店2015年版，第6页。
② 上海师范学院古籍整理组校点：《国语》，上海古籍出版社1978年版，第562页。
③ 袁珂校注：《山海经校注》（最终修订版），北京联合出版公司2013年版，第192页。
④ 袁珂校注：《山海经校注》（最终修订版），北京联合出版公司2013年版，第349页。

伤民之命。’于是翦其发，磨其手，以身为牺牲，用祈福于上帝，民乃甚说，雨乃大至。”[①]《淮南子·主术训》也载：“汤之时，七年旱。以身祷于桑林之际，而四海之云凑，千里之雨至。”[②] 这足可证明商汤的大巫身份。

夏启“大乐之野”与商汤“身祷桑林”指的都是祭祀仪式活动，而在这样浩大的巫祭活动中往往会伴有歌、乐、舞蹈。《山海经·大荒西经》载：“开上三嫔于天，得《九辩》与《九歌》以下。此天穆之野，高二千仞，开焉得始歌《九招》。”[③] 屈原在他的作品中对此也有提及。《离骚》中说：“启《九辩》与《九歌》兮，夏康娱以自纵。”[④]《天问》说得更为具体，“启棘宾商，《九辩》《九歌》”[⑤]。因为时代久远，《九辩》和《九歌》虽已被传说为天乐，但实际应是夏启于天穆之野为祭祀上帝而作的乐歌，屈原所谓“夏康娱以自纵”，则说明了为娱神的需要，这套乐舞充斥着原始性爱色彩。据此可证明原始社会早期因巫祭仪式活动的需要确实创制产生了一批祭祀乐歌。

屈原自己也作有《九歌》，同样与祭祀活动有联系。王逸在《楚辞章句·九歌序》中说：“《九歌》者，屈原之所作也。昔楚国南郢之邑，沅湘之间，其俗信鬼而好祠。其祠，必作歌乐鼓舞以乐诸神。屈原放逐，窜伏其域，怀忧苦毒，愁思沸郁。出见俗人祭祀之礼，歌舞之乐，其词鄙陋。因为作《九歌》之曲。”[⑥] 从王逸的这则序文中，可以得到三点认识：首先楚国沅湘间有信鬼好祠的风俗，这与班固在《汉书·地理志》中对楚地“信巫鬼，重淫祀”的描述相符；其次，“其祠，必作歌乐鼓舞以乐诸神”句，则明确指出，为了祭祀仪式活动中娱神的需要，他们会创作歌、乐、

① （秦）吕不韦编著，（汉）高诱注：《吕氏春秋》，上海古籍出版社 2014 年版，第 174 页。
② 刘文典撰：《淮南鸿烈集解》，中华书局 1989 年版，第 276 页。
③ 袁珂校注：《山海经校注》（最终修订版），北京联合出版公司 2013 年版，第 349 页。
④ （宋）洪兴祖撰：《楚辞补注》，中华书局 1983 年版，第 21 页。
⑤ （宋）洪兴祖撰：《楚辞补注》，中华书局 1983 年版，第 98 页。
⑥ （宋）洪兴祖撰：《楚辞补注》，中华书局 1983 年版，第 55 页。

舞；再次，屈原见闻了南楚之人为祭祀仪式而创作的歌辞，因其“鄙陋”，为此而改作《九歌》。现在一些学者也指出，夏启《九歌》与楚《九歌》间具有直接的关系，如潘啸龙通过考证夏启的《九辩》和《九歌》的“天穆之野”与楚“沅湘之间”地理位置上的相合，认为“‘沅湘之间’流传的《九歌》，原来就是传说中的夏启《九歌》”①。黄灵庚根据上博简《容成氏》所载汤攻夏桀，夏桀逃跑“去之苍梧之野”，认定夏桀到过苍梧之野，“这样，夏后氏颂祖祭天的《九歌》，随着夏桀王朝的南移，最终流传到了江南、沅、湘流域及其苍梧地区”②，屈原于沅湘间所见《九歌》即是民间化了的夏启《九歌》。潘、黄两位先生都论述到了夏《九歌》曾流传到楚地的事实。此若准，则可进一步证明在巫祭仪式活动中，确实创作保留下来了一些祭歌。因为屈原《九歌》与夏《九歌》的这层关系，使我们对祭歌的生成、功用有更为直观的认识，即最初的祭歌因巫祭仪式的需要而作，承担娱神的功能。

因为所作的祭歌要在祭祀仪式中合乐演唱，所以客观上就要求这种文辞必须整齐、有节奏、合律动，夏启《九歌》的文本我们已不可能看到，但从屈原《九歌》中可窥一斑，如《东皇太一》：

吉日兮辰良，穆将愉兮上皇。抚长剑兮玉珥，璆锵鸣兮琳琅。

可见叹词“兮”在中间掌控着演唱节奏，以合乎音乐的节律。由此又能证明仪式不但决定文体的生成，而且仪式的性质、样式同时又决定了文体最初的体征。

二　“告成”仪式与颂体生成

《诗经》三百零五篇，作品时间跨度达五百余年，从诗篇来源上看，

---

① 潘啸龙：《〈九歌〉六论》，《中国社会科学》1986年第4期。

② 黄灵庚：《楚辞与简帛文献》，人民出版社2011年版，第173页。

有王公贵族的创作，有士大夫的讽谏之作，也有采诗官的采诗、瞽矇献诗。对于大部分诗篇来说，并不好把握其原初文本的具体生成背景，但可以肯定的是，也必然和一定的活动事件相关联，或因事而作，或为事而作，其中颂诗部分的创作与“告成”仪式关系密切。《诗大序》载：“颂者，美盛德之形容，以其成功告于神明者也。”①“成功”指武王伐殷成功，周人成功享有天下；颂，即容，即是以诗乐舞的形式将成功伐殷、平定天下的过程，象征性地表演给先祖先王，以达到告知先王的目的，其中最突出的是舞，《释名·释言语》载：“颂，容也。叙说其成功之形容也。”②容，即是舞容。《逸周书·世俘解》对此有较为具体的记载，“甲寅，谒我殷于牧野。王佩赤白旂。籥人奏《武》。王入，进《万》，献《明明》三终”③。“谒”是告诉，“我”为“戎”之讹。即甲寅这一天，武王带赤旂白旂，在殷地临时建起的宗庙前向先祖先王禀告了牧野成功伐殷之事，籥人演奏《武》乐，跳《万》舞，象征性地将伐殷胜利的过程演绎于先祖先王庙前。之后周公在此基础上创作了完整的《大武》乐章，《左传·宣公十二年》所载楚庄王语，便提及《大武》乐章及其用诗情况。

> 楚子曰：“非尔所知也。夫文，止戈为武。武王克商，作《颂》曰：‘载戢干戈，载櫜弓矢。我求懿德，肆于时《夏》，允王保之。’又作《武》，其卒章曰：‘耆定尔功。’其三曰：‘铺时绎思，我徂维求定。’其六曰：‘绥万邦，屡丰年。’”④

楚庄王所引“载戢干戈，载櫜弓矢。我求懿德，肆于时《夏》，允王保之”“耆定尔功”“铺时绎思，我徂维求定”“绥万邦，屡丰年”诗句，

① 李学勤主编：《十三经注疏·毛诗正义》，北京大学出版社2000年版，第21页。
② （清）王先谦撰集：《释名疏证补》，上海古籍出版社1984年版，第175页。
③ 黄怀信等撰：《逸周书汇校集注》，上海古籍出版社2007年版，第427—428页。
④ 杨伯峻编著：《春秋左传注》（修订本），中华书局2009年版，第744—745页。

均见于《诗经·周颂》，分别在《时迈》《武》《赉》《桓》篇中。因楚庄王提及《武》，又说“其三”“其六”，可以断定《武》《赉》《桓》属于《大武》乐章中的三成，这正好能够证明颂诗的生成与祭祖仪式活动的密切关系。由此可知，颂诗，即是为祭祀先祖仪式而创作，并配合乐舞表演。《礼记·乐记》载孔子答宾牟贾之问，就详细说到了《大武》乐章的舞容，“且夫《武》，始而北出，再成而灭商，三成而南，四成而南国是疆，五成而分周公左，召公右，六成复缀，以崇天子”①。因此可以断定，颂诗的生成有其特定仪式背景，最初是为祭祖“告成”而作。

因为颂诗也要伴乐演唱，所以客观上也同样要求其语言要齐整；因为“告成”的主要形式是武舞，因而颂诗的体式不会如西方叙事史诗那样长。可见颂诗最初的文本体征也被仪式的形式决定了。

三　誓师仪式、训诰仪式与誓、诰生成

《尚书》是我国成书最早的文献典籍之一，对于其中《虞夏书》《商书》的写定时间，学界尚存在争议，但《周书》中一些篇章的写定时间是能够确定的。学界普遍认为《牧誓》《大诰》《康诰》《梓材》《多士》等作于西周初年；《费誓》《文侯之命》《秦誓》等作于东周前期。就文体而论，这些篇章至少存在两种文体类别，即誓与诰，它们的生成也均与相应的仪式制度有关。《书序》载“武王戎车三百两，虎贲三百人，与受战于牧野，作牧誓”②，“武王崩，三监及淮夷叛，周公相成王，将黜殷，作大诰”③，“秦穆公伐郑，晋襄公帅师败诸崤，还归，作秦誓”④。此外，《史记·周本纪》中也有关于《牧誓》《大诰》等篇章创作背景的记载。这些记载既介绍了篇章的创作时间，又交代了创作场合、缘由。

---

① （清）孙希旦撰：《礼记集解》，中华书局1989年版，第1024页。

② （清）孙星衍撰：《尚书今古文注疏》，中华书局1986年版，第592—593页。

③ （清）孙星衍撰：《尚书今古文注疏》，中华书局1986年版，第598页。

④ （清）孙星衍撰：《尚书今古文注疏》，中华书局1986年版，第613页。

从宏观上讲，这些篇章映射出宗周王朝打天下与治天下的历程；反向观之，也恰恰证明，诸如誓、诰等文体的产生也确实与国家这些重大活动有直接紧密的联系。具体来说，誓是誓师仪式活动的产物，在文王、武王为统一天下所发动的一系列战争中，需要举行必要的誓师仪式，以激励将士。《史记·周本纪》中对牧野之战前夕的誓师仪式有非常详细的记载，“二月甲子昧爽，武王朝至于商郊牧野，乃誓。武王左杖黄钺，右秉白旄以麾，曰：‘远矣西土之人！’武王曰：‘嗟！我有国冢君，司徒、司马、司空，亚旅、师氏，千夫长、百夫长，及庸、蜀、羌、髳、微、纑、彭、濮人，称尔戈，比尔干，立尔矛，予其誓。’王曰：‘……！’誓已，诸侯兵会者车四千乘，陈师牧野”[①]。根据这段记载来看，誓，本是战前君王举行的一种训话仪式，武王“左杖黄钺，右秉白旄”，所持这些物件皆具有一定宗教象征意义，韩兆琦先生认为“左手杖钺，示有事于诛；右手把旄，示有事于教令”[②]。这时将士被要求“称尔戈，比尔干，立尔矛”，做出一种战前激昂紧张的姿态，然后君王训话，“誓已”，即誓师仪式结束后，便“陈师牧野”，做好了战前军队的部署准备。这一仪式的程序是简明的，其中仪式的核心是君王对将士的训誓，那么自然君王首领训话的言辞会被称为誓辞，史官或整理者在给这些言辞命篇时，也必然会以誓命篇。吴承学认为“对篇章的命名，也是文体认定与命体的前提，所以命篇是文章学与文体学发生的基础”[③]。那么对于这些以“誓”命篇的篇章而言，后世在判定它们的文体类别时，因其有特定的生成环境，有特定的功能，有指示这种生成背景的篇名在，后人以“誓”命体，便顺理成章了。

因为“誓”是君王对将士的训话，是现场演说，不是歌唱，所以其文辞长短不一，表现出明显的口语化、散体化特征。如《史记·周本纪》所

① （汉）司马迁：《史记》卷4《周本纪》，中华书局2014年版，第158—159页。

② 韩兆琦评注：《史记》（注评本），岳麓书社2011年版，第61页。

③ 吴承学：《命篇与命体——兼论中国古代文体观念的发生》，《中国社会科学》2015年第1期。

载武王在牧野之战前的誓辞：

> 古人有言“牝鸡无晨。牝鸡之晨，惟家之索”。今殷王纣维妇人言是用，自弃其先祖肆祀不答，昏弃其家国，遗其王父母弟不用，乃维四方之多罪逋逃是崇是长，是信是使，俾暴虐于百姓，以奸轨于商国。今予发维共行天之罚。今日之事，不过六步七步，乃止齐焉，夫子勉哉！不过于四伐五伐六伐七伐，乃止齐焉，勉哉夫子！尚桓桓，如虎如罴，如豺如离，商郊，不御克犇，以役西土，勉哉夫子！尔所不勉，其于尔身有戮！①

因为要与敌方战斗，所以誓辞必然会说自己是正义、合天意的，并且罗列对方的罪行，这成为誓辞固定的基本内容及体例。而且不断给将士鼓气，“勉哉夫子”，要其尽力。可见誓这种文体，不论是其体征还是内容，最初也都鲜明地决定于其仪式性质。

西周克殷之后，周王朝面临治天下的问题，安抚殷商遗民、分封以及处理好天人关系等，西周初期的文献鲜明地反映着统治者的这一系列活动。《史记·周本纪》载，起初武王“封商纣子禄父殷之余民。武王为殷初定未集，乃使其弟管叔鲜、蔡叔度相禄父治殷”，不久，武王去世，“成王少，周初定天下，周公恐诸侯畔周，公乃摄行政当国。管叔、蔡叔群弟疑周公，与武庚作乱，畔周”，“周公讨之，三年而毕定，故初作《大诰》”。《尚书》中有《大诰》篇，结合其内容看，应作于管、蔡叛乱之后，周公讨伐他们之前。这篇诰辞是周成王的口吻，应是周公以成王的口吻而作。从文本内容看，“王若曰：‘猷！大诰尔多方，越尔御事’”，“肆予告我友邦君，越尹氏、庶士、御事”。显然是“王”面对邦国之君臣所诰，当发生在一定的场所，类似于今天的会议，但其核心主题无疑还是体

① （汉）司马迁：《史记》卷4《周本纪》，中华书局2014年版，第158—159页。

现君王行为的诰及诰之内容，因而就这篇文辞讲，之后的命篇及命体，自然也都会以“诰”命之。可以说不论是誓还是诰，其生成都有它们一定的背景，是特定历史背景下特定仪式活动的产物。

四 盟誓制度与盟的生成

周公“制礼作乐”后，中原文化逐步进入理性阶段，国家各项活动也趋向规范化、制度化，有了可资遵循的“礼”。从《仪礼》《周礼》等典籍的记载中，可见西周精密的制度规范。而与此相应，我国古代文体的生成也进入主要受礼制决定的时期。

周代史官制度发达，记录并创作了大量的与之相应的文体。《周礼·女史》载：“女史掌王后之礼职，掌内治之贰，以诏后治内政。”① 《周礼·大祝》载：“作六辞，以通上下亲疏远近，一曰祠，二曰命，三曰诰，四曰会，五曰祷，六曰诔。”②《周礼·内史》载：“掌叙事之法，受纳访以诏王听治。凡命诸侯及孤卿大夫，则策命之。凡四方之事书，内史读之。王制禄，则赞为之，以方出之。”③ 据此可知，史官创作、记录了大量礼制活动下的各种辞令，这说明西周时期，不同礼制仪式下，生成了许多不同的文体类别，只是由于时代久远、战争、文字载体腐朽等，这些文献并没有保留下来多少。因而当下我们所见西周时期的文献不多，对于一些诸如会盟仪式等活动的具体情境及所创作的具体文辞，也无从知晓。

进入春秋时期，因《左传》《国语》等传世文献的记载保存，使得我们对这一时代的礼制活动及其与之相应的篇章文体的生成，有了一个较为清晰的认识，比如会盟制度与盟辞的生成。翻阅《左传》可以找见大量有关盟誓活动的记载，如《左传·成公十二年》所记载的晋楚之盟：

---

① 李学勤主编：《十三经注疏·周礼注疏》，北京大学出版社2000年版，第233页。
② 李学勤主编：《十三经注疏·周礼注疏》，北京大学出版社2000年版，第777页。
③ 李学勤主编：《十三经注疏·周礼注疏》，北京大学出版社2000年版，第834页。

宋华元克合晋、楚之成，夏五月，晋士燮会楚公子罢、许偃。癸亥，盟于宋西门之外，曰："凡晋、楚无相加戎，好恶同之，同恤菑危，备救凶患。若有害楚，则晋伐之；在晋，楚亦如之。交贽往来，道路无壅；谋其不协，而讨不庭。有渝此盟，明神殛之，俾队其师，无克胙国。"①

这段有关晋楚之盟的记述，交代了盟誓的时间、地点及所作之盟辞。又如《左传·僖公二十八年》："癸亥，王子虎盟诸侯于王庭，要言曰：'皆奖王室，无相害也！有渝此盟，明神殛之，俾队其师，无克祚国，及而玄孙，无有老幼。'"② 同样也交代了盟誓的时间、地点和盟辞。当然，这些只是结盟仪式过程中的一部分，并不完整。《礼记·曲礼下》对"涖牲曰'盟'"的注疏载："盟之为法：先凿地为方坎，杀牲于坎上，割牲左耳，盛以珠盘，又取血盛以玉敦，用血为盟。书成，乃歃血而读书。"③ 这里对盟誓过程的解说是非常详细的。陈梦家先生根据《左传》，并结合出土文献，对春秋时期的盟誓制度做过翔实的考察，他认为春秋时期的盟誓程序主要有十项，顺序为"为载书"、凿地为"坎"、"用牲"、盟主"执牛耳"、"歃血"、"昭大神"、"读书"、"加书"、"坎用牲埋书"、载书之副"藏于盟府"④，可见"为载书"是盟誓仪式活动首先要做的，所谓"载书"就是盟辞，《周礼·司盟》注云："载，盟辞也，盟者书其辞于策，杀牲取血，坎其牲，加书于上而埋之，谓之载书。"⑤ 载书一般为一辞数本，如孙诒让云："盖凡盟书，皆为数本，一本埋于坎，盟者各以一本归，而盟官复书其辞而藏之。"⑥ 上文我们所引成公十二年晋楚之盟"凡晋、

① 杨伯峻编著：《春秋左传注》，中华书局2009年版，第856页。
② 杨伯峻编著：《春秋左传注》，中华书局2009年版，第466—467页。
③ （清）孙希旦撰：《礼记集解》，中华书局1989年版，第140页。
④ 陈梦家：《东周盟誓与出土载书》，《考古》1966年第5期。
⑤ 李学勤主编：《十三经注疏·周礼注疏》，北京大学出版社2000年版，第1114页。
⑥ （清）孙诒让撰：《周礼正义》，中华书局1987年版，第2855页。

楚无相加戎……无克胙国”，即是载书。二十世纪六十年代，发现于侯马的书于石片上的载书，则以实物的形式证明了盟辞的存在，并有其独立性。因而可以这么说，正是有盟誓仪式制度的存在，才促成了盟辞这种文体。

因盟书是要宣读的，所以这就决定了其文辞的口语化特征；因为仪式的目的是约信，所以盟辞必然包含盟誓各方要遵守什么，而若违背盟言，又会受到怎样的惩罚，因而盟书的最后部分便固定为诅辞。上文我们所引盟辞鲜明地体现着这些特征。这也可证明仪式本身的规定性最初也决定了文体所具有的体征及其内容。

综观以上所论，上古以来至春秋，流传于今的这一时期的大部分文体类别，它们的产生都与相应的巫祭仪式、礼仪制度有直接关系，是人们践行这些巫祭礼仪、仪式制度的直接产物。从夏商巫文化中的巫祭占卜仪式，到周初巫礼并存下的颂祭仪式，再到“制礼作乐”后具体制度下的仪式。不同性质样式的仪式、制度促成了不同文体的生成，决定了文体各自不同的功能，也决定了文体最初的体征。因为这些文体是在不同的仪式制度中生成的，所以文体内容本身鲜明体现着相应仪式制度的内容和要求，各文体也必然会承担各自不同的功能。

第二节 士人个体创作下的文体生成

从春秋到战国晚期，在这几百年战乱频繁的历史时期，相继涌现出了一大批掌握一定文化知识的精英个体，包括卿士大夫、行人、史官、诸子、纵横策士等。他们对于宗周及各诸侯国的生存和发展起着重要的作用。他们一方面学习和继承着统治阶层经典文化，一方面又创造、丰富着经典文化。相对于仪式活动场合中的典章文诰，他们的文辞创作较为自由，文辞之中融入了他们的个性才智与创作构思，使文辞在文本结构上、语辞形式上表现出了一些个性化的特征。

一　“喻巧而理至”：卿士大夫的谏说文

在我国古代，卿士大夫于一国有着举足轻重的作用，他们向内能匡正君主，谏政议说；向外据理护国，应对诸侯，接遇宾客，因而常被视为国之栋梁，君之股肱。多数情况下，他们所依凭的正是言辞、文辞，即所谓“一人之辩，重于九鼎之宝，三寸之舌，强于百万之师”①，如楚国屈完凭言辞力却齐桓诸侯大军。这样的言辞多是卿士大夫个人才智的体现，创作的个性化特征明显，无制度规范约束，在创作动机、功能及使用场合上与仪式、礼制下的文辞创作有明显的不同。卿士大夫的这类言辞，多保存在《国语》《左传》中。

《国语》和《左传》是两部史书文献，成书时间大约在春秋末至战国初期。就这两部书与作者之间的关系，学界普遍认为是作者收集史料而进行的整编加工。如唐人刘知几在《史通·申左》中云：“《左氏》述臧哀伯谏桓纳鼎，周内史美其谠言；王子朝告于诸侯，闵马父嘉其辨说。凡如此类，其数实多。斯盖当时发言，形于翰墨；立名不朽，播于他邦。而丘明仍其本语，就加编次。亦犹近代《史记》载乐毅、李斯之文，《汉书》录晁错、贾生之笔。寻其实也，岂是子长稿削，孟坚雌黄所构者哉?”② 刘知几指出《左传》中的一些文辞为编者采原有史料而编次，其眼光不可谓不敏锐。陈桐生通过自己对《国语》的研究，则指出：“《国语》是一部主要记载卿士大夫治国言论的原始史料汇编。”③ 我国史官制度发达，《国语》与《左传》的编纂成书，无疑得益于这些浩瀚的历史史料文献，今天我们虽然已经看不到西周春秋史官对卿士大夫、行人言辞、事迹的原始记载，但通过《国语》《左传》还是能得到一定程度的还原。诚如刘知几所说“臧哀伯谏桓纳鼎，周内史美其谠言”等乃是编者依据原有之史料而来，《左传》中确实保存了大量的卿士大夫们的言辞原文，以记言为主的

① 范文澜注：《文心雕龙注》，人民文学出版社1958年版，第329页。
② （唐）刘知几著，（清）浦起龙通释：《史通通释》，上海古籍出版社2009年版，第391页。
③ 陈桐生：《〈国语〉的性质和文学价值》，《文学遗产》2007年第4期。

《国语》，这一点更为明显。卿士大夫的这些辞令，对于丰富和发展我国散文文体，有着不可磨灭的贡献。相对于西周时期仪式、制度规范下的文辞创作，卿士大夫的谏说之辞，语言简易明了，个性化特征明显，文学性色彩更为鲜明。并且为了达到谏说的目的，言辞显然经过了一定程度的构思。

根据《国语》和《左传》的记载，卿士大夫的这些言论多发生在进谏君王，或者与他人的论辩、问对中，看似具有随机性，实则不然。翻阅《国语》与《左传》，会发现，卿士大夫的每一次论说往往与一定的事件相关联，这些事件有大有小，小的具体到君王过错、违礼背俗；大的则关乎国家生死存亡。卿士大夫的言辞多为针对事件而发，或是谏君归正，或是聘盟问答，或是为国排忧解难。这种言辞靠的就是一己之渊博学识、独特的见解以及出众的口才，因而具有一定的个体独立性，而不再是一种集体意识的体现。如《国语》中的《邵公谏厉王弭谤》《王孙满观秦师》《蔡声子论楚才晋用》等等；又如《左传》中，僖公三十年《烛之武退秦师》，成公三年《知罃对楚王问》等等，都是如此。而且，卿士大夫的这些文辞，在讲述之前是经过了自己一番构思的，如《邵公谏厉王弭谤》篇中，厉王暴虐，且不允许国人议论指错，还命卫巫监国人。对于厉王这一荒唐举动，邵公在谏说之前必然早已知晓，而且已有了自己的看法。当厉王向他炫耀“吾能弥谤，乃不敢言”时，邵公则顺理成章地把他已思考好的说辞，陈述出来，而不是在毫不知情的情况下的即兴劝谏。又如《烛之武退秦师》中，烛之武见秦伯之前，对于如何言说才能收到更好的效果，以劝退秦师，也必然是有构思的。因为秦晋围郑在前，郑伯听佚之狐之言，专门找到了他，且此事关乎郑国存亡，在去见秦伯之前，策划好自己的说辞，是合乎常理的。他们的这种构思虽然不是主观为文学，但与文学的构思在客观上具有相似性，而当这些言辞被卿士大夫本人或史官记录、追记下来时，就是一种文体的形成，因为有个体的构思在，所以更接近文学文体。如《邵公谏厉王弭谤》中邵公的谏辞：

是障之也。防民之口，甚于防川。川壅而溃，伤人必多，民亦如之。是故为川者决之使导，为民者宣之使言。故天子听政，使公卿至于列士献诗，瞽献曲，史献书，师箴，瞍赋，矇诵，百工谏，庶人传语，近臣尽规，亲戚补察，瞽、史教诲，耆、艾修之，而后王斟酌焉，是以事行而不悖。

民之有口，犹土之有山川也，财用于是乎出；犹其原隰衍沃也，衣食于是乎生。口之宣言也，善败于是乎兴，行善而备败，其所以阜财用、衣食者也。夫民虑之于心而宣之于口，成而行之，胡可壅也？若壅其口，其与能几何？①

谏辞以"是障之也"开头，对厉王"吾能弥谤，乃不敢言"的得意之形首先进行否定。接着提出"防民之口，甚于防川"，即指出厉王这种做法的不可行性。进而再指出其危害，"川壅而溃，伤人必多，民亦如之"，于是提出"故为川者决之使导，为民者宣之使言"的正确解决办法。邵公结合"天子听政"的实际来论，教厉王应当如何做，并指出使民言说对于国家稳定的重要性。最后又以两个反问质疑否定厉王的这种做法，做到了首尾呼应。因此邵公的这段说辞，篇幅虽小，但内容紧凑有序，逻辑严谨，语言干练，论证充分，且已运用比喻的修辞手法，已可看作一篇优秀的谏说文了。

又如《烛之武退秦师》中烛之武的语辞：

秦、晋围郑，郑既知亡矣。若亡郑而有益于君，敢以烦执事。越国以鄙远，君知其难也，焉用亡郑以陪邻？邻之厚，君之薄也。若舍郑以为东道主，行李之往来，共其乏困，君亦无所害。且君尝为晋君赐矣，许君焦、瑕，朝济而夕设版焉，君之所知也。夫晋，何厌之

① 上海师范学院古籍整理组校点：《国语》，上海古籍出版社 1978 年版，第 9—10 页。

有？既东封郑，又欲肆其西封。不阙秦，将焉取之？阙秦以利晋，唯君图之。①

在这篇语辞中，烛之武首先有意做空郑国的存在，而全从秦国的角度立论，讲出存郑对于秦的好处，及亡郑给秦带来的弊端。接着指出晋欺秦之事实，挑起秦晋两国间的矛盾，又进一步具体指出亡郑对晋的好处，以及晋才是秦国真正的威胁。可以说这同样是一篇构思精巧、逻辑严密的谏说散文作品。

对于这些卿士大夫的谏说文辞，如今我们将之视为散文。但在当时的历史语境中，这些文辞是被视为一篇篇言辞巧妙而理由充分的谏说之辞。这些文辞被世人称道之处，正在于其喻说精巧，构思严密，语辞得当。所有这些全在于卿士大夫个人的创造，是他们个体才华的体现。当这些言辞被史官记下，形诸文本时，对后世卿士大夫、行人便具有典范意义。

二　史官与问对体例的形成

我国有悠久的史官传统，西周时期，史官制度已经相当成熟，并且已有明确的职掌分工。《周礼·春官》中载：

大史：掌建邦之六典，以逆邦国之治，掌法以逆官府之治，掌则以逆都鄙之治。

小史：掌邦国之志，奠系世，辨昭穆。若有事，则诏王之忌讳。

内史：掌王之八枋之法，以诏王治。一曰爵，二曰禄，三曰废，四曰置，五曰杀，六曰生，七曰予，八曰夺。

外史：掌书外令，掌四方之志，掌三皇五帝之书，掌达书名于四方。

① 杨伯峻编著：《春秋左传注》（修订本），中华书局2009年版，第480—481页。

御史：掌邦国都鄙及万民之治令，以赞冢宰。凡治者受法令焉。[①]

足见当时史官之多，分工之细。

到西周中后期时，随着各诸侯国的实力增强，也都相继设置史官，《史记·秦本纪》载："十三年，初有史以纪事。"[②] 即秦文公十三年（公元前752年），秦国开始设置史官，可以想象先于秦国分封的齐、鲁、晋等国应早已置有史官。《孟子·离娄下》载"晋之《乘》，楚之《梼杌》，鲁之《春秋》"[③]，也说明了各诸侯国早已有史官对本国史事进行记载。左丘明所编《国语》，是根据各国史料文献"语"汇编而成，其中最早的文献始于周穆王时期，在一定程度上也同样能证明，各诸侯国在西周末年多数应设有史官。

通过上文所引《周礼》的有关记载，对于史官的职能，可以得到一个大略的认识，即掌管"典""法""书"等官方文献。但对于史官的职掌，我们最熟悉的一点还是记录。《礼记·玉藻》载："动则左史书之，言则右史书之。"[④] 即是说左史主要记录行为事件；右史主要记录言论。《说文》对于"史"的解释也是"记事者也"，突出的都是史官的记录职责。如今我们翻阅《尚书》中的有关篇章，每每会看到，"王曰""王若曰""公曰"等，史官实录的痕迹是明显的。同样，阅读《国语》《左传》，王公、君臣间的问对，也比比皆是，余行迈说："史官记言并非仅限于人君的告誓训令，还包括君臣的对答，公卿大臣的言论，以及盟书（又称载书）、讼辞等。"[⑤] 史官对君臣问对言论的实录，对于我国散文及赋体文学中的问对模式的形成有重要促进作用。

史官虽是对王公、君臣问对言论做记录，是录而不是作，但毕竟是他

① 李学勤主编：《十三经注疏·周礼注疏》，北京大学出版社2000年版，第813—837页。
② （汉）司马迁：《史记》卷5《秦本纪》，中华书局2014年版，第230页。
③ （清）焦循撰，沈文倬点校：《孟子正义》，中华书局1987年版，第574页。
④ （清）孙希旦撰：《礼记集解》，中华书局1989年版，第778页。
⑤ 余行迈：《先秦史官制度概说》，《苏州大学学报》1982年第S1期。

们将口头言辞形诸文本，若言辞仅停留在口头上，是无从谈论文体的。当史官将君臣问对，行人与诸侯问对及狱讼审讯、辩难等记录下来时，就形成一篇篇问对体例的文本。其中那些问得精、答得巧、说得妙的问对文辞，一旦被史官记录下来，形诸文本，就是一篇篇精美的问对体文辞，尤其是那些诉讼、辩难主题的文辞。战国时期，随着士阶层的崛起，经史官所记流传下来的经典问对文本自然会被士人学习模仿。就纵横策士来讲，他们为推行一己策谋，时常还会模仿君臣问对演练说辞。《战国策》中收录了许多这种虚拟问对之文，如《战国策·魏策一》中《张子仪以秦相魏》载：

> 张子仪以秦相魏，齐、楚怒而欲攻魏。雍沮谓张子曰："魏之所以相公者，以公相则国家安，而百姓无患。今公相而魏受兵，是魏计过也。齐、楚攻魏，公必危矣。"张子曰："然则奈何？"雍沮曰："请令齐、楚解攻。"雍沮谓齐、楚之君曰："王亦闻张仪之约秦王乎？曰：'王若相仪于魏，齐、楚恶仪，必攻魏。魏战而胜，是齐、楚之兵折，而仪固得魏矣；若不胜魏，魏必事秦以持其国，必割地以赂王。若欲复攻，其敝不足以应秦。'此仪之所以与秦王阴相结也。今仪相魏而攻之，是使仪之计当与秦也，非所以穷仪之道也。"齐、楚之王曰："善。"乃遽解攻于魏。①

相对于史官对王公、君臣问对言辞的实录，这种说辞无疑有了策士主观创作的成分，有策士们的设想在。此外，战国中期以来，庄子、屈原的创作中也多有问对体出现，以此服务于说理、明志。问对体例的写作逐渐被引向文学创作。西汉时期，汉赋作家已能自觉虚设人物问对以进行赋体创作了，如枚乘《七发》、司马相如《子虚赋》《上林赋》、东方朔《答客

① （汉）刘向集录：《战国策》，上海古籍出版社1985年版，第805—806页。

难》等。对此，司马迁《史记·司马相如列传》说得很清楚："相如以'子虚'，虚言也，为楚称；'乌有先生'者，乌有此事也，为齐难；'无是公'者，无是人也，明天子义。故空藉此三人为辞，以推天子诸侯之苑囿。"①

由此，"问对"体例作为一种创作模式，进入了文学创作的实践之中。"问对"体例的兴起与史官对王公、君臣等问对之辞的实录不能说没有关系。

三　史家著述与叙事体、史传体创造

（一）叙事体创造

春秋以来，东周王朝的统治力逐渐衰弱，各诸侯国的实力不断增强，礼乐文化的影响力逐渐下降。诸侯国之间频繁的战争，逐渐检验着人的合理性行为对于国家兴败存亡的重要性，而并非鬼神的庇佑，自身拥有精英文化知识并掌管史记的史官最明此理。但随着周王朝国势的衰微，包括史官在内的精英人士不断出走，陈桐生就指出："从平王东迁到春秋末年，出于对陵迟没落王朝的不满和失望，东周王朝史官不断上演弃周逃奔的故事。"② 这种现象使得经典文化不断涌向地方，精英文化下移，在一定程度上促进了士阶层的兴起。

到春秋战国之际，称霸兼并战争越发激烈，恃强凌弱的社会现实，列国之间频繁的战争，使礼乐文化、史官文化遭到较为严重的破坏。然而，这一时期仍旧有一些士人积极倡导礼义仁德，试图恢复宗周礼乐文明，如以孔子为代表的儒家士人。但在这个时期，结果往往是碰壁。司马迁在《史记·十二诸侯年表》中说："是以孔子明王道，干七十余君，莫能用，故西观周室，论史记旧闻，兴于鲁而次《春秋》，上记隐，下至哀之获麟，

① （汉）司马迁：《史记》卷117《司马相如列传》，中华书局2014年版，第3640页。

② 陈桐生：《商周史官文化向战国士文化的转变及其对说理散文的影响》，《文史哲》2008年第3期。

约其辞文，去其烦重，以制义法，王道备，人事浃。七十子之徒口受其传指，为有所刺讥褒讳挹损之文辞不可以书见也。鲁君子左丘明惧弟子人人异端，各安其意，失其真，故因孔子史记具论其语，成《左氏春秋》。”[①] 从司马迁的这段叙述中不难看出，孔子“干七十余君”不成后，退而修订《春秋》，仍旧是希望王侯能行“王道”；左丘明因《春秋》而诵史，之后辑成《左氏春秋》[②]，以追其意。

严格来说，孔子和左丘明并不是史官，司马迁对左丘明的称谓是“鲁君子”，但因他们与《春秋》《左传》《国语》等带有史书性质的传世文献有密切的关系，我们可以称他们为史家。这些著作不是官方的，而是缘于个体士人治国平天下的理想。《国语》与《左传》中的篇章篇幅相对较长，一方面有对各国史官所记史料的直接引用，其中就包括上文我们所提到的卿士大夫、行人的经典文辞。另一方面编著者本人为记明一个事件的原委，如何巧妙地将他们所见的相关史料编排起来，则又有他自己的构思，当下我们阅读《国语》《左传》中的一些篇目，明显可感其鲜明的故事性、叙事性。再者，有时对一个历史人物，作者对其生平、事迹有较详细的叙述，已开“史传”体文学的先河。而就《左传》《国语》中所呈现出的叙事体文学与史传体文学而言，都可以看作个体士人的创造。

童庆炳曾说：“中国古代叙事文学的要素有三点：即情节（讲什么）—演进（怎么讲）—视角（谁讲）。”[③] 童先生所谓的“情节”即是内容，通过一个个事件来叙说故事，但事件之间不能彼此独立，而是要有因果联系；所谓“演进”，即“如何把在某个空间里发生的事件，放到一定的时间秩序中来叙述”；所谓“视角”，即事件、故事由谁来讲。童先生所说的

---

① （汉）司马迁：《史记》卷14《十二诸侯年表》，中华书局2014年版，第647—648页。

② 对于《左传》是否传《春秋》，《左传》是否为左丘明所编著，学界尚存争议。本文认为《左传》的编著与《春秋》存在关系，即使不是传《春秋》，也当是以《春秋》为基本大纲而编著。《左传》即使非左丘明本人所编，但与其诵史、讲史不能说没有关系。

③ 童庆炳：《中国叙事文学的起点与开篇——〈左传〉叙事艺术论略》，《北京师范大学学报》（社会科学版）2006年第5期。

“中国古代叙事文学”三要素，当指文学自觉以后，成熟的叙事文学作品所应当具备的特质。而成书于战国前期的《国语》《左传》中的一些篇章，客观上也已具备这些要素。

《左传》与《国语》相传都是据左丘明讲史所编著，成书时间大约在战国前期。春秋战国之际战乱频繁、礼乐废弛，传统士人编著史书性质的文献，目的是给君主提供史的借鉴，希望君王行“王道”。因而在《国语》《左传》的篇章中，呈现出明显的道德评判，其标准是“德”“义”“诚”等礼文化下的行为准则。翻阅《国语》《左传》往往会发现，当编著者叙述的一件事或一个人，其性质或行为不合于这些道德准则时，大多会叙述出其结局，而这种结局往往是悲惨的，训诫的目的非常明显。如上文我们所引述《国语》中的《邵公谏厉王弭谤》篇，对于周厉王暴虐且又不听劝谏，结果“三年乃流王于彘”。又如《国语》中的《单襄公论陈必亡》一篇，单襄公受周定王之命，“聘于宋。遂假道于陈，以聘于楚”[①]。进入陈国后，见陈国并没有按月令开展相应的农事工作，且“司里不授馆，国无寄寓，县无施舍”，进入陈国都城后，“陈灵公与孔宁、仪行父南冠以如夏氏，留宾不见”，基于种种背时违礼的现象，单襄公回国后，得出陈国必亡的结论，果然，“六年，单子如楚。八年，陈侯杀于夏氏。九年，楚子入陈”[②]。编著者结合史料，把陈国的命运完整地展现出来，其实也是在一次次地重申，不合礼法者，不合礼法之事，必然不会有好的结果。当然偏于记事的《左传》，类似这样的篇章就更多了。

我们想说的是，作者编著《国语》《左传》的目的是给统治者以史的借鉴，敦促其行王道，对于一些王侯违礼背俗的行为，作者都将其悲惨下场、结果列出，这样警示意义更为直接。因为有这样的一种创作目的在，不论这种结果是几年甚至十几年后发生，作者都会有意列出来。如《邵公谏厉王弭谤》，周厉王是“三年乃流王于彘”，《单襄公论陈必亡》中单襄

---

① 上海师范学院古籍整理组校点：《国语》，上海古籍出版社 1978 年版，第 67 页。

② 上海师范学院古籍整理组校点：《国语》，上海古籍出版社 1978 年版，第 75 页。

公在周定王六年到楚，而陈为楚所灭是在周定王九年，这里也有三年的时间跨度，显然是编著者自己根据史料加上的，所追求的就是事件的因果效应。这种为了警戒王侯、为统治阶级提供史的借鉴而编排的事件因果联系，与童庆炳先生所认定的中国古代叙事文学的第一个要素——“情节”，即事件之间不能彼此独立，要存在因果联系，在客观上是相似的。而且编著者作为战国前期的人，对西周晚期，东周中前期发生的事，以时间为线索进行有序编排，这符合童先生所认定的第二个要素——“演进”。再者，编著者作为局外人，是在讲述前代故事，而不是史官式的实录，并且他们有意追求故事的完整性，表明他们确实是站在旁观者的角度来讲述，也同样符合童先生所认定的第三个要素——“视角”。因而作为士阶层的个体，以《左传》《国语》编撰者为代表的史家，在编著诸如《国语》《左传》等历史故事题材的文献时，实则创造出了一种叙事体文学的样式。真正的符合理论规范的叙事体文学虽然产生的时间较晚，但未尝没有对《左传》《国语》中一些篇章的借鉴与仿拟。

（二）史传体创造

刘勰在《文心雕龙·史传》篇中说：“昔者夫子闵王道之缺，伤斯文之坠，静居以叹凤，临衢而泣麟，于是就太师以正雅颂，因鲁史以修春秋，举得失以表黜陟，征存亡以标劝戒：褒见一字，贵逾轩冕；贬在片言，诛深斧钺。然睿旨存亡幽隐，经文婉约，丘明同时，实得微言，乃原始要终，创为传体。”① 刘勰所论是较为恰切的，左丘明与孔子同时，对《春秋》微言背后的史事是有清晰认识的，于是发微言而为详细事件故事。这在刘勰看来是传体的首创。

传《春秋》者，流传于当下者有三，《公羊传》、《穀梁传》以及《左传》。《公羊》《穀梁》为今文，《左传》为古文。《公羊》《穀梁》为训诂传，《左传》则详于叙述史事。《春秋》中，虽然夫子多以寥寥数语标记历

① 范文澜注：《文心雕龙注》，人民文学出版社1958年版，第283—284页。

史事件，但所叙事件对于影射礼义之道，警戒君王，皆具有典型性。只是后人或许因无法详知孔子所记事件的原委，不能使其大义灿然，这也是《左传》成书的原因。《孟子·滕文公》篇载："世衰道微，邪说暴行有作，臣弑其君者有之，子弑其父者有之，孔子惧，作《春秋》。"① 《史记·太史公自序》中说："《春秋》之中，弑君三十六，亡国五十二，诸侯奔走不得保其社稷者不可胜数。"② 并引孔子语"我欲载之空言，不如见之于行事之深切著明也"，也可证孔子作《春秋》确实是"见之于行事"，即以鲜活事例影射道义与兴亡之理。司马迁所指出的"弑君""亡国""诸侯奔走"无一不是警醒王公世人的大事。

左氏将《春秋》史事具体化、详细化，展开记叙，追求事件的完整性，客观上开启了"史传"体的先河。刘勰说："传者，转也；转受经旨，以授于后，实圣文之羽翮，记籍之冠冕也。"③ 即是说传就是转，转受经旨大义于后人，是经书的辅助性读物，又是记事书籍中的翘楚。刘勰指出《左传》是为转受《春秋》大义于后人，是史传体文学的先河。但又说《左传》是记事书籍中的翘楚，则又有承认其独立存在的一面。蒋伯潜说"《公羊》《穀梁》为'传'之正体；《左传》则是'史传'"④，因此，若抛开《左传》和《春秋》的关系不论，单看《左传》，其中对于历史事件、对于历史人物事迹的完整性叙述，实则为以后历史类文献的编著写作提供了范例，对传记体文章的创作也产生了一定影响。

四 庄子"寓言"体创造

战国以来，随着士阶层的兴起、壮大，思想文化层面呈现出我们所熟悉的百家争鸣的局面，这是士阶层自身的历史责任感、社会责任感的体

① （清）焦循撰，沈文倬校点：《孟子正义》，中华书局1987年版，第452页。
② （汉）司马迁：《史记》卷130《太史公自序》，中华书局2014年版，第4003页。
③ 范文澜注：《文心雕龙注》，人民文学出版社1958年版，第284页。
④ 蒋伯潜著，蒋绍愚导读：《十三经概论》，上海古籍出版社2010年版，第278页。

现，也是士人个体自我意识的体现。孟子曾说：“如欲平治天下，当今之世，舍我其谁也?”① 他们著书讲学，宣扬一己之学说，都非常主动、自觉。这不但丰富了先秦文献，也丰富了先秦文体类别。从文学文体的视角看，这一时期具有创造之功，且对后世文体影响较大者，是庄子和屈原。

阅读《庄子》，我们能感觉到其论说的宏大，思想的深邃，以及语言的汪洋恣肆，作为我国早期文学形态，其首先具有典型的风格学意义。同时也要注意，庄子说理，多是以人物问对形式展开，这在问对体的发展脉络上，是重要的一环。从《寓言》篇和《天下》篇的相关记载看，这是庄子有意为之。庄子设置人物问对，客观上使其哲理、学说通过他人（物）之口讲出，而这正是其想要的阐释方式。《寓言》篇中称：“寓言十九，重言十七，卮言日出，和以天倪。寓言十九，藉外论之。亲父不为其子媒。亲父誉之，不若非其父者也；非吾罪也，人之罪也。”② 所谓“藉外论之”，就是借助他人之口来说话，因为这样能更容易让别人信服，即“亲父不为其子媒。亲父誉之，不若非其父者也”。这足以证明“寓言”是庄子有意为之。借助他人之口来说话、说理，这一创作体例被学者们称为“寓言体”。如《庄子·渔父》篇中，即是主要借助渔父和孔子的对话，让渔父指出孔子“仁则仁矣，恐不免其身；苦心劳形以危其真。呜呼，远哉其分于道也”③，设置孔子卑躬地询问，让渔父讲出真与道，最后又通过孔子之口表达出对“道”的敬佩。

《庄子》中，作者设为问对以说理，其中有将历史人物虚化、艺术化的现象，与事实中的历史人物本身的性格特征存在一定差距，这时历史人物成了作品中的人物形象，完全服务于作者说理，最明显的是孔子形象，《庄子》中所出现的孔子形象，与《论语》及史书中所记载的孔子形象，出入非常大。这比《战国策》中策士们在推演人物问对时所作之文辞，更

① （清）焦循撰，沈文倬点校：《孟子正义》，中华书局 1987 年版，第 311 页。
② 王世舜主编：《庄子译注》，山东教育出版社 1984 年版，第 534—535 页。
③ 王世舜主编：《庄子译注》，山东教育出版社 1984 年版，第 602 页。

接近文学创作。《战国策》中的假设人物问对之辞，有从现实人物身份、性格特征考虑的一面，策士们会从王侯实际的性格出发，想象他们会怎样问，而“我”又怎样对，因而这种推演假设有合乎现实的一面。庄子与此不同，《庄子》中所假设的人物问对，更接近创作手法，与现实人物存在一定的距离，也就是说，其中有作者的艺术构思与想象在，是一种创作。因此，“藉外论之”的寓言体可以看作庄子的创造。

五　屈原的“体由独创，语出新裁”

屈原是我国文学史上第一位伟大的诗人，他创作了以《离骚》为代表的一系列优秀作品。在屈原《离骚》等作品之前，虽有《诗三百》篇，但从文本体式上说，并没有同《离骚》《九章》等相类似的篇章存在，这本身就是一种文体的创造，如刘勰就说屈原是“自铸伟辞”，明人张京元认为是“体由独创，语出新裁”。当然屈原作品的文体样式并不是等齐划一的，一些学者统称之为“楚辞”体或“骚”体，实则抹杀了其文体的多样性、丰富性。如同为诗体，《离骚》与《天问》在文本特征上就有明显的不同；《九章》之中《橘颂》与其他各篇也不相同；《招魂》《卜居》《渔父》显然又不属于诗体。学者们所说的“楚辞”体、“骚”体，其实更多的指向了《离骚》的文体样式，而且称之为“楚辞”体或“骚”体，在称谓上也没有表现出《离骚》的体式或内容功能等特征。就称谓上讲也是模糊笼统的。屈原能够创作出不同类别的文体，表明他已具有一定的文体意识及相应的文体功能意识。这也是本书所要着重阐述的。

综观以上所论，春秋以降，随着经典文化的下移，士阶层开始兴起，他们或是著书立说积极入世，或是倡导自然，遗世而独立，也有如屈原这般“发愤以抒情”者。在说理、献策、抒情的过程中，创作了大量文辞，这些文辞因作者创作目的、创作需要的不同而体式各异。相对于仪式礼制下的文体创造，这些创作极富个体色彩，多是“因情而立体”，即根据一己的表达需要而确立文体样式，与仪式制度下的文体创造表现出极大的不同。

第三节　战国时期文体概念内涵

概念内涵是对现象的总结归纳，文体的内涵也当如此。通过前两节对战国时代及其之前主要文体生成的分析，是可以在此基础上总结归纳出屈原所处的战国时期，那个历史语境下的文体概念内涵的。

仪式活动及礼制下生成的文体与个体士人创造的文体，是我国先秦时代文体产生的两种主要形式，要总结出屈原所处时代文体概念内涵及其要素，至少要考虑这两方面的因素，既然在这两种不同的形式下创造的文本样式，当下我们皆统称为文体，那么这已经决定了先秦文体概念内涵应是丰富的。

从仪式礼制下生成的文体的内涵来看，这类文体多属于官方的、统治阶层的政令性质的文献，其文体的名称也是由仪式活动名称或礼制名称直接来充当。诸如誓、诰、盟、颂、诔等。誓本为行为动词，指部落之间、国家之间发生战争时，首领为鼓励将士而举行的训话仪式，如《尚书·甘誓》载："王曰：'嗟！六事之人，予誓告汝。'"① 《汤誓》载："王曰：'格尔众庶，悉听朕言。'"② 又如《牧誓》中明确记载："时甲子昧爽，王朝至于商郊牧野，乃誓。"③ 当巫史之官将君王首领于誓师仪式中所讲的言辞记录下来或追记下来时，这种言辞因是为誓师而发，便以此称为誓，这是命篇，同时也是命体。又如诰，起初同样也是行为动词，意为告诫，《释名》载："上敕下曰告。告，觉也。使觉悟知己意也。"④《周书》中有

① （清）孙星衍撰：《尚书今古文注疏》，中华书局 1986 年版，第 209 页。
② （清）孙星衍撰：《尚书今古文注疏》，中华书局 1986 年版，第 216 页。
③ （清）孙星衍撰：《尚书今古文注疏》，中华书局 1986 年版，第 282—283 页。
④ （清）王先谦撰集：《释名疏证补》，上海古籍出版社 1984 年版，第 305 页。

《大诰》《康诰》《酒诰》《洛诰》诸篇，皆是王公对王室子弟或国之臣民的告诫之辞。如《大诰》中载："王若曰：'猷！大诰尔多方，越尔御事。'"[①] 这是在武王死后，淮夷等地叛乱时，周公相成王黜殷所作。《酒诰》中载："王曰：'封！予不惟若兹多诰。古人有言曰：人无于水监，当于民监。'"[②] 是武王告诫其弟封戒酒之辞。诰，这一活动的举行也有其一定的场所，如《酒诰》首句就载："王若曰：'明大命于妹邦。'"[③] 这次训诰仪式发生在妹邦。《尚书·周书》中除《大诰》《康诰》《酒诰》等明确以诰命篇的篇章外，还有一些篇题虽没有题为诰，实则也属于诰体的篇章，如《多士》《君奭》。《多士》载："惟三月，周公初于新邑洛，用告商王士。"[④]

再如盟，《文心雕龙·祝盟》载："盟者，明也。骍毛白马，珠盘玉敦，陈辞乎方明之下，祝告于神明者也。"[⑤] 盟是国与国之间的约信。《左传·哀公十二年》载子贡语："盟，所以周信也。"杜预注曰："周，固。"[⑥] 国与国之间的盟约有一个相当烦琐的仪式过程。其中，第一项要做的就是起草载书，也就是盟辞，这是约盟仪式中的一个环节，之后盟辞径直称为盟，同样是因约盟仪式而得名。其他文体类别，如颂、诔等形成方式均与此相同。这些文体，到屈原所生活的战国中后期均存在并使用。

这些文体都是在一定的仪式活动或礼制下生成的，文体的名称也都是以仪式名称或制度名称来定的，文本内容鲜明地反映着仪式活动的内容及礼制的要求，因而文体与文体之间的区分也便由它们所属的不同仪式活动或礼制决定。这里不妨列出各文体中较有代表性的文本。

---

① （清）孙星衍撰：《尚书今古文注疏》，中华书局 1986 年版，第 342 页。

② （清）孙星衍撰：《尚书今古文注疏》，中华书局 1986 年版，第 381 页。

③ （清）孙星衍撰：《尚书今古文注疏》，中华书局 1986 年版，第 374 页。

④ （清）孙星衍撰：《尚书今古文注疏》，中华书局 1986 年版，第 423 页。

⑤ 范文澜注：《文心雕龙注》，人民文学出版社 1958 年版，第 177 页。

⑥ 李学勤主编：《十三经注疏·春秋左传正义》，北京大学出版社 2000 年版，第 1918 页。

如《牧誓》载：

时甲子昧爽，王朝至于商郊牧野，乃誓。

王左杖黄钺，右秉白旄，以麾。曰："逖矣，西土之人！"

王曰："嗟！我友邦冢君，御事：司徒、司马、司空，亚旅、师氏，千夫长、百夫长，及庸、蜀、羌、髳、微、卢、彭、濮人，称尔戈，比尔干，立尔矛，予其誓。"

王曰："古人有言曰：'牝鸡无晨。牝鸡之晨，惟家之索。'今商王受惟妇言是用，昏弃厥肆祀弗答，昏弃厥遗，王父母弟不迪，乃惟四方之多罪逋逃，是崇是长，是信是使，是以为大夫卿士，俾暴虐于百姓，以奸宄于商邑。"①

《酒诰》载：

王若曰："明大命于妹邦。乃穆考文王，肇国在西土。厥诰毖庶邦庶士，越少正、御事，朝夕曰：'祀兹酒。'惟天降命肇，我民惟元祀。天降威，我民用大乱丧德，亦罔非酒惟行；越小大邦用丧，亦罔非酒惟辜。文王诰教小子、有正、有事，无彝酒。越庶国，饮惟祀，德将无醉，惟曰我民迪。小子惟土物爱，厥心臧，聪听祖考之彝训。越小大德，小子惟一。"②

又如《左传·成公十二年》晋楚西门之盟，盟辞为：

凡晋、楚无相加戎，好恶同之，同恤菑危，备救凶患。若有害楚，则晋伐之；在晋，楚亦如之。交贽往来，道路无壅；谋其不协，

① （清）孙星衍撰：《尚书今古文注疏》，中华书局1986年版，第282—290页。

② （清）孙星衍撰：《尚书今古文注疏》，中华书局1986年版，第373—378页。

而讨不庭。有渝此盟，明神殛之，俾队其师，无克胙国。①

细看以上所举的这些文体的文辞，不难发现，每一篇文本的内容皆非常典型地反映着相对应仪式活动的内容。同时仪式活动的名称决定了相对应文体的名称，而且仪式活动的内容也决定了文体的主要内容。从外在的语言体式上看，这些文体之间并无多少差别，都是口语化特征明显的散体文辞，体式固定，若对它们做出区别，只能从文体内容上。又因文体内容决定于仪式活动的主旨内容，在它生成的同时本身即具有了与仪式活动目的相一致的功能，如誓的功能在于激励将士；诰的功能在于告诫；盟的功能在于约信。当文体与之所承载的功能约定俗成地为人们所知晓时，文体间的区别则主要依据功能而论了。所以文体功能是战国文体内涵的一个重要因素，是区分这一类文体的主要依据。

至此，仪式礼制下生成的文体，我们可以总结为，这类文体是文章类属上的不同文体，有着固定的体式，固定的写作内容，察一而知百，对于它们的区分，不看其文本体式，而是主要依据其文体功能。

但对于颂，则需要从两个方面进行考虑。一方面是它与风、雅的区别；另一方面是与誓、诰等其他文体类别的区别。刘勰在《文心雕龙》中既列《明诗》篇，又列《颂赞》篇，诗与颂并没有放在一起论述，这源于“颂”有它特殊的运用场合，承担特定的功能，《明诗》篇对“诗”的阐发主要围绕“情”来讲；而颂，如《释名・释言语》中所载：“颂，容也。叙说其成功之形容也。”② 颂即容，容为舞容，即是在武王克商之后，在祭祀先祖时，将其成功克商的经过，以乐舞的形式，象征性地再演绎一遍，《大武》前三成能给予直接的证明。它是诗、乐、舞一体的综合艺术，因而颂有其产生的特定场合，又有其特定的表演形式和使用场所。因此风、雅、颂这种分类，还是着眼于其功能，与其产生的形式有关。但就大

① 杨伯峻编著：《春秋左传注》，中华书局2009年版，第856页。

② （清）王先谦撰集：《释名疏证补》，上海古籍出版社1984年版，第175页。

的文体范畴讲，三者都属于诗体。

颂与誓、诰、盟等其他文体的区别，一方面与它们所承载的功能不同有关；另一方面，则必须看到它们文体形式上的差异，造成这种差异的最重要的一点是，这些文体最初“问世发表”时是歌唱的还是讲说的。颂诗是歌唱的，且是入乐歌唱。因为要演唱，所以句式相对整齐、节奏性要强，誓、诰、盟等是王公等演说或宣读之辞，必然带有口语化特点，文句散化。对于这种不同，可以概括为是否入乐演唱，是否入乐（即原初的发表、传播形式）也应成为我们考虑战国时期文体特征的一个要素。

从个体士人创造所形成的文体看，情况又有许多不同。与仪式、礼制下生成的文体不同，个体的写作主要表现在文本体式上的个性化特征。如《春秋》三传中，《公羊》《穀梁》重训诂，《左传》则重史事。作为史传体，《左传》将一个大的历史事件，或一个历史人物的事迹，通过集结相关史料，完整叙述出来。而编著者在追求史事完整性的同时，按一定的视角叙述，客观上又创造了叙事体文学，叙事体的特征在于，作者站在一定的视角，讲述事件，事件与事件之间存在因果联系，以突出某种结果。叙事体文学虽不属于与诗、誓、诰等并列的文体类别，但其文本内容的结构特征明显，也常常被用作文体划分的依据。又如问对体，即以人物问对的形式，结构文本，展示出作者所要表达的思想内容，文体形式特征也非常明显。又如寓言体，其特征即是借他人之口来说己话，以提高言论的可信度。庄子是寓言体的创造者，目的就是使自己的学说能更容易为别人接受。

以上所论史传体、叙事体、问对体、寓言体，它们都是士人在明理、述道过程中，为更好地阐释道义、宣扬学说而创作的。这些创作皆有典型的体式特点，在文本上形成突出的体式特征。当下根据文体的特征来命体或命篇，也已成为一种普遍现象，如问对体赋、寓言体散文、史传体散文。所以体式特征成了区分同一类文体的一个重要依据，是二级文体划分的重要依据，因而也应成为文体的一个要素。

通过以上论述，从颂、誓、诰、盟等不同文类到以文本创作特征定名的问对体、史传体、叙事体等，文体体式由简单到丰富。同时战国中后期，文体的种类也开始有不同层次的划分，如上文提到的，风、雅、颂都隶属于诗体，若将诗视为同誓、诰、盟等并列的一级文体的话，那么风、雅、颂则是诗体下的二级文体。因语言的不同，文本结构的不同，所形成的创作形式上的特征，便是二级文体区别的主要依据，如诗还可分为四言体、五言体、七言体；赋还可分为散体赋、骚体赋，这都是从语言、结构等形式上做出的区别。

如今，若我们对于诗、誓、诰、盟，以及问对体、史传体、寓言体，都以“文体”一名相称，则文体应当至少有两个方面的内涵：一是文章之体类，二是文本之体征。本书对屈原辞进行文体研究，即是建立在对文体的这种认识上。当下学界对于文体的认识，逐渐摆脱了西方文体概念的荫蔽，回归到我们自己的历史语境中。吴承学说：“中国文体学兴盛，标志着古代文学学术界的两个回归：一个是对中国本土文学理论传统的回归，一个是对古代文学本体的回归。”① 学者们也均指出我们古代文体内涵的丰富性，如郭英德说“在中国古代文论中，‘文体’一词，义有多端”②，吴承学指出：“中国文体学的‘体’，是一个典型的中国本土文学概念，它是指文学艺术赖以存在的生命形式，具有极大的包含性与模糊性。‘体’兼有作品的具体形式与抽象本体之意，是形而下与形而上的有机结合；既有体裁或文体类别之义，又有体性、体貌之义；既可指具体章法结构与表现形式，又可指文章或文学之本体。”③ 我们所总结出的文体的内涵，文章之体类与文本之体征，正好也说明了文体内涵的丰富性。

---

① 吴承学：《中国古代文体学研究》，人民出版社2011年版，第2页。

② 郭英德：《中国古代文体学论稿》，北京大学出版社2005年版，第1页。

③ 吴承学：《中国古代文体学研究》，人民出版社2011年版，第3页。

魏晋以来，著名的文体理论著作和文集有《典论·论文》、《文赋》、《文章流别论》、《文心雕龙》以及《文选》。从名称上看，它们有一个共同点，都以“文”作为著作名称来总括所论文类。《典论·论文》所论包括奏、议、书、论、铭、诔、诗、赋八种不同文类；《文章流别论》论述诗、铭、诔、辞等不同文类；《文赋》则论述到了诗、赋、碑、诔、铭、箴等十种不同文类。而建立在此“文”基础上的文体概念，正是上文我们所说的大“文体”概念，即文章体类，这也是文体这一概念应有的内涵。所有的文章体类及不同体式特征的二级文体，都可以称为文体，如诗、赋、词、曲是文体，没有问题；说四言体诗、七言体诗、歌行体等是不同文体，也没问题。魏晋以来就已经出现了单论某一类文体的理论专著，如钟嵘《诗品》，专门论诗体，具体又论到诗体下的四言体、五言体等二级文体。之后又相继出现许多专论某一类文体的文论著作，如各种诗话、赋话、词话、曲话，并且有的进行了相应的二级文体的划分。

上文中，我们从两个角度论析先秦文体生成时，已总结出文体应具备的内涵要素，其中有功能、结构特征、韵律等，这些要素已成为我们区分不同文体的主要依据。魏晋以来，文体论家又将文体的内涵要素指向了其他方面。曹丕率先指向了风格，《论文》中载：“盖奏议宜雅，书论宜理，铭诔尚实，诗赋欲丽。”陆机《文赋》载：“诗缘情而绮靡，赋体物而浏亮。碑披文以相质，诔缠绵而凄怆。……”① 也侧重讲文体风格。刘勰在《文心雕龙·体性》中也指出：“若总其归途，则数穷八体：一曰典雅，二曰远奥，三曰精约，四曰显附，五曰繁缛，六曰壮丽，七曰新奇，八曰轻靡。”这里的“八体”，即八种风格，可见风格也应成为文体论中的一种要素。所以当文学从政令、哲学等文献中分离出来，当文学的文体类别较为固定时，我们所谈及的文学文体就多指向文本体征上的差异了。这种差异既可以是具体的语言、句式、文本结构上的，也

① （晋）陆机著，张少康集释：《文赋集释》，上海古籍出版社 1984 年版，第 71 页。

可以是抽象的风格上的。

综观以上所论，文体即文章类别及其体征。文体的内涵既包括文章之体类，也包括文本之体征。文体范畴的出现，源于不同文本产生后区别的需要，因此，文本自身的功能，文本的结构，初始发表及传播的方式，文本的风格、语言，皆成为文体区分的依据，也成为文本成体的依据。本书对屈原辞文体的研究就建立在对文体概念的这一认识基础上。

第二章　屈原辞文体特征与文类划分

通过第一章对先秦文体生成及内涵的探析，我们得出先秦文体的生成主要源于两种形式：一是因仪式制度的需要，这类文体鲜明体现着仪式、制度的内容特征；二是士人个体的创造，这种文体有着明显的体式特征。不同的生成形式决定了先秦文体内涵的丰富性。对于屈原辞文体的研究，我们拟先分其文类，再探其文本体征。

屈原作品绝大多数是在被疏、被逐后所作①，是属于个体失意士人的创作，以满足其抒情、纾愤、言志、自救等自我生命的需要，是一种完全自觉的个体创作行为。但是又要看到，屈原辞所采用的艺术形式是多样的，其中不乏巫祭仪式、占卜仪式、招魂仪式的影子，因此，又不能完全排除仪式艺术活动对屈原作品创作的影响。所以在确认其作品文体特征以及给作品进行文体分类时，应当做多方面的考虑。屈原辞二十五篇，从文本上来说，并不是整齐划一的，一些篇章有它独特的构思特点，呈现出不同的体式特征。仅凭此一点，就不能以一种文体概念来统称屈原作品。所以有必要根据屈原作品的文本特征、功能，先对屈原辞文体做出类属上的划分。我们以为屈原辞二十五篇，从文体类别上讲，应分为两种不同的文

---

① 除去创作归属权有争议的篇章外，就创作时间问题上，争议最大的篇章是《橘颂》。有学者认为是屈原少时所作，如清人吴汝纶，赵逵夫先生认为是行冠礼时所作；也有学者认为是顷襄王时期所作，如汤炳正先生等。

类，即诗与赋。具体作品划分如下表。

诗	《离骚》《天问》《九章》《九歌》
赋	《卜居》《渔父》《招魂》

第一节　屈原辞诗体论证

屈原辞诗体文类下的篇章有《离骚》、《天问》、《九章》及《九歌》。《九歌》虽然带有鲜明的祭歌色彩，但毕竟经过了屈原的更定与改作。因为歌与诗在《诗三百》时代已经合流，因此在大的文体类别上，《九歌》仍归入诗体。《离骚》《天问》《九章》则是屈原采用不同的诗体样式以抒情、讽刺、明志。

一　歌、诗合流及《九歌》诗体论析

依照当下的文体观念，诗歌被看作一种文体。但从发生的角度来说，起初歌与诗还是有着类属上的差异，这种差异主要由它们的生成环境以及功能的不同所决定。近代以来，就两者之间的异同，一些学者做过专门研究。二十世纪三十年代末，闻一多在其《歌与诗》一文中指出二者本质上一为抒情，一为记事。歌的特点在于音乐性，靠声音韵律表现情感，当然也会辅以实词的描述，但歌词是唱出来的；诗的特点在于其理性言说，记事叙事。诗虽然也是入乐可歌，但注重的仍是其中的理性意义，或教化，或讽谏，或传意，且多是先有辞，而后入乐歌唱。所以就原初创作目的及其功能上讲，并不与歌相同。近年来也有学者重申这一论点，如赵辉在《歌与诗的起源及原始功能异同》一文中指出二者“起源于不同的言说时空”①，且各自承担不同的功能。就二者产生的时间上看，学界均会认同一

① 赵辉：《歌与诗的起源及原始功能异同》，《武汉大学学报》（人文科学版）2009 年第 6 期。

点，即歌的产生要早于诗。朱自清指出“‘诗’这个字不见于甲骨文、金文，《易经》中也没有”[①]，但甲骨文中已有舞、乐等字，也有不少乐器的名字。有舞乐必然会有歌，陆侃如、冯沅君就指出：“在卜辞中既然看到音乐与舞蹈的盛况，就可知道那时必然有不少的诗歌。”[②] 这也表明人类对歌的需要要早于对诗的需要。早期人类对歌的需求主要有两种：宣泄情绪与巫祭娱神。而诗，诚如闻一多先生所言，是志，是记事，是史。应是人类进入理性时期后的产物。

但是又要看到，随着实词的增加，歌的表现范围不断扩大，而不仅仅局限于抒情。歌也可以叙事、讽刺，《公羊传·宣公十五年》何休注云：“男女有所怨，相从而歌，饥者歌其食，劳者歌其事。”[③] 而诗也不仅仅是史、记事，也可以讽刺、抒情，因此歌与诗的界限，随着二者表现范围的扩大，功能的走近，便逐渐模糊了。闻一多就指出：“诗与歌合流真是一件大事。它的结果乃是《三百篇》的诞生。一部最脍炙人口的《国风》与《小雅》，也是《三百篇》的最精彩部分，便是诗歌合作中最美满的成绩。”[④] 可见在《诗三百》时代，歌与诗已经合流。诗本可以歌，而歌落实到文本上就是诗。所以司马迁说“三百五篇孔子皆弦歌之”[⑤]。班固在《艺文志》中则说：“《书》曰：‘诗言志，歌咏言。’故哀乐之心感，而歌咏之生发。诵其言谓之诗，咏其声谓之歌。”[⑥] 可见歌又指咏唱诗时的表现形态。

屈原《九歌》源于巫祭乐歌，巫祭乐歌是口唱的，但经过屈原更定其词后，已落实到文本上，因此在文类上，《九歌》仍是诗。具体来说，殷商以前的文化形态是巫文化，西周以来，历经文王、周公，尤其周公“制

---

① 朱自清：《诗言志辨》，商务印书馆 2011 年版，第 20 页。

② 陆侃如、冯沅君：《中国诗史》，人民文学出版社 1956 年版，第 7 页。

③ 李学勤主编：《十三经注疏·春秋公羊传注疏》，北京大学出版社 2000 年版，第 418 页。

④ 闻一多：《神话与诗》，北京联合出版公司 2013 年版，第 176 页。

⑤ （汉）司马迁：《史记》卷 47《孔子世家》，中华书局 2014 年版，第 2345 页。

⑥ （汉）班固：《汉书》卷 30《艺文志》，中华书局 1962 年版，第 1708 页。

礼作乐”后，我国社会逐步进入理性阶段，礼文化逐渐取代巫文化。前引朱自清说，“‘诗’这个字不见于甲骨文、金文，《易经》中也没有”，但西周代殷之后，出现了“天子听政，使公卿至于列士献诗”之制，诗起初是西周王朝理性治国后的产物。

二十世纪八十年代末，廖群师在其文《原始与文明的交响曲》中即指出：“楚辞虽然就时间讲产生在《诗经》之后的战国时代，却由于文化发展的不平衡，较多地保留了史前因素，这与几乎褪尽神性色彩进入理性世界的《诗经》从根本上讲，显然有着文学发展不同阶段艺术形态质的区别。因而，从逻辑发展角度看，而非就产生的时间次序言，楚辞并非与《诗经》并列，更非在《诗经》之后，而是处于《诗经》之前的发展环节上。”① 而在《楚辞》中，又以《九歌》的巫文化色彩最为浓重。

屈原《九歌》直接脱胎于巫祭乐歌，东汉王逸对此做过较为详细的叙述，他说：“《九歌》者，屈原之所作也。昔楚国南郢之邑，沅、湘之间，其俗信鬼而好祠。其祠，必作歌乐鼓舞以乐诸神。屈原放逐，窜伏其域，怀忧苦毒，愁思沸郁。出见俗人祭祀之礼，歌舞之乐，其词鄙陋。因为作《九歌》之曲。”② 王逸明确说“其祠，必作歌乐鼓舞以乐诸神”，足见南楚祭祀所用是歌，那么屈原《九歌》必然也会是歌。屈原对沅湘巫祭乐歌的改作，更定其词，增加了自己的艺术思考，《九歌》便是文人化的歌。而这与周太师雅化各地采集而来的风歌有一定的相似性。因此，《九歌》虽然是可用于配合乐舞表演的歌，但因歌与诗的合流，在文类上不宜再列为与诗并列的一种文类，乃应将之归为诗体。而且结合《九歌》诸篇的文本来看，其句式整齐，合乎韵律，也符合当下我们对古典诗歌的认识。

二 《离骚》《九章》《天问》诗体论析

如上文已提到的，诗的本义是“志”，其功能是记载、记事，虽也可

① 廖群：《原始与文明的交响曲——楚辞艺术形态考察，兼论楚辞与〈诗经〉的逻辑关系》，《文学遗产》1988 年第 5 期。

② （宋）洪兴祖撰：《楚辞补注》，中华书局 1983 年版，第 55 页。

入乐歌唱，但那只是诗的一种表现形式或发表形式，西周初期的颂体已经有此倾向。初期颂体诗的歌词内容叙述周人的成功业绩，张扬周人的以德配天，君权神授。今天我们所见最早的颂诗，当属《大武》乐。根据《左传·宣公十二年》所载楚庄王语，所提及的《大武》乐中的诗章，均见于今本《诗经·周颂》。但今本《诗经》是经过层层加工后的本子，学者们已经指出《诗经》的编订并不是一次完成的，而且编订成集后又经过孔子的整理，所以今天所见《周颂》并不是颂诗的原生形态，对于颂诗究竟是怎样的体式不能给予很好的证明。但近年公布的清华简《周公之琴舞》可提供证明，《周公之琴舞》和《大武》乐章的性质相同，都是诗乐舞一体的综合性艺术样式，是颂祖祭祀的产物。较之《左传》所载《大武》乐诗的只句片言，《周公之琴舞》则非常完整地保存下了所用之诗，在《清华简·周公之琴舞》的“说明”中，整理者有这样一段话值得注意：

> 篇题《周公之琴舞》写在首简背面上端，字迹清晰。值得注意的是本篇与《芮良夫毖》形制、字迹相同，内容也都是诗，当为同时书写。《芮良夫毖》首简背面有篇题“周公之颂志（诗）”，曾被刮削，字迹模糊。该篇题与其正面内容毫无联系，疑是书手或书籍管理者据《周公之琴舞》的内容概括为题，误写在“芮良夫毖”的简背，发现错误后刮削未尽。竹简篇题本为捡取方便而加，篇题异称不足为怪，《周公之琴舞》又称“周公之颂志（诗）”的可能性很大。①

这就说明颂虽为乐舞形式的艺术，当唱辞被保留下来的时候，因为有鲜明的叙事性，所以称志，而志就是诗。闻一多先生早已有过论述。为论说方便，兹参照《清华简·周公之琴舞》释文，将其部分诗列出如下：

---

① 李学勤主编：《清华大学藏战国竹简》（第三册下），中西书局2012年版，第132页。

周公作多士敬（儆）怭（毖），琴舞九絉（卒）。

元内（纳）启曰：“无思（悔）亯（享）君，罔墜亓（其）考（孝），亯（享）隹（惟）慆帀，考（孝）隹（惟）型帀。”

城（成）王作敬（儆）怭（毖），琴舞九絉（卒）。

元内（纳）啟曰：“敬之敬之，天隹（惟）㬎（显）帀，文非易帀。母（毋）曰高高在上，砂（陟）降亓（其）事，卑蓝（监）才（在）兹。”乱曰：“讫（適）我夙夜不兔（逸），敬（儆）之，日䠧（就）月将，斈（教）亓（其）光明。弻（弼）寺（持）亓（其）又（有）肩，（示）告余㬎（显）悳（德）之行。”

通（再）启曰：“叚（假）才（哉）古之人，夫明思慎，甬（用）仇亓（其）又（有）辟，允不（丕）承不（丕）㬎（显），思（攸）亡睪（斁）。”

乱曰：“已，不曹（造）哉！思型之，思毦彊之，甬（用）求亓（其）定，裕皮（彼）起不萿（落），思逝（慎）。”

参（三）启曰：“悳（德）元隹（惟）可（何）？曰𣶒（渊）亦印（抑），䕾（严）余不解（懈），业业畏載（忌），不易畏（威）义（仪）。才（在）言隹（惟）克敬之！”

乱曰：“非天晗（廞）悳（德），殹（繄）莫肎（肯）曹（造）之，偭（夙）夜不解（懈），忞（懋）尃（敷）亓（其）又（有）敚（悦），裕（欲）亓（其）文人，不逸蓝（监）余。”①

根据《周公之琴舞》所载，周公与成王都作有九成之琴舞，其中周成王之作被完整地抄录下来。其中第一成，即与今本《周颂·敬之》相同，但体式上明显分“启曰”“乱曰”两部分，保持着乐章的痕迹。根据我们在第一章的论述，东周之前文体的生成是与一定的巫祭、礼制仪式相关联

① 李学勤主编：《清华大学藏战国竹简》（第三册下），中西书局2012年版，第133页。

的，《大武》乐章的写定也不例外，作为西周早期的颂诗，正是“美盛德之形容，以其成功告于神明者也”的产物，是武王在成功克殷，回到宗周后，于周庙上演的祭祖乐诗。根据《礼记 · 乐记》载孔子语，“且夫《武》，始而北出，再成而灭商，三成而南，四成而南国是疆，五成而分周公左召公右，六成复缀，以崇天子”，可知，《大武》乐作为一种武舞，其象征意义是明显的。与武舞相配合的所歌之诗，依《左传 · 宣公十二年》楚庄王语，可知至少有《武》《赉》《桓》，孙作云在王国维、高亨之论的基础上考证认为，《武》是二成所用诗，《赉》是三成，《桓》是六成。考究这三首诗的内容正好与孔子所言二成、三成、六成之舞容相一致。《大武》乐章二成舞容是灭商，二成之诗《武》也是讲武王继承文王之志，克殷建功，即“允文文王，克开厥后。嗣武受之，胜殷遏刘”[①]。六成舞容为“复缀以崇天子”，即象征天下已被武王征服，四方安定下来。而《桓》诗“绥万邦，娄丰年。天命匪解。桓桓武王，保有厥土，于以四方，克定厥家。于昭于天”，也是讲周武王灭商，且征服商之邦国后，天下安定的情景，并赞扬了周武王的功绩。因此颂中所用祭祀诗，已经非常注重诗文本身的文字意义，记事性明显，史的意味浓厚，已不再是纯粹的娱神、娱祖。孙作云说：“《大武舞》及歌的主要宗旨，在夸耀武王的武功，向文王的在天之灵报告，报告他完成了文王所未能完成的事业，而其又一目的，是要万国诸侯服从周的号令。”[②] 这里也指出诗文的述史性质和德教功能。

另外也要认识到，《大武》诗的创作，是事后的追记，从其中一些诗篇称武王，可知是在武王逝世后由周公所作，完整地再现武王出兵北征、克商、出兵南国，到天下统一的过程，客观上讲，述记的性质明显。

但颂并不都是颂赞、美盛德之形容，它还有借祭祀先祖警戒子孙、邦君的政治意义，《清华简 · 周公之琴舞》就有这方面的记载，“周公作多士

① 高亨注：《诗经今注》，上海古籍出版社 2009 年版，第 495 页。

② 孙作云：《诗经与周代社会研究》，中华书局 1966 年版，第 255 页。

儆毖，琴舞九卒”，“成王作儆毖，琴舞九卒”①，儆毖即是警戒。即警戒邦国卿士、贵族子弟，也警戒自己，要克己履德，承先王之德功。通过这组颂诗，能清晰地显示周初统治者在天命面前，小心翼翼的治国态度。这些诗也反映出周初王公治国的心路历程，也具有史的性质，但警戒的意义也很明显。其他一些早期《颂》诗、《雅》诗，在内容上也鲜明地体现着这一点，如《周颂·烈文》“不显维德，百辟其刑之。於乎前王不忘”②，《大雅·文王》“宜鉴于殷，骏命不易”，“仪刑文王，万邦作孚”③。都是从正面要求统治者效法先王，以先王为榜样。这是诗体功能、表现内容逐渐扩大的结果。

《周本纪》载：“懿王之时，王室遂衰，诗人作刺。”④《汉书·匈奴传》也载：“至穆王之孙懿王时，王室遂衰，戎狄交侵，暴虐中国。中国被其苦，诗人始作。”⑤这说明从周懿王开始，周王室开始出现衰迹。衰败的原因是多方面的，其中主要的还是在于周王室自身，如周穆王不听祭公谋父之言而征犬戎，致使“荒服不至”，此外，还有君王无德，信用佞臣，如厉王不听芮良父言，用荣夷公，引发国人暴动；周幽王宠幸褒姒，被邦国杀于骊山之下。在这种背景下，正义之士，创作了大量的讽谏诗，诗、诗人这些词，在西周中后期开始大量出现，马银琴据此认为“‘诗’为讽谏怨刺之辞”⑥。《诗三百》中保存了这一时期的大量讽谏诗，多在二雅之中，如《大雅》中的《民劳》《板》《荡》《抑》《桑柔》《瞻印》《召旻》，《小雅》中这样的怨刺讽谏诗就更多。怨刺、讽谏也成为诗体的两种功能。

《大雅·民劳》载：“民亦劳止，汔可小安。惠此中国，国无有残。无

① 李学勤主编：《清华大学藏战国竹简》（第三册下），中西书局2012年版，第133页。
② 高亨注：《诗经今注》，上海古籍出版社2009年版，第478页。
③ 高亨注：《诗经今注》，上海古籍出版社2009年版，第370页。
④（汉）司马迁：《史记》卷3《周本纪》，中华书局2014年版，第178页。
⑤（汉）班固：《汉书》卷94上《匈奴传》，中华书局1962年版，第3744页。
⑥ 马银琴：《两周诗史》，社会科学文献出版社2006年版，第11页。

纵诡随，以谨缱绻。式遏寇虐，无俾正反。王欲玉女，是用大谏。”[①] 明确指出作诗的目的乃“是用大谏”，《板》中说：“犹之未远，是用大谏。”《小雅·正月》甚至喊出了“赫赫宗周，褒姒灭之”[②]。正因为诗有直指政弊的作用，对统治阶级来说犹如一面镜子，所以邵公在谏厉王监谤时说“故天子听政，使公卿至于列士献诗”，看重的就是诗的叙事性、讽谏性。当然，西周中后期的诗也并非全部只讲讽谏，其中也有赞美，如《大雅·崧高》是对周宣王时大臣申伯的赞美，末章云：“申伯之德，柔惠且直。揉此万邦，闻于四国。吉甫作诵，其诗孔硕。其风肆好，以赠申伯。”[③]《大雅·烝民》是对宣王时大臣仲山甫的赞美之诗，末章言“四牡骙骙，八鸾喈喈。仲山甫徂齐，式遄其归，吉甫作诵，穆如清风。仲山甫永怀，以慰其心”[④]。吉甫所赞美的申伯和仲山甫，是周宣王中兴时涌现出的两位贤臣。但在宗周整体衰败的大背景下，这样的贤臣是少之又少的，因而讽谏怨刺之诗远远多于赞美之诗，怨刺讽谏也成了诗的主要功能。因此在西周中后期，诗人因敢于褒善罚恶，讽谏时弊，怨刺奸邪，被赋予正义的内涵。所以后世文献才一而再、再而三地提及类似“王室遂衰，诗人作刺”“王道缺而诗作”的话。

屈原的《离骚》《天问》《九章》，从内容性质及原初创作目的上讲，是合乎诗体内涵的。王逸在《离骚后叙》中说：“其后周室衰微，战国并争，道德陵迟，谲诈萌生。于是杨、墨、邹、孟、孙、韩之徒，各以所知著造传记，或以述古，或以明世。而屈原履忠被谮，忧悲愁思，独依诗人之义而作《离骚》，上以讽谏，下以自慰。”[⑤] 王逸认为屈原“独依诗人之义”，无疑是精到恰切的。这里的“独依诗人之义”之“诗人”与《史记·周本纪》所言“王室遂衰，诗人作刺”之“诗人”，其内涵是一致

① 高亨注：《诗经今注》，上海古籍出版社2009年版，第422—423页。

② 高亨注：《诗经今注》，上海古籍出版社2009年版，第276页。

③ 高亨注：《诗经今注》，上海古籍出版社2009年版，第451页。

④ 高亨注：《诗经今注》，上海古籍出版社2009年版，第455页。

⑤（宋）洪兴祖撰：《楚辞补注》，中华书局1983年版，第48页。

的。并且屈原恰好也生活在楚国衰微之时，并遭遇谗害，这种诗人之义鲜明地体现在《离骚》《天问》《九章》中。

对于屈原辞，我们既要看到其巫风习俗，更要看到其中的理性精神。就像与屈原同时代的庄子，《庄子》中讲了许多诡奇的寓言故事，我们是应该惊叹故事的离奇呢，还是应该把握故事背后的哲理呢？庄子不会费尽心思地专讲故事，而是借故事来阐述其哲理思想。屈原也是一样的，不论采用何种艺术形式，皆服务于其说理与抒情。司马迁说屈原“信而见疑，忠而被谤，能无怨乎”，这只是看到屈原情感的一个方面，事实上，屈原关注更多的是家国兴亡。如在《离骚》中他托言于主人公之口曾多次表述，“岂余身之惮殃兮，恐皇舆之败绩”“亦余心之所善兮，虽九死其犹未悔”“虽体解吾犹未变兮，岂余心之可惩”①。

《离骚》《天问》《九章》，皆因事而发，因情而作，文辞内容的意义指向是非常明显的。《离骚》中，抒情主人公叙其身世、人格、理想，讲述遭小人谗害，君王不明，被疏远，才德无法报于国家，道壅门闭，于是采用各种方式寻找出路，虽思九州之博大，但始终不忍离开楚国。《天问》中，作者首问天地开辟，历叙日月星辰，直到问到人类社会。循事件而讲夏商周何以兴亡，想要突出的是国家兴亡之规律，兴亡的根本在于什么。昭示圣君贤臣必兴，昏君佞臣必亡。“悟过改更，我又何言”，更为直观地映射出屈原的拳拳家国情怀。《九章》中，作者抒幽怨、刺群小，无一日不想着回归郢都。《九章》差不多可以看作屈原的人生写照，除去《橘颂》，每一篇都能看到屈原的忧、叹、伤、郁，从早期《抽思》“心郁郁之忧思兮，独永叹乎增伤”，到《哀郢》时，已“忽若去不信兮，至今九年而不复”，再到生命后期的《怀沙》，依然“郁结纡轸兮，离慜而长鞠”。如此长的时间里，屈原之郁结、忧叹竟未曾断绝，对于一个放臣、一个生命，其孤独、苦痛、悲怨可想而知。虽然如此，屈原思君念国的初心没

① （宋）洪兴祖撰：《楚辞补注》，中华书局1983年版，第8—18页。

变，正道直行的气节没变，洁身远佞的人格理想没变，诗之大义昭然可见。因而司马迁说："余读《离骚》《天问》《招魂》《哀郢》，悲其志。"[①]

诚如前文我们所论，先秦文体的生成主要有两种形式：一是因仪式、制度的需要而作；二是个体士人的创造。屈原辞显然是屈原个体创造的产物，有创造因有需要，有需要就有功能的产生。屈辞的功能有三：一是讽谏怨刺，二是叹抒郁结，三是表白心志。结合屈原事迹以及作品内容来看，第一层功能并没有实现，因为"无行媒"，这些作品很难传到君王面前。虽然如此，但讽谏怨刺的功能存在于屈辞文本之中已是事实。叹抒郁结、表白心志同样是屈原辞突出的功能，而承载这种功能的屈辞特有的文体样式，也一直为后世仿拟而不衰，尤其是在国家衰败、危亡、谗佞当道、贤良遭疏之际，这也表明当对某种文体的功能有需求时，承担这种功能的文体便会长盛不衰。《离骚》《天问》《九章》是什么样的文体呢，从文章体类上看就是诗，与西周中期以后，正直士大夫作诗讽刺的传统一脉相承，是对"诗可以怨"的承续，屈原进一步发展出"发愤以抒情"的创作论思想，将诗体引向个体士人的抒情言志。而且结合后世成熟的古典诗歌理论来看，诗体要求文本合韵律、语言句式要固定齐整，《离骚》《九章》《天问》三篇作品也均符合。

我国成熟的声律理论到魏晋时代才出现，如陆机《文赋》始重视声律，将其视为文学艺术的重要部分，周颙发现四声，沈约作有四声谱。但任何理论规律的形成都是对现象、实践的总结归纳。自然界中本有律动，人的情感本有律动，一个不懂得乐理的人，也可以用木棍敲出合乎节奏的音响，正所谓"音韵天成，皆暗与理合"[②]。汉语不论发音还是声调，本有抑扬顿挫、高低起伏。不论是屈原还是其之前的诗人歌者，其写作文辞之节奏音律，总会不自觉而自然地合乎其内心的情感，以致能更好地抒情达意。这种合乎内心情感律动的文辞，客观上也必然会合乎文辞本身的声调

① （汉）司马迁：《史记》卷84《屈原列传》，中华书局2014年版，第3034页。

② （南朝·梁）沈约：《宋书》卷67《谢灵运传》，中华书局1974年版，第1779页。

律动。汤炳正曾说：“理解屈赋节奏的错落美，决不能忽视诗人感情的起伏变化这一重要内在因素所起的作用。因为，只有内在的感情旋律跟外在的音响旋律的统一，才能使诗歌的旋律美达到高度的艺术境界。”[①] 足见汤先生也认识到了内在情感的节奏在诗文创作中的重要作用。结合具体作品来说，《离骚》《九章》所用句式多为：○○○介词○○兮，○○○介词○○。如《九章・抽思》：

> 心郁郁之忧思兮，独永叹乎增伤。
> 思蹇产之不释兮，曼遭夜之方长。
> 悲秋风之动容兮，何回极之浮浮。
> 数惟荪之多怒兮，伤余心之忧忧。
> 愿摇起而横奔兮，览民尤以自镇。[②]

一句之中，两个介词一个叹词，形成三个节点，叹词“兮”居中，把一个自然句分成四段，四段之中两两相应，伴着节点，自然形成错落有致的咏叹节奏，也使句子自然合韵，这非常有利于情感的抒发。《天问》虽没有叹词，没有抑扬顿挫的咏叹调，但一个接一个的反问句相连，对于情感的宣泄、对于不合理现象的质问、对于兴亡道理的昭示，丝毫不亚于咏叹句式，这是一种独特说理、抒情句式。并且在质问的句式下，更容易引起人们对问句背后道理的注意和思考。而且根据王力《楚辞韵读》，《离骚》《九章》《天问》的行文是合乎韵律的。

除此之外，屈原自己在作品中有几处创作自述，这能更直观地反映出他对于自己所作作品的文体认识。如《抽思》篇中，他说：“道思作颂，聊以自救。”结合上下文来看，屈原“路远处幽，又无行媒”，内心愁思苦闷，只得作颂聊以自慰，可以认为包括《抽思》在内的《九章》中的一些

---

① 汤炳正：《屈赋新探》，齐鲁书社1984年版，第397页。

② （宋）洪兴祖撰：《楚辞补注》，中华书局1983年版，第137页。

诗篇即是“作颂”的产物。而颂通作诵，诵是诗在西周后期的一种普遍称谓。因而“作颂”，即是作诗。《悲回风》中屈原说得更直接，“介眇志之所惑兮，窃赋诗之所明”，即是屈原通过赋诗来证明自己的忠贞、自己志向的高洁，以澄清小人加于自己的罪名，所以《悲回风》是诗。屈原既然对其所作《抽思》《悲回风》的文体认定是诗，那么整个《九章》是诗体则无疑。诚如刘熙载在《艺概》中说：“《九歌》，歌也；《九章》，诵也。”① 即是说《九歌》是歌唱的，《九章》是诵读的，诚如前文我们所引班固语“诵其言谓之诗，咏其声谓之歌”，实则皆为诗体。由此足可证明《离骚》《天问》《九章》为诗体。

第二节　屈原辞赋体论证

赋体文学兴盛于汉代，体式多样，题材丰富。作为文学文体中的一类，赋至宋玉正式命题成体。但世人在追溯赋体形成时，都会提及屈原辞，或径直将屈辞认定为赋体。这源于屈辞的创作同样是采用讲求言辞文采的雅言写作。而雅言的言说、创作形式，正是赋在成体之前，作为动词时的基本内涵。屈原辞虽是采用赋法创作，但一些作品的创作已有明确的文体归属，并非全为赋体。可称赋体的只有《卜居》、《渔父》与《招魂》。

一　问题的提出

赋体是最能代表汉代文学成就的文体。综观全汉赋，不仅文体样式不尽相同，而且内容题材亦十分丰富。文学史著作及专门的赋史，都对汉赋文体样式做过具体划分。文学史一般分为骚体赋、汉大赋与抒情小赋；专门赋史著作，如马积高《赋史》，则分为骚体赋、文赋和诗体赋。足见汉赋的体式并不统一。

---

① （清）刘熙载：《艺概》，上海古籍出版社1978年版，第76页。

从篇章内容上看，赋的表现范围非常广泛。有表伤悼之赋，如贾谊《吊屈原赋》《鹏鸟赋》；有言志之赋，如刘歆《遂初赋》、班固《幽通赋》、张衡《思玄赋》；有游猎宫苑之赋，如司马相如《子虚赋》《上林赋》；有京都之赋，如班固《两都赋》、张衡《二京赋》；有抒幽情之赋，如司马相如《长门赋》、董仲舒《士不遇赋》、司马迁《悲士不遇赋》。除此之外还有很多，诸如近些年出土的《神乌赋》等俗赋、故事赋。这足以证明赋体文学具有很强的表现力，不论幽情、壮彩、爱物、悲愁，皆可以赋展现。

基于汉赋体式的多样性，题材的丰富性，决定了其所本必然不唯一。清人章学诚说："古之赋家者流，原本《诗》、《骚》，出入战国诸子。假设问对，《庄》、《列》寓言之遗也；恢廓声势，《苏》、《张》纵横之体也；排比谐隐，《韩非·储说》之属也；征材聚事，《吕览》类辑之义也。"①章氏此论，不拘一端，能就赋体之不同体式、内容，各溯其源，眼光是敏锐的。

但是又要看到，从文章体类上说，赋毕竟只是一种文体类别，既然在《诗》、《骚》、战国诸子、《庄》、《列》中，都可找出赋体的一些特征，这说明赋体与它们之间的某些篇章、段落，必然存在共性。笔者认为，这种共性，就在于这些作品皆采用西周以来所提倡的讲究文采的雅言创作。这也是赋在成体之前，作为动词时，它的基本内涵，即雅言的言说、创作形式。

同时也应注意到，章氏此论和其他论赋体之源者，存在一个共同点，即都会提及"楚辞"。如章氏所说"古之赋家者流，原本《诗》、《骚》"，刘勰所谓"然赋也者，受命于诗人，拓宇于楚辞也"②，等等，都指出了楚辞在赋体形成发展过程中的重要地位。其实不止此二者，凡论赋体渊源者，都会论及楚辞。那么楚辞，更准确地说是屈原辞，何以影响赋的形成

---

① （清）章学诚著，王重民通解：《校雠通义通解》，上海古籍出版社2009年版，第116页。

② 范文澜注：《文心雕龙》，人民文学出版社1958年版，第134页。

与发展呢？笔者认为，这源于屈原辞的创作同样是采用赋法，文辞十分艳丽。但同时又要注意到，屈辞的创作虽是采用赋法，然而一些作品的创作已有明确的文体归属，并非全为赋体，可称赋体的只有《卜居》、《渔父》与《招魂》。但若从篇题上看，最早明确以赋名篇的，是宋玉的作品。这足以证明，宋玉已有明确的赋体创作意识，赋至宋玉正式标题成体。

二　宋玉的赋体意识及赋体创作

司马迁说，“屈原既死之后，楚有宋玉、唐勒、景差之徒者，皆好辞而以赋见称”[①]。并且在宋玉赋中，多涉及与楚顷襄王在一起，可知宋玉与屈原大体是同一时代，仅稍后而已。那么，宋玉作品何以称赋呢？

宋玉赋主要有《风赋》《高唐赋》《神女赋》《大言赋》《小言赋》《登徒子好色赋》《讽赋》，以及二十世纪七十年代银雀山汉墓出土的《御赋》。仔细研读这些赋作，不难发现，在每一篇赋文的篇首，皆以问对开篇，事实上，问对部分的内容完全可以视为该赋创作的缘由。如《登徒子好色赋》篇中，登徒子以宋玉好色而短之于楚顷襄王前：“王以登徒子之言问宋玉。玉曰：‘体貌闲丽，所受于天也。口多微辞，所学于师也。至于好色，臣无有也。’王曰：‘子不好色，亦有说乎？有说则止，无说则退。’”[②] 于是宋玉为此展开了一番辩说。这种辩说，因为要追求足够的说服力，自然讲究语辞文采及言说技巧。最后，因宋玉说辞精美，“于是楚王称善，宋玉遂不退”。《讽赋》的创作缘由与此完全相同：“唐勒谗之于王曰：‘玉为人身体容冶，口多微词，出爱主人之女。入事大王，愿王疏之。’玉休还，王谓玉曰：‘为人身体容冶，口多微词，出爱主人之女，入事寡人，不亦薄乎？’”[③] 于是宋玉又为自己展开一通辩说。这种辩说将宋玉善文辞的特点充分展现出来。

---

① （汉）司马迁：《史记》卷84《屈原列传》，中华书局2014年版，第3020页。

② 吴广平编注：《宋玉集》，岳麓书社2001年版，第79页。

③ 吴广平编注：《宋玉集》，岳麓书社2001年版，第117页。

《高唐赋》表现得更明显。在宋玉与楚顷襄王游云梦之台时，宋玉讲起巫山神女的故事，说到了其来去飘逸、丽靡，且有“愿荐枕席”之事，这勾起了好色的楚顷襄王对高唐神女的强烈好奇心：“王曰：‘试为寡人赋之。’玉曰：‘唯唯。’”① 这里楚顷襄王直言“试为寡人赋之”，不同于“亦有说乎”，不再是让宋玉简单开脱了，而是提到一种创作的高度。“赋”在这里虽是“作”的意思，但绝不是一般的创作，而是意指一种讲究言辞文采的雅言创作。《神女赋》的创作，可以做进一步的证明。

《神女赋》是《高唐赋》的姊妹篇，所述内容是，宋玉为楚顷襄王赋完高唐神女后，夜里楚顷襄王果然梦见了那位神女，第二天就告诉宋玉，宋玉问神女长相，襄王自己描述了一番，大体向宋玉讲述了自己所梦见神女的形象。但或是因为神女太美丽，自己的言辞不足以描绘她，楚顷襄王显然不满足于自己的那番叙述，于是“王曰：‘若此盛矣！试为寡人赋之。’玉曰：‘唯唯。’”② 楚顷襄王让没有梦见神女的宋玉根据自己的描述，为艳美的神女作一篇赋。足可见赋法创作并非人人可为，楚顷襄王之所以选择宋玉赋神女，所看重的也正是宋玉是他身边最善文辞的人，即司马迁所谓“好辞而以赋见称”。由此可见，赋绝不是一般的创作，一般的语辞，不然，襄王自己的那段并不短的铺叙何以不尽兴呢？

综上所论，在宋玉赋中，楚顷襄王多次表示“试为寡人赋之”，可知赋是动词，释为作、创作，或是口头上的或是书面的。但这种“作”不是一般创作，而是讲究华美文辞、谋篇技巧的有文采的雅言创作。那么，赋即是动词，正常逻辑来说，《高唐赋》《神女赋》应该是“赋高唐”“赋神女”才对，何以成为名词而作为篇名，进而直指文体性质呢？

吴承学说：“在先秦时期，文献一般是成篇在前，命篇在后，且命篇的主体以文献的整理者、编撰者甚至抄写者为主。”③ 但战国末期的宋玉创

---

① 吴广平编注：《宋玉集》，岳麓书社 2001 年版，第 51 页。

② 吴广平编注：《宋玉集》，岳麓书社 2001 年版，第 69 页。

③ 吴承学：《命篇与命体——兼论中国古代文体观念的发生》，《中国社会科学》2015 年第 1 期。

作，已不属于这种情况，因为宋玉赋的成篇，首先有源于君王的命题在先，或是让其状物摹人，或是让其解同僚谗口之难。同时宋玉的创作又有被命体的意味，即明确是让“赋”之。宋玉完全明白楚顷襄王所谓“赋”的内涵要求，因而完篇之后，合以主题内容，以赋命篇。因此，《高唐赋》《神女赋》的篇名当时便已经存在，非后人所加。宋玉《大言赋》《小言赋》对此能给予证明。

《大言赋》《小言赋》是楚顷襄王为满足声辞之需，让宋玉等侍臣所赋的纯粹的文辞游戏，《大言赋》创作在先，《小言赋》在后。其中《小言赋》的开篇有这样一段叙述：

> 楚襄王既登阳云之台，令诸大夫景差、唐勒、宋玉等并造《大言赋》，赋毕而宋玉受赏。王曰：“此赋之迂诞则极巨伟矣，抑未备也。且一阴一阳，道之所贵；小往大来，《剥》、《复》之类也。是故卑高相配而天地位，三光并照则小大备。能高而不能下，非兼通也；能粗而不能细，非妙工也。然则上坐者未足明赏，贤人有能为《小言赋》者，赐之云梦之田。”①

这段叙述，楚顷襄王明确提到了之前所作的《大言赋》，并且对这篇赋做出了评点，可证《大言赋》篇题当时已定。吴承学说：“对篇章的命名，也是文体认定与命体的前提，所以命篇是文章学与文体学发生的基础。”② 如果说“赋毕而宋玉受赏”之“赋”还是动词，那么“令诸大夫景差、唐勒、宋玉等并造《大言赋》”以及“王曰：‘此赋之迂诞则极巨伟矣’”之“赋”则为名词无疑，且已具有文体之意。由此可以认定楚顷襄王与宋玉皆已有了初步的文体意识，已开始称所作的篇章为赋。这段文字的最后，楚顷襄王又说“贤人有能为《小言赋》者，赐之云梦之田”，

---

① 吴广平编注：《宋玉集》，岳麓书社 2001 年版，第 110 页。

② 吴承学：《命篇与命体——兼论中国古代文体观念的发生》，《中国社会科学》2015 年第 1 期。

就可看作完全的命题、命体作文了。

通过以上所论可知，宋玉相关赋篇的创作，在当时已有篇题，并已自觉认定所作篇章为赋体，可以说这开启了文体之赋的创作，使赋作为一种文体类别进入中国文学之苑囿。当然这与楚顷襄王“好辞”是密不可分的。楚顷襄王“试为寡人赋之”之“赋”是渊源有自的，并不是其所首创，但将“赋”指向享乐，满足声辞之需，从可信之史料记载看，他确实有“开创之功”。那么作为动词的赋，在先秦有着怎样的渊源及内涵要求呢？

三　赋的内涵及其写作、言说要求

赋作为动词使用，始于西周中前期，其义项主要有诵读、传述、布政等。这些义项的使用，有一个前提，即建立在语言统一的基础之上，有了一种流行的通语存在。语言学者认为西周在代商统一天下后，为方便国家治理的需要，推广了一种通用的语言，且普遍认为，这种语言即是《论语》中提及的孔子所使用的雅言。《论语·述而》载：“子所雅言，《诗》、《书》、执礼，皆雅言也。”① 雅言即是西周推行的通语，相当于我们现在所说的普通话。清代刘台拱在《论语骈枝》中即说：“‘雅言’，正言也。……然而五方之俗，不能强同，或意同而言异，或言同而声异。综集谣俗，释以雅言，比物连类，使相附近，故曰‘尔雅’。《诗》之又《风》《雅》也亦然。王都之音最正，故以‘雅’名；列国之音不尽正，故以‘风’名。”② 可见当时确实存在一种与方言相区别的雅言。朱正义先生甚至指出，西周王畿之地的镐京话“以其优越的地位而被人们认可，担当起了雅言的角色”③。

① 杨伯峻译注：《论语译注》，中华书局2009年版，第70页。

② （清）刘台拱：《论语骈枝》，《续修四库全书》（154册），上海古籍出版社2002年版，第293页。

③ 朱正义：《周代“雅言”——〈关中方言古词论稿〉节选》，《渭南师专学报》1994年第1期。

王国维在《〈周代金石文韵读〉序》中说："余更搜其见金石刻者，得四十余篇，其时代则自宗周以讫战国之初；其国别如杞、邻、邾、娄、徐、许等，并出《国风》十五之外。然求其用韵，与《三百篇》无乎不合。"① 两周金文的使用场合通常比较正式，所记内容多为祭祀、训诰、赏赐、颂祖等。既然这与包含不同地域十五国风在内的《诗三百》用韵"无乎不合"，只能说明两周确实存在一种规范化的语言。

《周礼·秋官·大行人》载："七岁属象胥，谕言语，协辞命；九岁属瞽、史，谕书名，听声音。"② 属之义，郑玄《注》曰："属，犹聚也。"象胥，即翻译官。即是说每七年行人会召集各诸侯国的翻译官，向他们普及语言，统一他们的辞令；每九年召集各诸侯国的乐师和史官，向他们普及文字，统一声调读音。这可以看作西周王朝推行雅言的具体措施。因为只有有了一种通用的语言，才会方便中央王朝同地方的联系、沟通，才方便政令的颁布、执行。

西汉刘歆在《与扬雄书》中曾提到，"三代周秦轩车使者、遒人使者，以岁八月巡路，求代语、僮谣、歌戏"③，轩车使者与遒人使者相当于周代行人。代语是方言中义同而词异、音异的语词，整理风诗时可以代换。这对周代做过统一语言的工作也是一个旁证。这里对各地采集而来的风诗歌谣，会由专人做统一的雅言化，班固对此有过清晰的叙述。《汉书·食货志》载："孟春之月，群居者将散，行人振木铎徇于路，以采诗，献之大师，比其音律，以闻于天子。故曰王者不窥牖户而知天下。"④ 即是说行人采集各地方言音的歌诗谣谚，献给大师，大师更定其音调，将其雅言化，再由专人（瞽矇）诵给天子。可见大师在此起着重要作用。大师是怎样的官呢？《周礼·春官·大师》载：

---

① 王国维著，周锡山编校：《王国维集》（第四册），中国社会科学出版社 2008 年版，第 46 页。

② 李学勤主编：《十三经注疏·周礼注疏》，北京大学出版社 2000 年版，第 1177 页。

③ （清）钱绎：《方言笺疏》，中华书局 1991 年版，第 518 页。

④ （汉）班固：《汉书》卷 24 上《食货志》，中华书局 1962 年版，第 1123 页。

大师掌六律六同，以合阴阳之声。阳声：黄钟、大蔟、姑洗、蕤宾、夷则、无射。阴声：大吕、应钟、南吕、函钟、小吕、夹钟。皆文之以五声，宫、商、角、徵、羽。皆播之以八音，金、石、土、革、丝、木、匏、竹。

教六诗：曰风，曰赋，曰比，曰兴，曰雅，曰颂。以六德为之本，以六律为之音。

大祭祀，帅瞽登歌，令奏击拊，下管播乐器，令奏鼓朄。大飨亦如之。大射，帅瞽而歌射节。大师，执同律以听军声，而诏吉凶。大丧，帅瞽而廞；作柩，谥。

凡国之瞽矇正焉。①

大师是掌管音律的乐官，行人从各诸侯国采集来的歌谣都要经过他们的加工处理，以使之合声、雅言化，各地风歌谣谚，就转变为诗。大师再教授瞽矇，然后用于祭祀仪式，或君王观政等场合。

其中大师所教“六诗”，是六种不同的说诗、言诗形式。诗，如闻一多先生所言，是“志”，是史，是事件、怀抱。自西周统一以来，君王、公卿、大夫创作了许多记叙西周战争、建国、兴盛乃至衰败的诗，加上从各地所采集之歌诗，这共同构成了《诗三百》成集之前诗的存在面貌。西周制礼作乐后，实行严格的礼乐制度，根据《周礼》的记载，祭祀、典礼、教育、宴享等仪式活动，都会伴有相对应的乐歌、乐舞，不同场合，会使用不同的诗乐舞，诗乐舞的表现形式也会不同。大师所教“六诗”，即是从表演、传述或传播等形式上所说的诗的六种不同表现形式。

其中风与赋相对。风指地方音调，即采诗官所采集的地方原生形态的歌诗。经大师雅化、文化后，教授瞽矇，然后由瞽矇传诵给天子，以观地方之政。这时用雅言的形式诵读风诗，即称为赋，王小盾在《诗六义原

① 李学勤主编：《十三经注疏·周礼注疏》，北京大学出版社2000年版，第714—722页。

始》中，通过论证后即指出："如果说'风'、'赋'二法在周代宫廷由不同的瞽矇乐工分司，以实现不同的功能；那么，'风'的目的便是保存各地的风歌，故用方音背诵它们；'赋'的目的则是以诗言志（事），故使用不同于风歌的雅言来吟诵它们。"① 可见赋是一种用雅言言说、诵读的形式。《国语·周语上·邵公谏厉王弭谤》载："故天子听政，使公卿至于列士献诗，瞽献曲，史献书，师箴，瞍赋，矇诵，百工谏，庶人传语，近臣尽规，亲戚补察，瞽、史教诲，耆、艾修之，而后王斟酌焉，是以事行而不悖。"② 其中"瞍赋"，即是以雅言的形式向天子吟诵地方风诗。

西周王朝确定好通语（雅言）后，便向全国推行，上文我们引《周礼·秋官·大行人》，"七岁属象胥，谕言语，协辞命；九岁属瞽、史，谕书名，听声音"，就是一种定期向诸侯国推广的具体活动。可想而知，在通语雅言制度推广后，西周在政令的颁布、纳谏进言等各种场合都会使用雅言，因而也就往往称赋。如《诗经·大雅·烝民》所载：

> 仲山甫之德，柔嘉维则。令仪令色，小心翼翼。古训是式，威仪是力。天子是若，明命使赋。
>
> 王命仲山甫，式是百辟。缵戎祖考，王躬是保。出纳王命，王之喉舌。赋政于外，四方爰发。③

这里仲山甫"赋政于外"，即是将王之政令以雅言的形式向四方传达。

东周以来，雅言通语在各诸侯国，至少是在统治阶层、贵族阶层早已普及开来，根据《左传》的记载，春秋早期诸侯国就已有赋（作）诗记事的现象了。如《左传·隐公三年》："卫庄公娶于齐东宫得臣之妹，曰庄

---

① 王小盾：《诗六义原始》，《扬州大学中国文化研究所集刊》（第一辑），江苏古籍出版社1998年版，第10页。

② 上海师范学院古籍整理组校点：《国语》，上海古籍出版社1978年版，第9页。

③ 高亨注：《诗经今注》，上海古籍出版社2009年版，第454页。

姜，美而无子，卫人所为赋《硕人》也。”[①]《左传》载闵公二年，卫国为狄人所败，“许穆夫人赋《载驰》”。又闵公二年，“郑人恶高克，使帅师次于河上，久而弗召，师溃而归，高克奔陈。郑人为之赋《清人》”[②]，又如《左传·文公六年》：“秦伯任好卒，以子车氏之三子奄息、仲行、鍼虎为殉，皆秦之良也。国人哀之，为之赋《黄鸟》。”[③] 足可证春秋早期，各诸侯国已可自由运用雅言作诗记事。

对于各诸侯国来讲，能够掌握周王朝官方语言，并且能够运用其记事言理、表情达意，显然算得上一种才能。班固说“春秋之后，周道浸坏，聘问歌咏不行于列国”[④]，随着周王朝的衰落，宗周确实已无力再颁布政令或是组织会盟，赋和布政的联系逐渐式微。但随着各诸侯国之间交流日趋频繁，各国之间频频“赋（引）诗言志”，以微言相感，言志、观志多了起来，有学者甚至认为，《诗三百》最终成集的目的正是方便言语交流，方便称引的需要。雅言化了的《诗三百》在当时无疑是一个庞大的文辞义府语库，因而成了士大夫学习、征引的对象。《论语·季氏》篇中，孔子就问其子孔鲤“学诗乎”，对曰“未也”，孔子便说“不学诗，无以言”，不学诗当然不是真的不会说话，而是说话没有文采，没有文采，便没有说服力，即其所谓“言之无文，行而不远”。春秋士人的“赋诗言志”，正能说明这一点。因为引诗往往不是根据“诗”之义，而是根据自己表达的需要断章取义，所看重的正是《诗》之言辞的文采，追求有文采的且隐晦的表达。从“赋诗言志”开始，赋即和辞之文采逐渐联系在了一起。据董治安《从〈左传〉、〈国语〉看“诗三百”在春秋时期的流传》一文的统计，《左传》《国语》中的“赋”诗达70余处[⑤]。这无疑强化着“赋”与讲究言辞文采之间的关联。这一时期，因周王室无力向诸侯国颁布政令，赋作

---

① 杨伯峻编著：《春秋左传注》，中华书局2009年版，第30—31页。

② 杨伯峻编著：《春秋左传注》，中华书局2009年版，第268页。

③ 杨伯峻编著：《春秋左传注》，中华书局2009年版，第546—547页。

④ （汉）班固：《汉书》卷30《艺文志》，中华书局1962年版，第1756页。

⑤ 参见董治安《先秦文献与先秦文学》，齐鲁书社1994年版，第27页。

为一种雅言的言说方式，其含义渐渐向两点集中：作诗与引诗。能够掌握赋法，也逐渐成为士大夫外交官是否有才华的体现，所谓“登高能赋，可以为大夫”，即是对这一现象最好的说明。

同时，春秋以来，行人出使他国，大夫劝谏君王，除了引诗之外，其他相关辞令，也往往会有意修饰、雕琢。《论语·宪问》载：“子曰：‘为命，裨谌草创之，世叔讨论之，行人子羽修饰之，东里子产润色之。’”① 可见造一则外交辞令，要经过几人的讨论与雕琢。《左传·襄公二十五年》载孔子语，仲尼曰：“《志》有之：‘言以足志，文以足言。’不言，谁知其志？言之无文，行而不远。晋为伯，郑人陈，非文辞不为功。慎辞也。”② 也可见对于辞令文采的重视。

也因此，春秋时期出现了许多善言辞的人，这些人多是行人，这与行人的职业属性有关，行人要出使专对，应对王侯，这决定了他们在言辞上必须要讲文辞、讲技巧，如齐国晏子、鲁国叔孙豹、郑国子羽等。《晏子春秋》载：“晏子将至楚，楚王闻之，谓左右曰：‘晏婴，齐之习辞者也。’”③《左传·襄公三十一年》有对行人子羽（公孙挥）的一段记述：

> 子产之从政也，择能而使之：冯简子能断大事；子大叔美秀而文，公孙挥能知四国之为，而辨于其大夫之族姓、班位、贵贱、能否，而又善为辞令。……郑国将有诸侯之事，子产乃问四国之为于子羽，且使多为辞令。④

可见行人不光会使用雅言，而且还要善用，具体来讲，即是指向言辞的华美与表达技巧。

---

① 杨伯峻译注：《论语译注》，中华书局 2009 年版，第 145 页。

② 杨伯峻编著：《春秋左传注》，中华书局 2009 年版，第 1106 页。

③ 孙彦林、周民等译注：《晏子春秋译注》，齐鲁书社 1991 年版，第 292 页。

④ 杨伯峻编著：《春秋左传注》，中华书局 2009 年版，第 1191 页。

从另一面来说，不论他们是出使应对他国君臣，还是向本国君主谏言，所述言辞都是在与君、与同僚的问对中展开，而当这些问对言辞被史官记录下来时，便形成一篇篇史料文本。正是史官对君臣问对的实录，一定程度上促成了我国文学作品中的问对体例模式。在各国史官史料基础上编写而成的主要载录春秋史实的《国语》和《左传》，保留了大量这样的问对文辞。

到战国时期，随着纵横家的兴起，凭口舌取富贵的他们，为能使诸侯王采纳自己的策谋，更加注意修饰自己的言辞，甚至虚拟想象着与君王对话，来演练自己的说辞。《战国策》中这样的例子有很多。战国纵横家们的这种行为，是在史官真实记录君臣问对的基础上，开启了假设问对的先河，这已非常接近文学创作。至此，以问对开篇，继之引出自己所言之辞的创作模式已经形成。这种创作因为同样是用雅言，且强调文辞的华美，因而也便与赋联系了起来。以致后来，问对开篇继之以引出所赋内容，也成为赋体的一种标志。而辞与赋也紧密地联系在了一起。

四　屈原辞赋体论析

屈原是怎样的一个人呢，他活动于战国中后期，与纵横家苏秦、张仪等同时，曾任楚怀王时期的左徒。左徒是何官呢？赵逵夫先生通过论证，认为左徒即左登徒，而登徒是参加外交活动的官员，即“行人”，进而指出“楚国之左徒相当于中原国家的行人”①。准此，那么屈原左徒之职也就类似于行人之官。如上文所述，行人之官一项最基本的素质就是讲雅言，善文辞，即善赋。《史记·屈原列传》载：“屈原者，名平，楚之同姓也。为楚怀王左徒。博闻强志，明于治乱，娴于辞令。入则与王图议国事，以出号令；出则接遇宾客，应对诸侯。”② 司马迁这里对屈原官职的描述也正符合行人之官的特点，且明确说屈原“娴于辞令”。屈原虽然生活在战国

① 赵逵夫：《屈原与他的时代》，人民文学出版社 2002 年版，第 149 页。

② （汉）司马迁：《史记》卷 84《屈原贾生列传》，中华书局 2014 年版，第 3009 页。

时代，但依然秉持着传统士大夫的气质与情怀，在遭遇谗害后，并没有选择离开楚国，而是将“娴于辞令”的才能转向了赋法创作，以抒情、明理、言志、讽谏。

那么屈原之赋（创作），是否有文体意识呢，笔者认为是有的。如前文已提及的，屈原在一些篇章中，有过自己的创作自述，如《抽思》篇中，他说“道思作颂，聊以自救”，颂即是诗；《悲回风》中，则明确说到“介眇志之所惑兮，窃赋诗之所明”，可见屈原显然清楚自己是作诗，以明志、抒情、讽谏、安抚心灵、申辩自身清白。屈原用“赋诗”二字，则表明他虽处于战国中后期，但仍秉持春秋以来传统士大夫赋诗言志的传统。作为优秀的士大夫，屈原清楚“赋”有着怎样的内涵和写作要求。因此可认定屈原作品皆是其采用赋法创作，这与其任左徒时的个人修养是分不开的。但屈原大部分创作是有明确文体指向的，一些明显是采用赋法而作诗，如《离骚》《九章》《天问》；并改作了《九歌》，去除其俚语鄙辞，使其雅言化，这类似于周大师的工作，即将风歌雅化。此外，还创作了《卜居》《渔父》《招魂》。《卜居》《渔父》《招魂》这三篇作品，篇首都以问对引起，这与春秋以来行人外交辞令以问对开篇，战国纵横家以问对引出言辞的创作模式是一致的。在这三篇文辞中，屈原没有创作自述，因而没有明确的文体归属。若稍后的宋玉在楚顷襄王的命题下，强调采用“赋”法创作，以问对开篇，或描摹人物、或解谗口之难而创作的作品可称为赋体，那么屈原这三篇同样是以问对开篇，采用“赋”法而创作的文辞，何以不能称为赋体呢？

《卜居》《渔父》明确以问对开篇，引出所言之辞，以述己志。篇首的问对呈现出口语化、散文化特征；而阐述道理的主体部分，则文辞整齐铺排，且合乎韵律，已是韵散结合。如《卜居》中：

宁诛锄草茅以力耕乎？将游大人以成名乎？宁正言不讳以危身乎？将从俗富贵以偷生乎？宁超然高举以保真乎？将呢訾栗斯，喔咿儒儿以事妇人乎？宁廉洁正直以自清乎？将突梯滑稽，如脂如韦，以洁楹乎？宁昂昂若千里之驹乎？将泛泛若水中之凫乎，与波上下，偷以全吾躯乎？宁与骐骥亢轭乎？将随驽马之迹乎？宁与黄鹄比翼乎？将与鸡鹜争食乎？①

这一部分一连出现了数组“宁……，将……”句式，形式固定且呈现出铺排的特点。从韵律上讲，又是合乎韵律的，除去句子末尾的语气词“乎”，其用韵情况如下：

耕（耕部）　名（耕部）
身（真部）　生（耕部）
真（真部）　人（真部）
清（耕部）　楹（耕部）
驹（侯部）　躯（侯部）
轭（锡部）　迹（锡部）
翼（职部）　食（职部）

由此可以看出，这部分句子用韵是非常规整的。就整篇文辞讲，已是韵散结合，句子短长结合，散化特征明显。《渔父》篇的体例与之相似，已符合后世对赋体的认识。

《招魂》开篇同样叙述创作缘由，以问对形式引出招魂之辞，其文辞之精美，罗列之广丰，已开汉大赋之先，如：

天地四方，多贼奸些。像设君室，静闲安些。高堂邃宇，槛层轩些。层台累榭，临高山些。网户朱缀，刻方连些。冬有突厦，夏室寒

① （宋）洪兴祖撰：《楚辞补注》，中华书局1983年版，第177—178页。

些。川谷径复，流潺湲些。光风转蕙，氾崇兰些。经堂入奥，朱尘筵些。砥室翠翘，挂曲琼些。翡翠珠被，烂齐光些。蒻阿拂壁，罗帱张些。纂组绮缟，结琦璜些。①

这也完全符合赋体的体式规范。姚小鸥等在《赋体文学源流与〈招魂〉的文体性质》一文中，就把《招魂》文本与《艺文志·诗赋略》和《文心雕龙·诠赋》篇中有关“赋”的理论结合起来加以观照，认为《招魂》完全符合有关赋的理论界定，也认定《招魂》为赋体②。因而，屈原辞中《卜居》《渔父》《招魂》可以定为赋体。

屈原将自己善文辞的创作才华用于讽怨、抒情、明志以及自慰郁结之生命；而宋玉将这种才华用于君王的声辞享乐。这只是所赋内容的不同，相同的是，都运用了讲究言辞文采的创作形式，即“赋”。这也是《诗》、《骚》、战国诸子、《庄》、《列》中，都可找出赋的某一体征的原因所在。扬雄曾言“诗人之赋丽以则，辞人之赋丽以淫”，“丽”是赋法创作的共性，因为它们都需讲究言辞文采。不同的是，屈原用于言志、讽谏、抒情，因此称“则”；宋玉等汉赋作家用于铺排消遣、娱乐，为赋而赋，因此称“淫”。但不论怎样，赋，作为一种讲究文采、讲究华美文辞的雅言创作方式、言说方式，作为动词，在用于诗歌创作，外交辞令创作等之后，终于在战国后期，经屈原而至宋玉，迎来了自己独立成体的时刻。赋独立成体之后，因其体式阔大、自由、言辞量大，描述事物及表情达意充分，因而被广为采用。便形成了多题材、多内容表现的现状，因而蔚为壮观。

班固在《艺文志·诗赋略》中的概述可谓基本描述出了赋体的形成过程。

传曰：“不歌而诵谓之赋，登高能赋可以为大夫。”言感物造耑，

① （宋）洪兴祖撰：《楚辞补注》，中华书局1983年版，第202—204页。

② 姚小鸥、孟祥笑：《赋体文学源流与〈招魂〉的文体性质》，《学术界》2012年第6期。

材知深美，可与图事，故可以为列大夫也。古者诸侯卿大夫交接邻国，以微言相感，当揖让之时，必称《诗》以谕其志，盖以别贤不肖而观盛衰焉。故孔子曰“不学《诗》，无以言”也。春秋之后，周道浸坏，聘问歌咏不行于列国，学《诗》之士逸在布衣，而贤人失志之赋作矣。大儒孙卿及楚臣屈原离谗忧国，皆作赋以风，咸有恻隐古诗之义。其后宋玉、唐勒，汉兴枚乘、司马相如，下及扬子云，竞为侈丽闳衍之词，没其风谕之义。是以扬子悔之，曰：“诗人之赋丽以则，辞人之赋丽以淫。如孔氏之门人用赋也，则贾谊登堂，相如入室矣，如其不用何！”①

班固对于春秋时期“赋”与《诗》的关系讲述，是比较客观的。讲到屈原时，他说“作赋以风，咸有恻隐古诗之义”，看到了屈原一些作品有古诗之义，这是可贵的，但认为屈原作品全为赋，就片面了，这是对赋法（写作方式）创作与所作文体认识的混淆。

① （汉）班固：《汉书》卷30《艺文志》，中华书局1962年版，第1755—1756页。

第三章 屈原辞诗体再分辨

依照文章体类来分，屈原辞包括诗体与赋体两类。但是又要看到同一文类下，不同篇章在文本体征上存在差异，如同属于诗体，《天问》不同于《离骚》《九章》，《九章》中《橘颂》与其他篇章也有不同。而《九歌》又是歌诗，篇章的音乐性、表演性因素明显，这就需要对同一文类下的篇章在文本体征上做进一步的辨析。

第一节 《离骚》：托之巫口的托言体诗

《离骚》是屈原的代表作，对于其文体特征的论析，前贤多从其句式特征，语助词“兮”字的运用，以及意象、语辞等方面着手，已谈得比较充分。然而从《离骚》创作构思角度来探求其文体特征者，并不很多。事实上，从创作构思视角探求《离骚》的文体特征，不但能够探究我国早期文学文体形成的思维脉络，而且有益于《离骚》文本的解读，是值得着力开掘的。

一 主人公非屈原及屈原托言于巫

屈原曾为楚怀王时期的左徒，也做过三闾大夫，博闻强志、娴于辞令，是当时楚国的文化精英。他立志为国，“专为君而无他”，但却遭到小人的谗害，被君王疏远、放逐，远离了朝政。屈原内心枉屈怨愤之情，痛惜楚国佞谗当道之意，哀怜楚国必定衰败之心，便可想而知。那么要抒发内心的怨愤、遗憾、痛惜之情，以及澄清群小加于自己身上的罪名，揭示群小当政的危害，这些需要以怎样的诗体样式有效呈现出来，屈原应当是有构思的。屈原所处的战国中后期，文坛创作的整体水平已普遍较高，东有稷下学宫文人，有鲁国孟子，南楚还有庄子，他们都已有各自独特的创作艺术。我们叹服于《孟子》中的论辩技艺，也惊奇于庄子寓言、神话式的表达。黑格尔在《哲学史讲演录》中曾说："如果哲学家运用神话，那大半由于他先有了思想，然后才寻求形象以表达思想。"[①] 这一表述非常切合庄子的创作实际，庄子对寓言、神话的运用，确实是为服务其哲理思想的阐述，有创作的自觉在。事实上，包括屈原在内的战国中后期文人，他们的创作同样也进入自觉的阶段。我们可以把黑格尔的这句话变更一下说法，即文学家对于神话、意象等艺术形式的运用，也大半由于他有了"思想"，然后去寻找艺术手段，以服务其情感思想的表达。屈原《离骚》的创作就是如此。

闻一多在《屈原问题》一文中讲过他读完《离骚》的感受，他说："我每逢读到这篇奇文，总仿佛看见一个粉墨登场的神采奕奕，潇洒出尘的美男子，扮演着一个什么名正则，字灵均的'神仙中人'说话，（毋宁是唱歌。）但说着说着，优伶丢掉了他剧中人的身份，说出自己的心事来。"[②] 根据闻先生所说，显然他不认为屈原就是那个在文中说话的主人公，因为"他"一会儿说人话，一会儿又神语。闻一多的感觉是，《离骚》像是优伶的戏剧演出，好似在剧中扮演一个"神仙中人"。按这一思路走下去，《离骚》类似于戏剧式的代言体，即"主人公"（闻先生所谓的演员扮演的角色）代屈原言，这是有一定道理的，学界有学者也是主张这一观点的。

然而，细究起来，称《离骚》为戏剧式的代言体其实并不恰当。戏剧是表现现实故事或历史故事的，是剧作家代某一人物立言，或是演员在剧

---

① ［德］黑格尔：《哲学史讲演录》（第一卷），贺麟等译，商务印书馆1959年版，第86页。

② 参见闻一多《神话与诗》，北京联合出版公司2013年版，第234页。

中代人物角色言，这种戏剧式的代言，剧作家或演员具有主动性，是他们主动为所要表现的人物代言，而不是剧中所要表现的那个人物找他们代自己言。若是历史剧，剧中人物可能会是百年、千年前的，是无从主动与剧作家或演员对话的。屈原《离骚》不类于此，刘勰在《文心雕龙·辨骚》中说："不有屈原，岂见《离骚》。"①《离骚》是屈原在无辜遭谗被疏之后，因纠结愁苦是否离开楚国而作的一首心灵史诗，其间有作者讽怨君主，痛刺群小，且有希望君王悟过改更的愿望。屈原与《离骚》的关系，是屈原自觉主动创作《离骚》，要表达的是一己之情意。是屈原主动采取艺术手段表达自己的情感、意志，而不是别人主动代他言。后人主动代屈原言，始于宋玉《九辩》，盛于汉代拟骚诗。

但闻先生读《离骚》后的那种感觉毕竟是能给人启发的，若依闻先生思路理解，屈原不能等同于《离骚》中抒情主人公的话，那么就是屈原主动设置"人物"在作品中替自己说话，而这恰恰类似于庄子"寓言体"。《庄子·寓言》篇载："寓言十九，藉外论之。亲父不为其子媒，亲父誉之，不若非其父者也。"② 即庄子为使其哲理思想增强可信度，更容易被别人接受，自己不直言，而是借他人之口说出，即"藉外论之"，这是庄子"寓言"的本义，这里所说的寓言体，也是建立在这一含义基础之上，与作为文学体裁的寓言有别。廖群师在《楚地巫风与屈辞"寓言体"考论》一文中，率先提出了屈辞"寓言体"之说，她指出，"屈原的代表作《离骚》就是近似于《庄子》'藉'人物代言的'寓言体'"③，这一论断同样给了笔者很大启发。

庄子寓言"藉外论之"，因庄子懂得"亲父不为其子媒。亲父誉之，不若非其父者"的道理，屈原又何尝不懂这一道理。《离骚》中的"求

① 范文澜注：《文心雕龙注》，人民文学出版社1958年版，第48页。

② 王世舜主编：《庄子译注》，山东教育出版社1984年版，第535页。

③ 廖群：《楚地巫风与屈辞"寓言体"考论》，《中南民族大学学报》（人文社会科学版）2014年第2期。

女”部分分明写道：

> 及荣华之未落兮，相下女之可诒。
> 吾令丰隆乘云兮，求宓妃之所在。
> 解佩纕以结言兮，吾令蹇修以为理。
> ……　　　　　……
> 吾令鸩为媒兮，鸩告余以不好。
> 雄鸠之鸣逝兮，余犹恶其佻巧。
> 心犹豫而狐疑兮，欲自适而不可。①

这里“欲自适而不可”，即自己不能为自己做媒，自己不能亲为，所以才让“蹇修”为媒，让“鸩”为媒，其意思不就如同“亲父不为其子媒，亲父誉之，不若非其父者”吗？这能充分说明，屈原同样懂得借别人之口替自己说话会更有力这一道理。因而《离骚》的创作，屈原在文中有意回避自己站出来说话，而是选择一位如闻一多所说“神仙中人”似的人物站出来替自己说话，应是经过自己仔细思考的。从这一层面上讲，将《离骚》视为《庄子》式的寓言体，是没有任何问题的。

但仔细对比《离骚》“藉外论之”与《庄子》“藉外论之”，可以发现二者还是有不同。庄子寓言重在“藉外”，但不论“藉”谁，人也行，物也可，甚至庄子时不时还凭空捏造出人物来说话，重点在于其要开口说庄子话。屈原则不同，在《离骚》中屈原分明是有意要借助巫来说话，将自己所思所想，借巫这一形象之口说出来，即巫说屈原话。屈原托己之言于巫，看重的不仅是相对于自己巫是他人、别人，是“外”，而且更看重巫本身所具有的特质及其各种神奇能力。因而借助巫来说话是屈原有意为之，这一点不同于庄子“寓言”的不论“藉”谁。从这一层意思上讲，视

① （宋）洪兴祖撰：《楚辞补注》，中华书局1983年版，第30—33页。

《离骚》为屈原托己之言于巫口的托言体诗，显然更符合屈原的创作构思。

二　《离骚》主人公为巫论析

然而问题是，何以说《离骚》的主人公是巫呢？

从《离骚》“皇览揆余初度兮，肇赐予以嘉名。名余曰正则兮，字余曰灵均”两句看，主人公显然不叫屈原。《渔父》篇中屈原曾直呼己名，“屈原既放”，《史记·屈原列传》中，司马迁说“屈原者，名平”，这是非常清楚的。那么这位名叫正则、字灵均的，是怎样一位人物呢，廖群师根据其出生时曰“降”，认定他具有神性，又因为他祖帝高阳颛顼，而颛顼在“绝地天通”后，是最大的巫，这种亲缘关系暗示着主人公的神巫性质，并认为“正则、灵均的命名与巫觋的称谓、特征有关”，因而指出“《离骚》中的抒情主人公应该是一位能上下于天地的神巫形象”①。廖群师的这一结论是可信的。

除此之外，《离骚》中还有许多地方能证明主人公的神巫身份。如“扈江离与辟芷兮，纫秋兰以为佩”“制芰荷以为衣兮，集芙蓉以为裳”，这符合巫的装扮。巫一般为女性，即使是男性，也多男扮女装，以各种饰物来装扮自己。又如“高余冠之岌岌兮，长余佩之陆离”，佩饰皆具独特性。宋兆麟在《巫觋——人与鬼神之间》中讲述“巫衣”时说：“巫师十分重视自己的帽子。以北方民族的萨满为例，多取兽皮制作帽子。其中叶尼塞族萨满头上有一个鹿皮箍，有的在帽子上插两根鹿角、一把匕首。”②主人公“高余冠之岌岌”，显然与此相类似。

此外主人公忽尔“驷玉虬以乘鹥兮，溘埃风余上征”，忽尔“朝发轫于苍梧兮，夕余至乎悬圃”“朝发轫于天津兮，夕余至乎西极”，更是非神巫不能为。并且楚地出土文物中，多次发现神巫驭龙图，巫、凤遨游图，

① 廖群：《楚地巫风与屈辞“寓言体”考论》，《中南民族大学学报》（人文社会科学版）2014 年第 2 期。

② 宋兆麟：《巫觋——人与鬼神之间》，学苑出版社 2001 年版，第 135 页。

很能与此相印证。而“巫咸将夕降兮，怀椒糈而要之”一句更是直接点出了主人公的神巫身份，因为只有巫才具备降神的能力。所降之神巫咸，根据文献的记载，为上古传说中的一位神灵，《山海经·大荒西经》载：“大荒之中，有山名曰丰沮玉门，日月所入。有灵山，巫咸、巫朌、巫彭……从此升降。”[①] 秦昭襄王将伐楚，作《诅楚文》，其中有“丕显大神巫咸”[②]。《淮南子·地形训》载“昆吾丘在南方；轩辕丘在西方；巫咸在其北方”，注云“巫咸，知天道，明吉凶”[③]，皆能证明巫咸是一位神灵。糈者，王逸注为：“糈，精米，所以享神。”[④] 也进一步证明这就是一次降神的描写，从而能证明主人公的身份是巫。

三　屈原托言于巫之原因探析

屈原何以要托言于巫口呢，为何不像庄子一样随便借人、物之口说理言情呢？这其中的原因是多方面的，从宏观上讲，当然与先秦楚地“信巫鬼，重淫祀”的文化大环境有关。但具体来说，正如我们上文所提及，当与巫本身的特质及其所拥有的神奇能力有关。屈原是无故遭谗被疏，而后被逐，内心之枉屈与怨愤是显而易见的，而现实世界最高的当权者——王，并没有给他公正，当人遇到困境，现实中实在无力解决时，往往会诉诸神灵，此理于今尚通，更不必说是在战国时代崇尚巫风的楚国。神本是人类高度理想化的完美人格，集公平、正义、真善美于一身，冯友兰先生曾说：“任何人都不可能担当起判定绝对真理的任务；只有神——如果有神的话——才能决定什么是绝对真理。”[⑤] 屈原渴望得到神灵的评判与指点，而现实中唯一能够上下天地与神沟通、与神遨游者只有巫。因此，只有通过巫才能与诸如重华、灵氛、巫咸等神灵交流，得到他们的指示，让

① 袁珂校注：《山海经校注》（最终修订版），北京联合出版公司2013年版，第334页。

② 郭沫若：《诅楚文考释》，科学出版社1982年版，第327页。

③ 刘文典撰：《淮南鸿烈集解》，中华书局1989年版，第149页。

④ （宋）洪兴祖撰：《楚辞补注》，中华书局1983年版，第37页。

⑤ 冯友兰：《中国哲学简史》，新世界出版社2004年版，第23页。

他们评判是非，决断自己未来的选择。因而，在《离骚》中，主人公“济沅湘以南征兮，就重华而陈词”，回顾、感叹“启《九辩》与《九歌》兮，夏康娱以自纵。不顾难以图后兮，五子用失乎家巷。羿淫游以佚畋兮，又好射夫封狐。固乱流其鲜终兮，浞又贪夫厥家。浇身被服强圉兮，纵欲而不忍。日康娱而自忘兮，厥首用夫颠陨。夏桀之常违兮，乃遂焉而逢殃。后辛之菹醢兮，殷宗用而不长。汤禹俨而祗敬兮，周论道而莫差。举贤而授能兮，循绳墨而不颇”[①]，并将这一系列历史上的无道与有道陈于重华，让其定夺出个是非。而当主人公“求女”不得、找不到出路时，便又“索藑茅以筳篿兮，命灵氛为余占之”，让灵氛为自己卜筮未来。而拜见重华、灵氛这些神灵是正常人可望而不可求的，是非巫而不能为的，屈原也只有将这些内容托巫之口说出，才显得合情合理。因此让巫开口说话，拟托与神灵对话，讲出正义、公平、明君贤臣之道，这样才有可信度，在楚国信巫鬼的大环境下，或许才更容易被人信服和接受。

另外，巫不但能与神沟通，而且还是知识的拥有者，尤其是本族的历史、族源、谱系等。我国上古便巫史不分，陈梦家先生说殷代甲骨卜辞，“都可视作殷代王室的档案”[②]，李泽厚则指出“‘史’即是‘巫’，是‘巫’的承续”[③]，皆可证明巫史之间的密切关系，也可证明巫对于史确实是有掌握。宋兆麟通过对中外民族学资料的分析也认为：“除了老人、氏族长之外，掌握历史知识的人就属巫师了。巫师为了从事巫教活动，必须具备本氏族和民族的历史知识，其中包括人类起源等神话、创世纪史诗、英雄史诗；掌握氏族部落的迁徙历史和原因；通晓各氏族和家庭的谱系以便确定是否可以通婚；能够背诵各氏族间的仇杀事件；掌握氏族部落的首领和其他人物事件，以及所供奉的神谱。这些历史知识都是巫师分内的常

---

① （宋）洪兴祖撰：《楚辞补注》，中华书局1983年版，第21—23页。

② 陈梦家：《殷墟卜辞综述》，中华书局1988年版，第636页。

③ 李泽厚：《由巫到礼　释礼归仁》，生活·读书·新知三联书店2015年版，第18页。

识。"[①] 这虽是民族学视野下的巫，但对古代巫觋，尤其是楚巫，应是一种很好的映射。那么在这种认知前提下，屈原以巫之口讲出经典的历史兴亡成败史实，也是正常的，不突兀的。

再一点，巫能与神沟通，也可与人沟通；巫能替神言，也可替人语。巫本是现实中的人，因具备通神、降神的能力，而任巫职。上古时期，部落、部族的族长、酋长本就是巫，甚至国家形成后的很长一段时间，君王也是最大的巫，诸如夏启、商汤。他们都是集军权、政权、神权于一身。"国之大事，在祀与戎"，这是两件对国家存亡发展最重要的事，也都和巫职密切相关，祭祀乃巫之本职，而战争之前往往会占卜，以预测吉凶。但随着社会的发展，越来越明显地表明，国家的兴亡存废，在人不在天。尤其是在经历无数次战争检验后，人的理性精神越来越强。从西周开始，君王逐渐脱离巫职，而由专门的人担任，巫职与政治、军事也逐渐疏离，转而向方术、方技发展，如祛病、个人占卜、求雨、招魂、占梦等。

但不论是巫文化繁盛时的祭祀、占卜，还是理性精神占主导后的方技之巫，巫所处理的其实都是人之事，是人通过巫把自己的欲求诉诸神灵，以求实现某种愿望，但第一步首先要将自己的要求诉诸巫，因此巫能知人事、说人话。屈原将自己的事迹，以巫之口说出，这同样是合情合理的。所以在《离骚》中，一面是"名余曰正则兮，字余曰灵均""扈江离与辟芷兮，纫秋兰以为佩""朝发轫于苍梧兮，夕余至乎悬圃"；一面是"岂余身之惮殃兮，恐皇舆之败绩""亦余心之所善兮，虽九死其犹未悔""虽体解吾犹未变兮，岂余心之可惩"。实在是不知屈原是巫，还是巫是屈原，这种文本特征的出现，正是屈原将己之言全托于巫口说出的结果，是将巫事艺术化的结果。

四　托言于巫构思下的文本体征

根据以上所论，《离骚》是屈原有意将自己意志、情感托于神巫之口

---

① 宋兆麟：《巫觋——人与鬼神之间》，学苑出版社 2001 年版，第 255 页。

而言的诗体篇章，从这一角度讲，可以称屈原《离骚》为托言体诗。屈原因有意借助神巫形象叙说，所以使诗文呈现出浓烈的巫文化气息，神游、占卜、降神、香草、龙凤，文本呈现出种种超现实描写，也给《离骚》带来了无尽的艺术魅力和别样的风格。这些也恰恰能与楚地出土文物中有关巫的帛画、器物相互印证。同时也说明，我国早期的文人创作，仍旧摆脱不了仪式、信仰的痕迹。

《离骚》抒情主人公因为是神巫形象，所以文本中才会出现一些特定的表达，如“众女嫉余之娥眉兮”，这源于巫一般由女性担任，而男巫在巫事中也常扮女装。又如“高余冠之岌岌兮，长余佩之陆离”的奇装异服，这些非常规的打扮，却恰恰符合巫的装束。

托言于巫口的创作下，抒情主人公就不能等同于作者（屈原），不再是作者直抒胸臆的创作。以抒情主人公的口吻展开叙述，那么文本中的叙事或抒情便会带上与主人公自身特质相关的色彩。这些特征与《九章》中一些屈原自述的篇章创作表现出了不同。

巫能知人事，也能知神事，所以在内容上，《离骚》一会儿是现实的叙事抒情，一会儿又是神游求女，驭龙乘凤。总之屈原以巫之口展示出这些，有其目的在，多取其比喻、象征及其本身所具有的神能。“众女嫉余之娥眉”，显然比喻自己遭小人嫉恨，而佩戴芳草、玉饰，则象征高洁、不同流合污，所以屈原用巫的形象，尽可能贴合巫的实际展开描写。借巫之口不仅生动形象地向世人展示了自己的忠贞、枉屈、愁怨、情怀，而且收到了极好的艺术效果。而当这奇幻神靡的巫文化艺术化为文学创作时，怎能不“遂生壮彩”。

第二节 先秦著图训政传统与《天问》题画体论证

学界对《天问》文体的研究，多从其句式特征入手，称之为“诘问体”、“问句体”或“四言体”。其实还可以从宗庙壁画与诗文创作关系角度来论析《天问》文体。传世文献及出土资料中，有关于西周壁画及其功能的记载；记载春秋时期宗庙壁画的材料则更多，且更加明确，其功能在于训政。屈原流放汉北，途经故都先王庙堂，观其训政壁画，感慨往昔先王兴政之用心，痛惜当下楚国之庸政，二者对比鲜明，遂发感慨依图而作《天问》。《天问》首开由画体生发出相关文体之先河，是题画文学的发轫，由此角度可认定为题画体。

一　《天问》的创作背景及其性质

屈原辞中的《天问》与《离骚》《九章》《九歌》虽同为诗体，但在文本体征上存在明显差异。《天问》全以问句构篇，只问不答，形成它最显著、奇特的文体特征。又因《天问》内容涉及天地山川、天文地理、鬼怪神话传说，这使之奇之又奇。因此一些学者不把《天问》看作文人诗，有的认为《天问》是一部巫史文献①；有的认为《天问》是屈原给弟子们列的思考提纲②；有的认为《天问》是一首讲授自然科学和社会科学的提纲式诗③。

尽管我们常说先秦文史哲不分，但到战国中后期的屈原，其作品的文学色彩已相当鲜明。如今学界对于《天问》为屈原所作没有异议，那么一个首要的认识前提是，要把《天问》放在失意士大夫诗人的创作范畴来看待。屈原的身份首先是士大夫、政治家，他先后担任过楚国左徒、三闾大夫职务，“博闻强志，明于治乱，娴于辞令”④。楚怀王起初很信任他，让他变法以图强盛。《橘颂》《离骚》《惜往日》篇中的相关诗句，透露着屈原当年坚定的政治决心与理想。如《橘颂》中“受命不迁，生南国兮。深

---

① 过常宝：《〈天问〉作为一部巫史文献》，《中国文化研究》1997 年第 1 期。

② 赵辉：《〈天问〉——屈原给弟子的思考提纲》，《江汉论坛》1985 年第 12 期。

③ 翟振业：《〈天问〉是一首讲授自然科学和社会科学的提纲式诗》，《唐都学刊》1988 年第 3 期。

④（汉）司马迁：《史记》卷 84《屈原贾生列传》，中华书局 2014 年版，第 3009 页。

固难徙，更壹志兮”[①]；《离骚》中“乘骐骥以驰骋兮，来吾道夫先路”“岂余身之惮殃兮，恐皇舆之败绩”“亦余心之所善兮，虽九死其犹未悔”[②]；《惜往日》中“国富强而法立兮，属贞臣而日娭”[③]。由此可见，致力于政治，使楚国强盛乃至一统中原，是屈原生命中最重要的事情。但屈原的仕途并不平坦，楚国旧势力阻挠其变法改革，谗佞小人诬陷其清白，而楚王又不清明，致使其一再被疏远流放。

结合《屈原列传》与《楚世家》的记载来看，屈原在楚怀王十五年（公元前314年）前后，起草宪令准备变法。但变法必然会有损旧贵族的利益，商鞅变法、吴起变法已证明这点。因而在起草法令之际，屈原受到了旧贵族势力的谗毁，楚怀王不辨明是非而直接疏远屈原。屈原被疏后，楚国便尝到了恶果。《屈原列传》载：

> 屈平既绌，其后秦欲伐齐，齐与楚从亲，惠王患之，乃令张仪详去秦，厚币委质事楚，曰：“秦甚憎齐，齐与楚从亲，楚诚能绝齐，秦愿献商、於之地六百里。”楚怀王贪而信张仪，遂绝齐，使使如秦受地。张仪诈之曰：“仪与王约六里，不闻六百里。”楚使怒去，归告怀王。怀王怒，大兴师伐秦。秦发兵击之，大破楚师于丹、淅，斩首八万，虏楚将屈匄，遂取楚之汉中地。[④]

屈原被怀王疏远不在朝廷，亲秦势力对张仪毫无戒备，使其欺楚奸计得逞。楚怀王为此大怒并兴师伐秦，时间在楚怀王十七年（公元前312年）。结果先后惨败于丹阳、蓝田，还失了汉中之地。

战败后的楚国面临严峻困境，屈原于此时被召回朝出使齐国寻求复

① （宋）洪兴祖撰：《楚辞补注》，中华书局1983年版，第153页。
② （宋）洪兴祖撰：《楚辞补注》，中华书局1983年版，第7—14页。
③ （宋）洪兴祖撰：《楚辞补注》，中华书局1983年版，第150页。
④ （汉）司马迁：《史记》卷84《屈原贾生列传》，中华书局2014年版，第3011页。

合，秦国当然不希望楚齐复合，《楚世家》载：

（楚怀王）十八年，秦使使约复与楚亲，分汉中之半以和楚。楚怀王曰："愿得张仪，不愿得地。"张仪闻之，请之楚。秦王曰："楚且甘心于子，奈何？"张仪曰："臣善其左右靳尚，靳尚又能得事于楚王幸姬郑袖，袖所言无不从者。……"仪遂使楚。

至，怀王不见，因而囚张仪，欲杀之。仪私于靳尚……郑袖卒言张仪于王而出之。仪出，怀王因善遇张仪，仪因说楚王以叛从约而与秦合亲，约婚姻。张仪已去，屈原使从齐来，谏王曰："何不诛张仪？"怀王悔，使人追仪，弗及。①

可见就在楚刚要再次向齐走近时，秦国再次施展他的诡诈伎俩，而楚怀王竟因惑言而忘耻，放走张仪。张仪逃离楚国后便放言"楚王以叛从约而与秦合亲"，使屈原出使齐国之功近乎荒溃。齐宣王闻此，让使者传信给楚怀王予以指斥。接下来虽然楚怀王选择继续与齐国联合，但楚国旧贵族势力强大，他们一直想亲附秦国，妄图苟且存活，绝不会让以屈原为首的亲齐派占据主动。《楚世家》载：

二十四年，倍齐而合秦。秦昭王初立，乃厚赂于楚。楚往迎妇。二十五年，怀王入与秦昭王盟，约于黄棘。秦复与楚上庸。②

这显然是旧贵族亲秦派的"胜利"。屈原于楚怀王二十四年（公元前305年）前后，在对旧贵族的斗争失败后，被流放汉北，屈原《抽思》所言"有鸟自南兮，来集汉北"③ 即是证明。可想而知，屈原内心会滋生起

① （汉）司马迁：《史记》卷40《楚世家》，中华书局2014年版，第2078—2079页。
② （汉）司马迁：《史记》卷40《楚世家》，中华书局2014年版，第2081页。
③ （宋）洪兴祖撰：《楚辞补注》，中华书局1983年版，第139页。

多么强烈的怨气、郁气及痛惜之气。这是《天问》创作前的一个基本背景。

屈原最后一次遭放逐是在楚顷襄王前期，地点在江南沅湘之地。这也就是说，楚怀王时期被流放汉北后，屈原曾再次被召回到郢都。那么这次流放汉北，从形势上看，不会使屈原感到完全绝望。在创作于汉北的《抽思》篇中，屈原就多次提及希望通过“陈辞”“行媒”，说通君王，使自己能够回归郢都，如“结微情以陈词兮，矫以遗夫美人”“兹历情以陈辞兮，荪详聋而不闻”“既茕独而不群兮，又无良媒在其侧。道卓远而日忘兮，愿自申而不得”“理弱而媒不通兮，尚不知余之从容”“路远处幽，又无行媒”①。若不是有回归郢都的希望，屈原不会在一篇之中如此反复申说。

流放汉北的屈原因为有回归郢都的希望，那么在其文辞中，除去申说自己的无辜、忠贞外，考虑最多的无疑还是如何使楚王觉悟，使其重整政治以恢复楚国的强盛。屈原在流放汉北的途中，观楚先王宗庙墙壁上有关历史兴亡的典故图画，这与其所思所想正相合，由此产生了强烈的政治共鸣，触发了他的创作动机，并且壁画内容提供了很好的创作素材。历史兴亡意识、政治成败意识如此强烈的《天问》，就是屈原这方面的考虑。在《天问》的最后屈原说道“悟过改更，我又何言”，即是希望楚王能够以历朝兴亡成败为鉴，改己之过，重拾美政，这应该是屈原创作《天问》的根本目的。这一写作目的也决定了《天问》的性质还是士大夫文人诗。

二　先秦著图训政传统与楚昭王时庙堂作画

结合相关文献记载及前人一些研究成果看，在周代，作为议政、祭祀场所的明堂宗庙，其墙壁上很早就存在壁画，其功能在于训政戒政。且这种训政传统为楚国所接受。

① （宋）洪兴祖撰：《楚辞补注》，中华书局1983年版，第137—141页。

《周礼·考工记·画缋》载：

> 画缋之事，杂五色，东方谓之青，南方谓之赤，西方谓之白，北方谓之黑，天谓之玄，地谓之黄。青与白相次也，赤与黑相次也，玄与黄相次也。青与赤谓之文，赤与白谓之章，白与黑谓之黼，黑与青谓之黻，五采备谓之绣。
>
> 土以黄，其象方，天时变，火以圜，山以章，水以龙，鸟兽蛇。杂四时五色之位以章之，谓之巧。凡画缋之事，后素功。[①]

这虽不是针对壁画的专论，但由此至少说明西周很早就掌握了相当的绘画技巧，并赋予颜色、所绘事物以象征意义。遗憾的是，因为先秦宗庙明堂的毁灭，当下已不可能再获取直观的实物证明，但绝不能以此否定先秦壁画的存在。《淮南子·主术训》载："文王、周公观得失，遍览是非，尧舜所以昌，桀纣所以亡者，皆著于明堂。"[②] 这里的"著"，即是绘画的意思。据此可证西周初期，明堂宗庙已有用于训政的壁画存在。

《孔子家语·观周》中，对东周宗庙明堂壁画有一则详细记载：

> 孔子观乎明堂，睹四门墉有尧舜之容、桀纣之像，而各有善恶之状、兴废之诫焉。又有周公相成王，抱之负斧扆，南面以朝诸侯之图焉。孔子徘徊而望之，谓从者曰："此周之所以盛也。夫明镜所以察形，往古者所以知今。"[③]

明堂，是周天子宣明政教的场所；墉，即墙壁。明确记载了孔子到东

① 李学勤主编：《十三经注疏·周礼注疏》，北京大学出版社 2000 年版，第 1305—1307 页。

② 刘文典撰：《淮南鸿烈集解》，中华书局 1989 年版，第 312 页。

③ 杨朝明、宋立林主编：《孔子家语通解》，齐鲁书社 2009 年版，第 128 页。

周参观明堂时，看到了四周墙壁上所画的尧舜行善之图像，桀纣为恶之图像，以及周公抱成王辅政的画像。这对于宗庙明堂绘有壁画是确证。而从孔子对随从者所说“此周之所以盛也”一语中，则可看出，东周明堂所绘壁画显然是用于训诫政治。可见即使到了孔子生活的春秋后期，周王朝依然延续着西周以来著图训政的传统。

《孔子家语》的真伪、时代问题，因河北定县西汉墓出土的竹简文献的证明而逐渐清晰，其中一些材料确实源自先秦。在《定县40号汉墓出土竹简简介》一文中，整理组介绍称“从竹简中整理出来的，有八种古籍”，其中一种定名为《儒家者言》，并认为：“这部书的绝大部分内容，散见于先秦和西汉时期的一些著作中，特别在《说苑》和《孔子家语》之内，但它比这些书保存了更多的较为古老的原始材料。”[①] 这至少证明了《孔子家语》不是凭空伪造的，其中的一些内容确实源自先秦。杨朝明在《孔子家语通解》前言《〈孔子家语〉的成书与可靠性研究》一文中，也非常翔实地论证了《孔子家语》资料的可靠，甚至认为“《家语》可以当之无愧地被称为‘孔子研究第一书’”[②]。由此可见，《孔子家语》中的这则材料足以证明，西周以来统治者在明堂宗庙墙壁著图训政的言说是可信的。

秦汉以来，一些学者在自己的论著中也均指出早期绘画的功能在于训政教化。如西晋陆机云：“丹青之兴，比《雅》《颂》之述作，美大业之馨香。宣物莫大于言，存形莫善于画。”[③] 陆机以绘画与《雅》《颂》作比，可见在他看来早期绘画的功能在于鉴戒、教化。唐代张彦远在《历代名画记》卷一《叙画之源流》中云：“夫画者，成教化，助人伦，穷神变，测幽微，与六籍同功，四时并运。……以忠以孝，尽在于云台；有烈有勋，皆登于麟阁。见善足以戒恶，见恶足以思贤。留乎形容，式昭盛德之

① 何直刚、刘世枢：《定县40号汉墓出土竹简简介》，《文物》1981年第8期。

② 杨朝明、宋立林主编：《孔子家语通解》，齐鲁书社2009年版，第40页。

③ 俞剑华主编：《中国古代画论类编》（上），人民美术出版社1998年版，第13页。

事；具其成败，以传既往之踪。记传所以叙其事，不能载其容；赋颂有以咏其美，不能备其象。图画之制，所以兼之也。”① 张氏此论也指出了绘画的功用在于戒恶、教化。

潘天寿通过对先秦相关史料、实物的考察后指出：“周代为吾国礼教兴盛时代，其注意绘画之动机，原非为绘画美感之鉴赏，实处处欲藉形象色彩之力，与吾人以具体之观感，而达礼教之意旨耳。”② 邢义田先生在对相关画像、史料研读后也认为：“壁画，像音乐一样，在中国很早就成为宗教或道德服务的工具。”③ 可见在周代礼乐文明的体制下，宗庙壁画确实与雅、颂一样，有着训政、鉴戒的功能。周代这种著图训政的传统很早就为楚国人所接受。

楚民族早期生活在中原地区，但在殷商武力的胁迫下，不断向南迁徙。《诗经·商颂·殷武》“挞彼殷武，奋伐荆楚”④，记述的就是殷商对于楚族的侵伐。西周代商享天下后，周成王又以子男之田封楚先王熊绎于丹阳，楚国不断被边缘化。此举使楚国尊严受到伤害，但也激起了楚人自力更生、艰苦创业的自强精神。楚人正是在这种精神的激励下，奋发图强不断走向强大，去实现他们回归中原的梦想。终于在楚庄王时，得以问鼎中原。如果说在打天下阶段，楚人自力更生、浴血奋进的精神是支撑他们前进的动力，是他们所需要的，那么在楚庄王问鼎中原后，在楚国需要持守这种局面时，显然礼文化更合适。楚国或许很早就有对周文化的接受，但在楚庄王问鼎中原后，在王孙满向他说出“在德不在鼎”后，对周代礼乐文化的接受开始变得更多。先秦文献能清晰地证明这一点。如《左传·宣公十二年》所载楚庄王语，就提及《大武》乐章及其用诗情况，这表明楚庄王对西周诗乐文化是十分熟悉的。

---

① （唐）张彦远：《历代名画记》，浙江人民美术出版社 2011 年版，第 1—3 页。

② 潘天寿：《中国绘画史》，中国文史出版社 2015 年版，第 14 页。

③ 邢义田：《画为心声：画像石、画像砖与壁画》，中华书局 2011 年版，第 5 页。

④ 李学勤主编：《十三经注疏·毛诗正义》，北京大学出版社 2000 年版，第 1720 页。

又如《国语·楚语》载申叔时在论傅太子之道时云：

> 教之春秋，而为之耸善而抑恶焉，以戒劝其心；教之世，而为之昭明德而废幽昏焉，以休惧其动；教之诗，而为之导广显德，以耀明其志；教之礼，使知上下之则；教之乐，以疏其秽而镇其浮；教之令，使访物官；教之语，使明其德，而知先王之务用明德于民也；教之故志，使知废兴者而戒惧焉；教之训典，使知族类，行比义焉。①

在申叔时所列书目中，多数是周朝礼乐文化下的经典文献。

董治安在《从〈左传〉、〈国语〉看“诗三百”在春秋时期的流传》一文中曾说：

> 楚国远居南疆而秦国地处西陲，此二国何以也不乏引诗、赋诗的现象呢？看来，有的研究者过于强调南楚政治、文化相对独立的一面……至少自春秋时代起，早已在政治上、文化上同中原诸国发生了极为密切的联系；楚、秦之诸侯及大夫屡屡像晋、鲁等一样的引诗、赋诗，正是一个有力的佐证。②

这里董先生举楚秦二国诸侯及大夫屡屡引诗、赋诗，证明两国在政治文化上同中原诸国间的密切关系，并且明确说明是自春秋时代起。就楚国而言，显然不是巧合。

以上所举楚国对周礼乐文化的接受，无一不是在政教上。《国语·郑语》载“唯荆实有昭德，若周衰，其必兴矣”③，可见在诸侯国间，楚国最有周德已成为共识，这足以证明楚国对周文化继承之多、之广。楚庄王之

① 上海师范学院古籍整理组校点：《国语》，上海古籍出版社1978年版，第528页。

② 董治安：《先秦文献与先秦文学》，齐鲁书社1994年版，第30页。

③ 上海师范学院古籍整理组校点：《国语》，上海古籍出版社1978年版，第511页。

后，楚国国力由强盛逐渐衰落时，在遭到其他诸侯国攻伐，尤其是出现亡国危机时，有志国君借鉴宗周著图训政传统，将历史兴亡典故以壁画的形式著于自己庙堂的墙壁上，以此激励当朝复兴，警诫后世勤政，是完全可能的。楚昭王时，最具备著图训政的理由。

楚昭王之前的楚平王，私欲浓重、昏庸无道，如他强行霸占太子建妇，任用奸臣费无极，以及杀害伍子胥父兄。楚平王的昏聩行为，为楚昭王时吴兵袭郢埋下了灾祸的种子。楚昭王即位不久，便两次大败于吴国，致使郢都沦陷，楚昭王不得已逃亡。对于一个国家来讲，这无疑是刻骨铭心的灾难。在这种极端危亡的形势下，楚昭王使申包胥到秦国请求援助，在秦国的帮助下，楚国打退吴兵，楚昭王又慢慢复国，并使楚国再次强盛起来。这足以证明楚昭王是一位励志、有作为的君王。又如《楚世家》载：

> 二十七年春，吴伐陈，楚昭王救之，军城父。十月，昭王病于军中，有赤云如鸟，夹日而蜚。昭王问周太史，太史曰："是害于楚王，然可移于将相。"将相闻是言，乃请自以身祷于神。昭王曰："将相，孤之股肱也，今移祸，庸去是身乎！"弗听。卜而河为祟，大夫请祷河。昭王曰："自吾先王受封，望不过江、汉，而河非所获罪也。"止不许。孔子在陈，闻是言，曰："楚昭王通大道矣。其不失国，宜哉！"①

从这段对楚昭王言行的记叙中也可以看出，楚昭王是一位理性、明智的君王。孔子对他的评价"楚昭王通大道矣"，更是一则力证。同时，在这则材料中，我们要注意周太史与孔子两人的出现。"孔子在陈，闻是言"，表明孔子与楚昭王同时代。上文我们所引《孔子家语》中孔子曾到

---

① （汉）司马迁：《史记》卷40《楚世家》，中华书局2014年版，第2070页。

东周观明堂壁画，那么东周明堂训政壁画也同样能为楚昭王所知。而从“昭王问周太史”一言中，则可见周楚上层交流非常紧密。在楚国被吴国攻入郢都，昭王被迫逃离后，在所迁的新都城中，为再次复兴，在宗庙墙壁画下兴政警诫之壁画，是合乎情理的。关键在于楚昭王是这样一位有坚韧意志且理智的君主。孙作云就认为，屈原在汉北所见宗庙壁画就是楚昭王时都鄀故都宗庙壁画。况且《天问》最后的内容，“伏匿穴处，爰何云？荆勋作师，夫何长？悟过改更，我又何言？吴光争国，久余是胜”，也正是楚昭王时期的事。可见楚昭王时，最可能在宗庙著画以训政。

三 屈原汉北观画及王逸“题壁画说”

东汉王逸最先提出了屈原观楚先王庙堂壁画而作《天问》的观点，他在《天问序》中云：“屈原放逐，忧心愁悴。彷徨山泽，经历陵陆。嗟号昊旻，仰天叹息。见楚有先王之庙及公卿祠堂，图画天地山川神灵，琦玮僪佹，及古贤圣怪物行事。周流罢倦，休息其下，仰见图画，因书其壁，何而问之，以泄愤懑，舒泻愁思。”①

王逸此说提出之后，后世赞同的学者很多。如清代陈本礼云：“此屈子题图之作，非渺茫问天词也。”② 丁晏云：“《楚辞·天问》屈子呵壁之所为作也。楚有先王之庙及公卿祠堂，画古贤圣神灵、瑰玮僪佹之形。屈子仰见图画，一一呵而问之，以泄其忿怼牢愁之志。”③ 现代学者孙作云在《屈原的生平及作品编年》一文中也指出，屈原向汉北流放时“舟行路过春秋末年楚故都、楚昭王所迁的鄀郢（今湖北中部宣城县东南）时，屈原参拜了楚先王庙，见壁画有感而作《天问》，这就是伟大的哲理诗《天问》的写作背景”④。赵逵夫也说：“书壁之说，未必可信，但

① （宋）洪兴祖撰：《楚辞补注》，中华书局1983年版，第85页。

② 游国恩主编：《天问纂义》，中华书局1982年版，第6页。

③ 游国恩主编：《天问纂义》，中华书局1982年版，第7页。

④ 孙作云：《天问研究》，河南大学出版社2008年版，第9页。

言见先王之庙及公卿祠堂，由某些壁画引起思绪，因而著成此篇，则是可能之事。”①

当然对王逸的观点也有一些学者持否定态度。如清代胡濬源认为：“观图而作，或是情理。但云见楚先王庙及公卿祠堂壁画，呵而问之，则庙与祠当在郢都，何云放逐彷徨山泽？岂庙祠尽立于山泽间乎？大抵说古人书，不过情理二字。情理不易通者，不可强解。”② 林云铭认为《天问》“看来只是一气到底，序次甚明，未尝重复，亦未尝倒置，无疑可阙，亦无谬可辟，世岂有题壁之文能妥确不易若此者乎”③。郭沫若指出：“这篇相传是屈原被放逐之后，看到神庙的壁画，而题在壁上的，这完全是揣测之辞。任何伟大的神庙，我不相信会有这么多的壁画，而且画出了天地开辟以前的无形无象。据我的了解，应该是屈原把自己对于自然和历史的批判，采取了问难的方式提出。”④

除此之外，还有一些学者也提出了质疑。综观这些否定“观壁画作诗”者的观点，可归为三条：《天问》结构次序井然，题画之诗不可能如此脉络清晰；《天问》鸿篇巨制，若是依壁画而作，彼时庙祠不可能有如此大量的壁画；郢都才有庙与祠，屈原放逐离开郢都，不应该看到庙与祠。

对于《天问》结构次序井然，题画诗不可能如此脉络清晰这一质疑，笔者认为，宗庙壁画的存在，对屈原创作《天问》首先是一种触发，即屈原有感于画，感画兴怀，是屈原感壁画之意，依壁画内容题材而作诗。因此《天问》是经过诗人艺术创作后的产物，而不是对壁画的直接“翻译”。屈原因壁画而创作，从《天问》中当然可以看到壁画的影子，但不必是严格的一一对应。贯穿作品始终的，还是作者的创作思路。因此，《天问》

① 赵逵夫：《〈天问〉的作时、主题与创作动机》，《西北师范大学学报》（社会科学版）2000年第1期。

② 游国恩主编：《天问纂义》，中华书局1982年版，第7页。

③ 游国恩主编：《天问纂义》，中华书局1982年版，第4页。

④ 郭沫若：《屈原赋今译》，人民文学出版社1981年版，第109页。

问天地形成、自然地理、神话传说，到夏、商、周及楚国历史史实，宏观上看脉络是清晰的。

对于否定者的第二条理由，究竟当时宗庙墙壁有没有这么多的壁画，答案是肯定的。壁画的载体既然是宗庙、宫殿之墙壁，那么它随宗庙、宫殿的存在而存在，随其消失而消失，当下考古既然看不到任何一座先秦时期的宗庙，那么看不到先秦壁画便是正常的，但绝不能因为当下看不到而否定其存在。近几十年来，考古发掘出土了许多绘画、画像，如出土的我国战国时期楚墓曾侯乙墓的棺椁上就有许多图画，1973 年长沙也出土过男子御龙帛画。这些至少能证明先秦绘画是存在的，而且技艺已经非常高超。如此大量的汉代画像石、画像砖的出土绝不是无源之水，它应该有某种传承。

对于否定者的第三条，郢都才有宗庙明堂，屈原放逐离开郢都，不应看到庙堂壁画。否定者的这一认识，很可能把郢当作一个固定的地方，而事实上，楚国都城的迁徙变更是非常频繁的。根据清华简《楚居》记载，从楚武王开始，楚人始称自己的都城为郢，郢显然不是指某一固定都城。孙作云、赵逵夫两先生在肯定屈原见楚先王庙堂时已指出，汉北有楚文王所居之鄢郢，以及楚昭王所居之鄀郢。如孙作云说：“（《天问》）写作的地点是春秋末年楚昭王十二年所迁的鄀郢，即今湖北省中部宣城县东南九十里汉水西岸的古鄀都。”① 不论楚故都鄢郢还是鄀郢，其地理位置都在汉水中游，相对于当时的郢都而言，皆属于北方地区。屈原向汉北流放，路过楚昭王时的鄀郢是正常的。

清华简《楚居》的刊布，能为此提供更为翔实的证明。《楚居》主要记述楚王族谱系以及楚国建都迁都的历史变更，从楚先祖季连一直记到战国中期的楚悼王。根据《楚居》记载，楚先祖季连时，楚族活动于中原一带。楚庄王之前楚国都城多在汉北、淮水上游，今宜城、信阳、上蔡、西

---

① 孙作云：《天问研究》，河南大学出版社 2008 年版，第 12 页。

峡四地所围成的四方形内。这一地区，相对于屈原时楚国的都城来说，无疑都在北方。

楚昭王时期，《楚居》载“自乾溪之上徙居媺郢，媺郢徙居鄂郢，鄂郢徙袭为郢。阖庐入郢，焉复徙居乾溪之上，乾溪之上复徙袭媺郢”①。据此可知，在阖闾没有攻入郢都前，楚昭王就有三次迁都，后两次分别定都鄂郢和为郢，鄂郢即鄂，今鄂州地区。《楚世家》载：“熊渠甚得江汉间民和，乃兴兵伐庸、杨粤，至于鄂。”可见早在熊渠时，楚国已占有鄂地。楚昭王十年冬，“吴王阖闾、伍子胥、伯嚭与唐、蔡具伐楚……吴兵之来，楚使子常以兵迎之，夹汉水阵。吴伐败子常，子常亡奔郑。楚兵走，吴乘胜逐之，五战及郢。己卯，昭王出奔。庚辰，吴人入郢。昭王亡也，至云梦”。②

结合吴兵的进攻路线及楚昭王的逃跑路线来看，吴兵所攻之郢，当是鄂郢，然后楚昭王经云梦泽东边的清发水向其上游逃亡，经郧（今安陆）至随（今随州）。但吴兵事件之后，《楚居》的记载与《楚世家》的记载有不同，《楚世家》载昭王北徙都鄀，而《楚居》载是媺郢。媺郢今不可考其确切地望。但昭王自媺郢迁向鄂，是自北向南迁，据此可以推断，其地望应在长江、汉江以北的地区。由此可证，这一地区分布着楚国故都是可信无疑的。屈原向汉北疏放，经过楚故都，见楚昭王庙堂壁画，是可信的。

四 《天问》题画体论证

刘继才在《中国题画诗发展史》中说：“题画诗，顾名思义，是一种以画为题而作的诗。其内容或就画赞人，或由画言理，或借画抒怀，或另发议论。但因这些诗都是缘画而作，所以统称题画诗。”同时刘先生又指出题画诗有广义与狭义之分，“从狭义上说，只有题写于画面上的诗，才

---

① 李学勤主编：《清华大学藏战国竹简》（一）（下册），中西书局2010年版，第181页。

② （汉）司马迁：《史记》卷40《楚世家》，中华书局2014年版，第2068页。

称题画诗”；“广义的题画诗，除指题于画面上的诗外，还包括一切与绘画有关联的诗”。[①] 如果把王逸《天问序》中所述《天问》的创作背景与之相对照，不难发现，《天问》的创作与题画诗的概念是非常吻合的，甚至也符合刘先生所定义的狭义题画诗的概念。因为依王逸之说，《天问》是“仰见图画，因书其壁”。虽是楚先王之宗庙，屈原仍不可能直接将诗写在画有壁画的墙壁上，因为这首先是不敬。王逸所谓“仰见图画，因书其壁”，很可能是“因其壁书”，即屈原因其壁画内容而生发感慨书于简帛上。但不论怎样，这对判定《天问》为题画体诗并不影响。屈原根据楚先王庙堂壁画内容，或受其启发而赋诗，明理抒怀，与刘继才先生所定义的题画诗相符，并且《天问》的创作建构起了壁画与文学创作间的这层关系，因此可称为“题画体”诗。

屈原虽然生活在礼乐废弛的战国时代，但他绝不同于玩弄权谋计策的战国纵横家，而是依然持有传统士大夫的个性气质、家国情怀，圣君贤相的政治情怀充满其胸中。拥有这种情怀的传统士大夫，在君王昏聩、国家衰败时，往往会站出来，刺时、刺事，谏戒君王。西周中期以来，随着周王的不作为，诗人之作兴起，即所谓“王室遂衰，诗人作刺”“王道缺而诗作”。刘勰云“幽、厉昏而《板》《荡》怒，平王微而《黍离》哀”[②]，可谓把握住了时代环境、君主个体行为与士大夫诗文创作之间的这层关系。

屈原生活在楚国由强转衰时期，楚怀王又并非明智的君王，他内惑于群小，外欺于纵横家之言，屈原自己还因小人谗害而被其流放，这种时局必然会使屈原怨刺忧时。当人处在悲忧愁怨的情绪中时，更容易感物兴怀。正如《王风·黍离》的创作，诗序云“周大夫行役至于宗周，过故宗庙宫室，尽为禾黍。闵周室之颠覆，彷徨不忍去而作是诗也”[③]。周大夫亲

① 刘继才：《中国题画诗发展史》，辽宁人民出版社 2010 年版，第 1 页。

② 吴林伯疏：《〈文心雕龙〉义疏》，武汉大学出版社 2002 年版，第 536 页。

③ 李学勤主编：《十三经注疏·毛诗正义》，北京大学出版社 2000 年版，第 297 页。

睹宗周庙室尽为荒草，感悟兴怀而作《黍离》；屈原观楚先王宗庙壁画，感慨昭王兴政之决心，痛惜怀王之昏庸而作《天问》。与周大夫作《黍离》一样，屈原同样是心感于物，只不过这里的“物”是具体的壁画。

宗庙壁画本身承载着政治功用及兴亡典故内容，这与屈原所思所想形成共鸣。屈原因壁画而作《天问》，《天问》的思想内容在一定程度上表达着壁画之思想，因此说，《天问》的创作建构起了画体与文体创作间的关系。随着绘画在我国历史中绵延不断，赞画、品画，以画为题的题画文学便形成了一种特定的文学创作样式，屈原《天问》无疑是这种文学创作样式的滥觞。

先秦文体的生成主要有两种形式：一是仪式制度的需要；二是士人个体为更好地言情说理，而有意选择或创造的适合自己言情说理的文本体式，即刘勰所谓“因情而立体”。因为不同的生成形式，先秦文体的内涵至少应包含两个方面，即文章之体类与文本之体征。《天问》的创作与西周中期以来作诗讽谏制度传统是一脉相承的，从文类上看，是诗；采用四言问句的形式则是屈原有意为之，以更好地明理、舒愤，从文本体征上讲是问句体、四言体。但除此之外，《天问》与壁画之间存在如此紧密直接的关系，则又不得不使我们重新审视文体的概念及其内涵。

正如陆机所云“丹青之兴，比《雅》《颂》之述作”，早期的壁画创作源于时人的功用需求，而不是艺术审美，这种功能杂有宗教性、政治性与道德性。而最初文体的产生也同样是源于仪式、礼俗的需要，承担起与仪式、礼俗内容相应的功能。春秋及其以前，文体之间的区分，即多是以功能而论。由此看来，文体与画体有着相似的一面。但相较于图画，语言文字有很多优势，如在使用上更灵活、表达意义更明确、传播更方便快捷等。宗庙壁画训政教化，虽有形象性和直观性的优点，但它是静止的，传播能力较差。但若警训政治的宗庙壁画被诗人遇见，并产生精神上的共鸣时，往往会感画兴怀，以诗之理传画之理，以文意表画意，渐渐点燃了这种题画创作。

屈原依楚先王宗庙壁画创作《天问》，可谓率先将画体文体化。楚先王宗庙壁画训政兴政的功用性质正与屈原之意相合，这便决定了《天问》希望君王以史为鉴，悟过改更的创作目的。虽然当下我们不可能再见到这些壁画，但在后世发现的祠堂壁画中，依稀可以看到《天问》所依壁画的影子。如根据张从军先生主编的《汉画像石》一书介绍，山东省嘉祥县出土的武梁祠堂壁画，其内容就相当丰富，并有特定的排列顺序。

> 祠堂的主要内容安排在正面的后壁和左右两壁。依据设计蓝本，三壁画像分上中下三大部分。上层位于左右两壁的山墙尖顶三角部分，东王公和西王母高高在上，各据一方。中层是古圣先贤和历史故事，下层主要是表现墓主现实生活的出行拜谒画面，同时，也夹有部分历史故事。
>
> 从内容看，神话类的主要形象是西王母和东王公，而人身蛇躯的伏羲、女娲则被安排到黄帝神农的阶层，与古圣先贤齐名并列。此后依次是祝融、神农、黄帝“三皇”和颛顼、帝喾、尧、舜、禹“五帝”。大禹的后边还安排了一个“夏桀”，荒淫无度的夏桀坐在两个跪伏着的女人身上。①

若对武梁祠堂画像内容做一总结，不难发现，其上、中、下三层壁画，分别是神话传说、历史史实及当下史事，这与《天问》的内容顺序是极为相似的。从内容上来说女娲之像，类似《天问》“女娲有体，孰制匠之”。尧、舜、禹之事，《天问》则涉及更多，如：

> 不任汩鸿，师何以尚之？佥曰何忧？何不课而行之？
>
> 鸱龟曳衔，鲧何听焉？顺欲成功，帝何刑焉？

---

① 张从军主编：《汉画像石》，山东友谊出版社 2002 年版，第 361 页。

永遏在羽山，夫何三年不施？伯禹愎鲧，夫何以变化？
纂就前绪，遂成考功。何续初继业，而厥谋不同？
洪泉极深，何以窴之？地方九则，何以坟之？
河海应龙，何尽何历？鲧何所营？禹何所成？①

《天问》中这些内容也应是依据类似“鲧禹治水图”而来的。反面事例，如夏桀，《天问》有“桀伐蒙山，何所得焉？妹嬉何肆，汤何殛焉”。此外，其他画像石如山东长清孝堂山祠堂“二桃杀三士”之图，类似《天问》“伯林雉经，维其何故？何感天抑坠，夫谁畏惧”，而孝堂山祠堂后壁下部的“大王车马出行图”，其中有单人骑马，也有双人驾驭车马，还有大象、骆驼，规模浩大，这与《天问》中“穆王巧梅，夫何为周流？环理天下，夫何索求”正相似。

就全国范围来讲，出土的汉画像石是十分丰富的，其画像内容涉及社会生产、生活，史实典故，神话传说，鬼怪故事以及天象星辰等，可以说《天问》的内容，大部分可以从中找到相对应或相似的图像。我们所举虽是汉代画像，但对于《天问》依壁画而来，无疑也是一种有力的旁证。《天问》即是屈原面对浩大的先王庙堂壁画，将暗合己意的壁画画像内容诗化，以“质问”句这种独特的诗体去传达、展现壁画之寓意，以便使楚王更好地体味历史典故背后的道理。同时因《天问》的创作是据一幅幅画像而来的，所以决定了其诗文在内容结构上不可能是一个如史诗般连贯的整体，而是由一个个相对独立的神话传说、历史事件按一定的顺序构成的。

继屈原《天问》之后，东汉王延寿在《鲁灵光殿赋》中有一段对宫殿壁画的描写：

① （宋）洪兴祖撰：《楚辞补注》，中华书局1983年版，第89—91页。

图画天地，品类群生。杂物奇怪，山神海灵。写载其状，托之丹青。千变万化，事各缪形。随色象类，曲得其情。上纪开辟，遂古之初。五龙比翼，人皇九头。伏羲鳞身，女娲蛇躯。鸿荒朴略，厥状睢盱。焕炳可观，黄帝唐虞。轩冕以庸，衣裳有殊。下及三后，淫妃乱主。忠臣孝子，烈士贞女。贤愚成败，靡不载叙。恶以诫世，善以示后。①

单就这一段讲，显然可称之为题画文学，其中也明显可见《天问》的影响。

题画体的最大特征在于文章之内容源于图画，所使用文体则可依作者之喜好选择。题画诗虽多，但也有题画词、题画赋等不同的体式。它们与其他诗体、词体、赋体最大的不同，在于题画体融入了画的形式、内容与思想追求，画体之境演变为文体之境。因此，题画体文学不论是从内容上还是思想旨归上，无不流露着画体的影子。同时题画文学又不同于纯粹的绘画艺术赏析类作品，题画文学更看重画体图像所具有的寓意及其象征之意，而不仅是其格调和色彩等。法国学者罗思德在《以文解画，以画解文：中国古代绘画与文学之间的关系》一文中指出，“中国绘画史研究一直没有往图像学的方向发展，只着重讨论古代之收藏、绘画风格之变迁，以及与社会环境的关系，而一直不太解释图画的内容”②，或许中国绘画史在解释绘画过程中真的有这种欠缺，但题画文学正可以弥补这方面的不足。这是文学创作中独特的一类，理当归为一体。

对于《天问》篇首问天地形成、日月山川部分，究竟在壁画中有没有，目前无法下肯定结论，笔者倾向于认为有，汉代祠堂尚且有神话、鬼怪、天象题材内容的壁画，那么春秋末期的楚国庙堂有这些更是可能的。

---

① （南朝·梁）萧统：《文选》（第二册），上海古籍出版社1986年版，第515—516页。

② ［法］罗思德：《以文解画，以画解文：中国古代绘画与文学之间的关系》，《复旦学报》（社会科学版）2015年第4期。

只不过，屈原对于这些画像的发问概括，是作为反面、否定的对象存在的，是为下文问传说、历史部分做的铺垫。屈原先问天地自然，而后问社会历史，是将天与国家命运，天与个人命运之间的那层神秘关系撕去，为下文问传说、社会历史打下基础。昭示出“人”的行为，对于决定个体、国家命运的重要性。

综观以上所论，西周以来就有宗庙著图训政的传统，这一传统为楚国所接受。屈原遭谗流放汉北之际，路过楚故都鄀郢，观楚昭王时为警戒、激励自己兴国而画的壁画。昭王兴政之用心，与当下政治形成强烈反差，屈原感此，触画生情，因壁画而作《天问》。《天问》开画体向文体转化之先河。宗庙壁画给屈原提供了创作动机，壁画题材内容，转变为《天问》着重表现之内容，屈原借此阐理、抒怀。从这一层意义上说，屈原开创了题画赋诗的先河，因而可认定为题画体。

五　题画创作下的文本体征

如上文所说，《天问》有极强的创作目的，屈原希望君王以史为鉴，“悟过改更”，用于训政的先王宗庙壁画非常合乎其意志。屈原选取壁画中经典王朝兴亡事件入诗，自然形成一画一事件，如：

> 昭后成游，南土爰底。厥利惟何，逢彼白雉？
> 穆王巧梅，夫何为周流？环理天下，夫何索求？
> 妖夫曳炫，何号于市？周幽谁诛？焉得夫褒姒？①

所以从整体上看，《天问》的内容结构不会如西方长篇叙事史诗一般是一个连贯的整体，而是一个个典型事件的叙说。可以说《天问》的结构受到图画结构的影响。因《天问》有极强的政治警戒目的，从这一认识出

① （宋）洪兴祖撰：《楚辞补注》，中华书局1983年版，第110—111页。

发便不难理解，《天问》文本，不论是艺术手法的运用还是选材，其旨归都会围绕这一写作目的而展开。因此不论是篇章中的神话传说还是历史史实，不过是屈原说理的素材，目的还是神话传说、历史史实背后的道理、规律。

既然《天问》有明确的创作目的在，那么采取怎样的艺术手法进行谋篇，必然是围绕着如何更有利于表现这一目的而展开。可以肯定，屈原对《天问》的谋篇布局，以及采用怎样的艺术手法应有过认真的思考。从内容上说，汉北楚先王庙堂中的壁画，其图画内容，大体决定了《天问》的内容；从形式上说，采用问句结构文本，是屈原有意为之，以更好地为写作目的服务。这是《天问》这首诗最重要的两个方面。其实，对于《天问》文体的论析，从其中任何一个方面入手，都是可取的。

但从研究现状看，学界多是从《天问》的问句形式入手来概括其文体特征，称之为“诘问体”“问句体”“问难体”等，这当然是可以的。当明白了屈原的创作目的，是希望楚王以历史兴亡之道为鉴戒，悟过改更时，那么以质问的句式谋篇，多半是为加强陈述的力度。同时也应看到，《天问》的创作并不是在屈原心平气和时期，而是在遭遇小人谗毁，被流放时所作，内心郁结之怨气、郁气、痛惜之气必然会转化为一种与之相应的诗文之气，采用质问之语气显然符合屈原当时的心境。《礼记·乐记》载“乐者，音之所由生也，其本在人心之感于物也。是故其哀心感者，其声噍以杀；其乐心感者，其声啴以缓；……其怒心感者，其声粗以厉”①。屈原在观楚先王庙堂时，看到墙壁上为兴政而作的壁画，再想一下当下楚国的政治，今昔之反差如此鲜明，本有怨气在身的屈原其声怎能不“粗以厉”？《天问》以质问之句构篇，正是屈原“声粗以厉”的表现。《乐记》此论虽是针对音乐，但在诗乐不分的先秦，此理于诗无疑可通。因此屈原绝非因疑惑而问，他有自己对天道、人道、政道的认识，而诉之于问，不

① （清）孙希旦撰：《礼记集解》，中华书局1989年版，第976—977页。

过是想将诗文内容背后的道理以更有力的方式揭示出来，同时还可以消解、宣泄内心的愤懑。

从句式特征上讲，《天问》除了是问句外，还有一个特征就是基本为四言。褚斌杰先生在《中国古代文体概论》中说：“从形式上说，它并没有脱离《诗经》那种以四言为主的定格。如果说《天问》中的诗句大都是两句构成一个问话，语气急促，那么，也只能承认它是《诗经》四言体的加长或重叠，不能说是另外一体。”① 笔者认为《天问》采用四言，与《诗经》是否为四言的关系并不大，而与屈原的创作需要有关。《天问》重在言政治兴亡存败之理，抒愤抒情次之，便不适合采用《离骚》《九章》那种节奏性、律动性很强的句式。采用四言短句，是为了与问句相配合，因为问句不宜过长，问句过长便丧失了屈原所追求的贯通句中的那股气，或使那股气没了力度。刘勰在《文心雕龙·定势》中说：“夫情致异区，文变殊术，莫不因情立体，即体成势也。”② 结合屈原当时的处境看，采用四言问句之体显然能更好地表达其心情与想要言说的内容。褚先生说《天问》句子“语气急促”，倒是很好地把握了屈原所追求的东西。

第三节 《九章》：九体组诗的开创

屈原《九章》之后，以“九”命题，合以九个篇章，集中抒发个体情思的创作形式流行开来。经汉人王褒、刘向、王逸等人的仿拟写作，奠定了这一文体的体例形式。因为王褒《九怀》、刘向《九叹》、王逸《九思》与屈宋作品编为一集流传，则进一步加大了这种文体形式对后世创作的影响。纵观中国古代文学史，汉代以后，历朝几乎都有“九体”的创作，如晋陆云作有《九愍》，隋朝杨穆作有《九悼》，唐皮日休作有《九讽》，南宋胡涅作有《九章》，元代吕天译作有《九哀》《九思》，明代王夫之作有

---

① 褚斌杰：《中国古代文体概论》，北京大学出版社1984年版，第66—67页。

② 吴林伯疏：《〈文心雕龙〉义疏》，武汉大学出版社2002年版，第353页。

《九昭》，清代李雯作有《九悯》、凌廷湛作有《九慰》等。这表明随着《楚辞》的传播，一代代文人熟悉这种独特的创作体式，并自觉模拟这种体式进行创作。

这种体式的创作在文学史上虽然较为普遍，但其间并无文论家将其明确称为“九体”。直到现代，才有学者将其视为一体，如陶秋英先生指出：“自屈原有《九歌》《九章》，而宋玉有《九辩》，刘向有《九叹》，王褒有《九怀》，后汉崔琦有《九咨》，王逸有《九思》。九并不是一定九篇或九节，所以几乎是一种体了。”① 之后马积高先生的《赋史》和袁行霈先生主编的《中国文学史》中则明确提到“九体”，“九体”之说逐渐形成。但同时也应注意到，自汉代以来，不论是在句式上还是内容主旨上，九体的创作并非一成不变。可以肯定的是，九体滥觞于屈原《九章》，《九章》的写作与编辑奠定了九体最初的写作模式。

一 《九章》对“九体”的开创

屈原辞中，以“九”命题的篇章有《九歌》与《九章》两篇。究竟是《九章》还是《九歌》开创了九体写作，学界存在一些争议。原因在于一些学者认为《九章》编辑在一起的时间较晚。有关《九章》的编辑成卷问题，自南宋朱熹提出“后人辑之”说以来，承其说者代不乏人。现代学者多根据司马迁在《屈原列传》中言“余读《离骚》《天问》《招魂》《哀郢》，悲其志”② 一语，以司马迁直言《哀郢》而不说《九章》为由，认定彼时《九章》尚未合为一卷。又，根据刘向《九叹·忧苦》章中所云“叹《离骚》以扬意兮，犹未殚于《九章》”③ 句，认定最晚到刘向时，《九章》已编辑成一卷。据此将屈原《九章》编辑成篇的时间定在西汉中后期，从而进一步弱化了《九章》作为“九体”滥觞的文学史地位，认定

① 陶秋英：《汉赋研究》，浙江古籍出版社 1986 年版，第 31 页。

② （汉）司马迁：《史记》卷 84《屈原贾生列传》，中华书局 2014 年版，第 3034 页。

③ （宋）洪兴祖撰：《楚辞补注》，中华书局 1983 年版，第 300 页。

《九歌》《九辩》在九体形成中的核心作用。如孙津华等在《先唐“九”体源流述略》一文中就说：“‘九’体命名源起于古乐曲名《九歌》，开创于屈原《九歌》、宋玉《九辩》，在汉代基本定型。”① 实际上，这种论断没有把握住文体形成的规律，且对“九体”之“九”的理解有偏差。

正如我们在第一章中所论，文体概念的内涵包括两个重要方面，即文章之体类与文本之体征，“九体”显然不是与诗、赋、小说等并列的新的文类，而是诗体文类下的一种文本创作样式。因此“九体”之名的取定，显然与这种诗体文本体征有直接的关系。如今学界普遍的看法是，汉代王褒《九怀》、刘向《九叹》、王逸《九思》，对于九体虽无开创之举，但有奠定之功，那么我们不妨从这三篇当中总结一下“九体”的文体特征。

首先，《九怀》《九叹》《九思》皆各由九个不同小篇章构成，且每一章都各有其章题，如《九怀》中的九个篇章为：《匡机》《通路》《危俊》《昭世》《尊嘉》《蓄英》《思忠》《陶壅》《株昭》，并在最后总以乱辞；《九叹》中的九个篇章为《逢纷》《离世》《怨思》《远逝》《惜贤》《忧苦》《愍命》《思古》《远游》。不同的是，《九叹》每一章后都有乱辞。《九思》中的九个篇章是：《逢尤》《怨上》《疾世》《悯上》《遭厄》《悼乱》《伤时》《哀岁》《守志》，最后也是总以乱辞。这样看来，汉代三篇九体作品，其“九”明显是指其文本由九个不同篇章组成。而在此之前流传的以“九”命题的作品，屈原《九歌》《九章》及宋玉《九辩》中，显然《九章》最具此特点。

其次，从汉代三篇九体作品的内容及功能上看，也均与《九章》相同。从内容上来看，汉代三篇九体作品的写作多是借助屈原作品中意象、语词来构篇，并且往往站在屈原视角立言，以追悼屈原的方式间接抒发一己之情感。虽然这些篇章给人的感觉往往是有句无篇，文中缺乏统一的思想或要集中表现的核心情感，但毕竟是属于抒情之作，而这种抒情表意的

---

① 孙津华、程章灿：《先唐“九”体源流述略》，《中州学刊》2005 年第 4 期。

风格显然又是承袭《九章》而来。正如王逸在《九思序》中所说："自屈原终没之后，忠臣介士游览学者读《离骚》《九章》之文，莫不怆然，心为悲感，高其节行，妙其丽雅。至刘向、王褒之徒，咸嘉其义，作赋骋辞，以赞其志。"① 这里王逸明确指出"忠臣介士游览学者读《离骚》《九章》之文，莫不怆然，心为悲感"，而没有提及《九歌》《九辩》，显然在他看来，刘向、王褒以及自己的创作，所受影响主要来自《九章》。

通过以上对汉代三篇九体作品的分析，不难发现，不论是从形式上还是内容表现上，这三篇以"九"命题的作品与屈原《九章》之间存在的相似之处明显更多。因此，可以肯定《九章》在九体形成中有着开创性的地位。

从时间上讲，屈原《九歌》与宋玉《九辩》虽然也在汉代九体作品之前，甚至还可能是在《九章》编辑成篇之前，但从汉代九体作品体式上看，并不是承袭它们而来。从篇题名称上看，"九歌"与"九辩"本是古乐曲之名，根据传世文献记载，这是夏启祭祀天帝所用乐歌，因为时代久远，当下很难弄清楚何以称"九歌""九辩"，以及"九"究竟又有怎样的内涵。但可以肯定的是夏启时代的《九歌》《九辩》是巫祭用歌，是巫祭文化的产物，与个体情感的抒发没有关系。屈原《九歌》的创作与祭祀之歌也有密切的关系，根据王逸《九歌序》的记载，屈原流放沅湘之地后，见当地人祭祀所用之歌，因其语辞低俗，于是进行改作，成为今天我们所见屈原《九歌》。现代学者潘啸龙、黄灵庚、过常宝等，通过论证皆认为，南楚《九歌》与夏启《九歌》有一定关系，是承袭夏《九歌》而来，或是夏启《九歌》的民间化，若准此，那么屈原《九歌》之名显然也是承袭原有夏《九歌》之名而来。

屈原《九歌》虽经改作，但祭祀之歌的特征依然非常明显，如各篇篇题就是以所祭之神的名字来充当，篇章内容也多是对巫祭场景的叙述，或

① （宋）洪兴祖撰：《楚辞补注》，中华书局1983年版，第314页。

是对相关神灵的描写，各篇章虽然时时透露出凄婉的情调，但丝毫看不出屈原本人的任何事迹，绝算不上屈原典型的抒情作品。而从文本体征上看，也看不出《九歌》之“九”与章节或内容有怎样的关系，虽然一些学者设法合《大司命》《少司命》为一篇，合《湘君》《湘夫人》为一篇，以强为之九篇，但这些篇章所祭的毕竟是不同的神灵，原始十一篇的数目不宜强改。因此，以代屈原立言，或仿拟屈原辞之意象、语辞，以九个章节来抒情的九体不会是依仿《九歌》而来的。

对于宋玉《九辩》，从篇题上看，仍旧是沿袭古乐曲《九辩》之名，《山海经·大荒西经》以及屈原《离骚》《天问》中都提到过夏启时期的这首巫祭乐歌。宋玉沿用古乐曲《九辩》之名，直观上讲，“九”不应指向实数。而且从内容上看，宋玉《九辩》与祭祀之间没有丝毫的关系，王逸在《九辩序》中认为是宋玉“闵惜其师，忠而放逐，故作《九辩》以述其志”[①]，历史上宋玉究竟有没有直接师承屈原，因没有有效的文献证明，还不能够下肯定结论，但《九辩》有意追悯屈原以抒己怀，是可以肯定的。《九辩》的文本中宋玉多用屈辞意象，甚至直接化用其诗句，可视作开启了仿屈拟骚以抒怀的创作先河。若再将其视为“九体”之先，甚至排在《九章》之前，并不合乎逻辑。

况且从文本上看，《九辩》也并没有分出十分明显的九个章节单元来，胡念贻先生在《〈九辩〉的分章问题》一文中曾指出：“《九辩》分章，宋代的晁补之、洪兴祖、朱熹三家，加上洪兴祖《补注》所称‘旧本’，有四种分法。晁补之、朱熹分九章，洪兴祖分十章，洪兴祖所称‘旧本’分八章。”[②] 由此可见，《九辩》似乎本没有明晰的章节划分，不然后世为何会出现如此多的分歧呢。即使后世晁补之、朱熹分出九章来，那也是宋代以后的事，是无从影响汉代九体创作的。因而从形式上说，《九辩》显然也不能作为九体的滥觞。何况宋玉本意是想言屈以抒怀，却又冠以古乐曲

① （宋）洪兴祖撰：《楚辞补注》，中华书局1983年版，第182页。

② 胡念贻：《楚辞选注及考证》，岳麓书社1984年版，第426页。

之名，这种仿拟本身还并不彻底。

因而只有屈原《九章》，从体式上开创了九体这种新的创作体例；从内容上树立起抒情的基调。当然有学者可能会以《九章》是否为屈原所编集，来质疑《九章》在九体形成中的滥觞地位。即使《九章》非屈原本人所编辑成集，也并不影响其在九体形成过程中的开创性地位。况且还有学者，如毛庆先生，认为《九章》确实是经过屈原本人的加工整理。毛庆先生在《论屈原对〈九章〉的整体构想及整理》一文中认为：“《九章》决非没有照应的单篇散作，决非后人所辑，它只是以单篇形式完成的时间跨度逾三十年的特殊组诗。屈原对九篇诗歌有着大致的规划和整体的构想，对各篇结构形式作过统一调适，对修辞方式有着全面的考虑，对诗中文句亲手进行过整理。”①

退一步说，即使屈原没有整理过《九章》，那么根据刘向《九叹·忧苦》所说“叹《离骚》以扬意兮，犹未殚于《九章》”，至少表明《九章》在刘向、王褒等作《九叹》《九怀》之前，已经编订成篇。多数论者以司马迁“余读《离骚》《天问》《招魂》《哀郢》”一语，认为司马迁说《哀郢》而不提《九章》，认定《九章》在司马迁时还未编辑成篇，笔者认为这种推断的可信度是相当低的。屈原《九章》并非如王逸所言皆作于放逐江南之后，而是非一时一地之作，其中一些篇章如《抽思》即是作于汉北。之后经过屈原本人或后人按一定的标准加工整理成篇。那么在流放地，或屈原所经之地有诸如《抽思》《哀郢》《涉江》等单篇的流传是极为正常的。即使是在《九章》编辑成整体后，毕竟其中各篇都有自己的独立篇题，阅读者有感于哪个章节，单提其名，也十分正常。因此据司马迁单提《哀郢》而认定彼时《九章》没有编辑成整体的观点是站不住脚的。

《九章》应在刘向之前已被编辑成一卷，编辑整理的时间下限不晚于

① 毛庆：《论屈原对〈九章〉的整体构想及整理》，《文学遗产》2004年第6期。

汉武帝时。根据《史记》《汉书》的相关记载，西汉初期楚辞传播的两大重镇是吴王濞的封地以及淮南王安的封地，当时必然会有意搜集编辑屈原作品。即使当时没有编辑，在刘安、严助、朱买臣等人将楚辞传到汉统治中心长安时，因汉武帝的喜好，也会使人有意搜集整理。当刘向赋咏“叹《离骚》以扬意兮，犹未殚于《九章》”时，《离骚》与《九章》对举，说明《九章》同《离骚》一样，已是为世人所熟知的一个篇题名称。若是刘向自己编辑《九章》，他人不知，刘向在文中使用“九章”这一意象，便没有多大意义，因为引发不了共鸣。据此可推断，在刘向之前，《九章》定然已经被整理编辑，并已经流传了一段时间。刘向、王褒等有感于屈原之不幸遭遇，惊叹其人格精神，结合一己之经历，仿《九章》体制，造作篇章，遂使九体由萌发达到成形。

二　《九章》的文体特征

如上文所说，《九章》诸篇不是屈原一时一地之作，而是在这些作品全部创作完成之后，由屈原本人或西汉时人辑录在一起的。早在屈原之前，我国已存在编辑整理诗文的现象，《论语·子罕》中载：“子曰：‘吾自卫反鲁，然后乐正，《雅》、《颂》各得其所。’”① 显然孔子按照原本《诗经》的编排顺序整理过《诗三百》，其中风、雅、颂中的诗篇不论是从地域、从时代还是从国别，又都有各自的类分。这表明至少在孔子之前，按一定标准整理编辑诗文的工作，已经较为成熟。《九章》的编辑成卷无疑也是在一定的标准下形成的。依当下通行的《楚辞补注》本，《九章》中的九篇作品分别为：《惜诵》《涉江》《哀郢》《抽思》《怀沙》《思美人》《惜往日》《橘颂》《悲回风》。显然《九章》各篇并不是按照写作时间的顺序编排的，之所以选择九个篇章合为一篇，则与“九”以及作品性质存在关系。我们可以从《涉江》《哀郢》《抽思》等篇章中找出些许的

① 杨伯峻译注：《论语译注》，中华书局2009年版，第91页。

编辑思想。这些篇章之后皆有“乱辞”，而“乱”本是对乐章结尾一章的专称，如近年出版的《清华大学藏战国楚简》中有《周公之琴舞》一篇，是一组乐章体例的颂诗，周成王所作部分即由九成构成，每一成皆有“乱”。这表明《九章》中的篇章虽是屈原的个体创作，但在体例上，屈原有借鉴乐章体例之处。而在周礼的规范下，乐章通常是以九成为一个整体。《尚书·皋陶谟》即称：“《箫韶》九成，凤凰来仪。”① 上面所提到的出土文献《周公之琴舞》也是九成。

《九章》不论是屈原所编还是汉初士人所编，在其编辑的过程中，传统礼乐文化意识会影响到他们的编辑工作，以“九”为一个整体可以看作有意为之。可以说，《九章》之“九”确然是指向实数了。如此，以九个章节合为一卷，以整体展现出作者文心的篇章面貌，在形式上，形成了一种独特的体征。当然也要看到，屈原或是后世整理者以这九篇文章合为一组，则表明这几篇诗文之间必然存在某种共性，结合具体文本来看，这九篇作品无不洋溢着正直士大夫坚毅忠贞的人格精神以及遭逢忧患后的悲悯情怀，而将这样九篇文章合在一起，无疑使作品的这种气质进一步放大，进而形成了《九章》特有的文体特征及风格，也奠定了“九体”写作的风格基调。

就《九章》中的个体篇章而言，其文体也表现出与《离骚》《天问》等不同的特征。从句式上看，《九章》（《橘颂》除外，下节将单独论析）中的篇章所使用的句式与《离骚》中所使用句子虽然都是适于抒情的“兮”字句，但不同就在于《离骚》中抒情主人公是屈原有意设置的“人物”，不可直接将其看作屈原，而《九章》则可看作屈原的直抒胸臆，篇章中的“吾”“余”等人称代词可以等同于屈原。其中一些篇章除抒情之外，叙事纪实的色彩也很明显，如《涉江》《哀郢》等。

《九章》篇章所用句式与《天问》所用句式间的差异是明显的，这源

① （清）孙星衍撰：《尚书今古文注疏》，中华书局 1986 年版，第 130 页。

于二者表现内容的不同，《九章》重在抒情、叙事，而《天问》的创作重在明兴亡之理，采用质问的语气，更容易引发人们对诗句背后史实的思考。

三　汉代及汉以后的九体写作

《九章》合九个诗章为一篇的体式，一经形成，即有士大夫文人仿拟此体进行写作，最为著名的即是汉王褒《九怀》、刘向《九叹》与王逸《九思》，汉代这三篇九体诗篇，不仅在体式上仿拟《九章》，而且在文本内容及文辞的使用上也多是仿拟《九章》。结合王逸《楚辞章句》中这三篇九体作品的序文来看，汉代这三篇九体作品在内容上皆是哀悼屈原以自伤，在风格上，与《九章》也是一脉相承。因王逸为《楚辞》作章句，且收入自己的《九思》，得以使汉代这三篇九体诗与屈原《九章》一起流传。这些篇章因同是以“九”命篇，且又有相近似的体式与风格，自然会引起后世文人的注意，因而几乎历代都有九体诗的写作。

虽然如此，但九体诗的创作又并非一成不变的，与其他文学样式一样，也受诸如文学自身发展、时代思想、学术批评等因素的影响。汉末以来，随着儒家思想的式微，伦理道德观念的废弛，社会战乱频繁，杀伐纷争四起，文人个体生命意识增强，文学与教化、政治渐疏渐远，文人开始向个体生命本身回归。这一时期的九体文学创作者，以曹植和陆云为主，曹植作有《九愁赋》和《九咏》，陆云作有《九愍》。曹植《九愁赋》《九咏》在表现个体文人悲忧之情上，可谓淋漓尽致，但已无家国情怀；陆云《九愍》则鲜明体现出两晋文坛重辞采、轻情思，重形式、轻内容的写作特点。

曹植《九愁赋》虽篇题有“九”，但并不分章，只是一篇完整的赋。从内容上看，应是在黄初时期自己遭遇困境、不得意时所作，与屈原《九章》有异词同悲之神似。正如丁晏在《曹集诠评》中所云：“楚骚之遗，风人之旨。托体楚骚，而同姓见疏，其志同其怨亦同也。文辞凄咽深婉，何减灵均。”[①] 曹植能以“九愁”命篇，显然他读到过屈原《九章》及汉代仿拟《九章》而写作的九体作品，但毕竟《九愁赋》没有九个章节的划分，且明确以赋名篇，虽篇题有“九”，但仍不能视为九体文学。

根据赵幼文在《曹植集校注》中的辑录来看，曹植《九咏》已佚失得非常严重，内容与体例均不完整，赵幼文先生在案语中也说：“今本既从类书辑录，已非旧式。而类书所存尚有溢于今本之外者，且与《九愁赋》相乱，是掇拾者之疏也。”[②] 因此，就《九咏》而言，从篇名上看与《九章》《九怀》《九叹》等是相一致的，而且从辑录后组成的词句来看，显然也是承袭屈原辞而来，可证明曹植《九咏》的创作至少是受屈辞影响的。但因其文本缺佚严重，究竟是否为九体，遗憾无法给出定论。

陆云《九愍》，以“九”名篇，并且合九个章节，每一个章节又各有其名称，即《修身》《涉江》《悲郢》《行吟》《纡思》《孝志》《感逝》《□征》《□□》（后两章篇题有佚失）。从体式上看，可以认定为九体。但从文辞上看，《九愍》的创作显然受到西晋尚文辞而不重情感内容的创作风气的影响，如陆云自己在《九愍序》中所说：“昔屈原放逐，而《离骚》之辞兴。自今及古，文雅之士，莫不以其情而玩其辞，而表意焉。”[③] 从“以其情而玩其辞”一语中，可以看出陆云也并未摆脱西晋文坛尚繁缛之辞的创作风气。陆云《九愍》的创作，更注重对屈辞形式及文辞的仿拟。

西晋陆云之后，九体作品保存完整者，属唐代皮日休的《九讽》。皮日休是晚唐时期著名诗人，《九讽》收入他的自编文集《皮子文薮》中。皮日休在《文薮序》中说：“咸通丙戌中，日休射策不上第，退归州东别墅，编次其文，复将贡于有司。”[④] 咸通丙戌即唐懿宗咸通七年（公元866

① （清）丁晏：《曹集诠评》，商务印书馆1935年版，第8页。
② 赵幼文校注：《曹植集校注》，人民文学出版社1984年版，第524页。
③ （晋）陆云撰，黄葵点校：《陆云集》，中华书局1988年版，第124页。
④ （唐）皮日休著，萧涤非整理：《皮子文薮》，中华书局1959年版，第2页。

年)，这个时间仅早于唐末黄巢起义十年。由此可知，皮日休生活的晚唐应是社会动荡、民不聊生的时期。秉持儒家“有道则见，无道则隐”的原则，这一时期皮日休多数时间隐居鹿门山，过着隐士一般的生活。但在其诗文中又无不流露着传统士大夫所特有的讽刺意识与担当精神。如鲁迅在《小品文的危机》一文中所说：“皮日休和陆龟蒙自以为隐士，别人也称之为隐士，而看他们在《皮子文薮》和《笠泽丛书》中的小品文，并没有忘记天下，正是一塌糊涂的泥塘里的光彩和锋芒。”① 皮日休追忆屈原而作《九讽》，正是其“光彩和锋芒”的表现。在《九讽序》中，皮日休不仅叙述了自己作《九讽》的缘由，而且对九体进行了评点：

> 在昔屈原既放，作《离骚经》。正诡俗而为《九歌》；辨穷愁而为《九章》。是后词人，摭而为之，皆所以嗜其丽词，撢其逸藻者也。至宋玉之《九辩》，王褒之《九怀》，刘向之《九叹》，王逸之《九思》，其为清怨（愁）素艳，幽抉古秀，皆得芝兰之芬芳，鸾凤之毛羽也。……吾之道不为不明，吾之命未为未偶，而见志于斯文者，惧来世任臣之君，因谗而去贤，持禄之士，以猜而远德，故复嗣数贤之作，以“九”为数，命之曰《九讽》焉。②

从皮日休所言“辨穷愁而为《九章》”一语看，对于屈原创作、整理《九章》，他是认同的。他说“至宋玉之《九辩》，王褒之《九怀》，刘向之《九叹》，王逸之《九思》”，足见他清楚这一系列九体创作是承袭屈原而来，最后他说“复嗣数贤之作，以‘九’为数，命之曰《九讽》”，显然是承袭屈原《九章》及仿拟者宋玉、刘向等人的九体作品而来，“九”为实数，命曰《九讽》。《九讽》中的九个章节亦各有其名称，分别是：《正俗》《遇谤》《见逐》《悲游》《悯邪》《端忧》《纪祀》《舍慕》《洁

① 鲁迅：《南腔北调集》，《鲁迅全集》（第四卷），人民文学出版社 2005 年版，第 591 页。

② （唐）皮日休著，萧涤非整理：《皮子文薮》，中华书局 1959 年版，第 12 页。

死》。皮日休生活在晚唐动荡时期，生灵苦难的现实，使他自觉追悯屈原，借九体抒发自己对现实的忧叹，从这方面说《九讽》不仅承继了九体之体征，而且沿袭了《九章》忧国伤怀的基调，与以文辞为尚的陆云《九愍》有很大的不同。

进入宋代以后，疑古思潮开始兴起。从时间上看，这股思潮从北宋初期发端，一直延续到南宋晚期。从范围上看，涉及传统经、史、子、集各个领域。宋代九体的创作，也或多或少地受到了疑古思潮的影响。南宋朱熹在《楚辞集注·九章序》中对《九章》的编辑问题提出质疑，朱熹说："《九章》者，屈原之所作也。屈原既放，思君念国，随事感触，辄形于声。后人辑之，得其九章，合为一卷，非必出于一时之言也。"[①] 朱熹"后人辑之"一语，使之前世人普遍认为的《九章》为屈原所编辑的看法受到了冲击。于是在那个时期，受朱熹学说的影响，开始出现文人仿拟《九歌》而作九体的现象，如庞谦儒《九奏》的创作即是如此。同时朱熹在《九章序》中还表露出另一种倾向，即重视义理，这也是宋代疑古者的一种普遍倾向，如他所说："今考其词，大抵多直致无润色，而《惜往日》《悲回风》又其临绝之音，以故颠倒重复，倔强疏卤，尤愤懑而极悲哀，读之使人太息流涕而不能已。董子有言：'为人君者，不可以不知《春秋》，前有谗而不见，后有贼而不知。'呜呼，岂独《春秋》也哉！"[②]

《春秋》微言大义，历来为世人所知，朱熹以《九章》比之，可见他有多么重视其义理，这一点也可以从他在《楚辞集注》中不收录《七谏》《九怀》《九叹》《九思》得以证明。在《楚辞辩证》中他说："《七谏》《九怀》《九叹》《九思》，虽为骚体，然其词气平缓，意不深切，如无所疾痛而强为呻吟者。就其中《谏》《叹》犹或粗有可观，两王则卑已甚矣。"[③] 朱熹重义理、斥责虚辞丽藻的态度是明显的，而这种立场也影响了

---

① （宋）朱熹注：《楚辞集注》，上海古籍出版社 1979 年版，第 73 页。
② （宋）朱熹注：《楚辞集注》，上海古籍出版社 1979 年版，第 73 页。
③ （宋）朱熹注：《楚辞集注》，上海古籍出版社 1979 年版，第 172 页。

后世九体的创作。

其实北宋时期，鲜于侁的《九诵》就已微露这种特征。《九诵》见于吕祖谦所编的《宋文鉴》，因为没有序文，所以并不好把握作者的创作动机，但是根据吕祖谦奉皇帝之命编选《宋文鉴》的目的及其收录标准，也是能窥探出一二的。据齐治平先生在《宋文鉴·前言》中的介绍，宋孝宗命吕祖谦编《宋文鉴》所采取的取舍原则是“令专取有益治道者”①，显然此书的编选有着极强的政治目的性，而能有益治道之文，也必然不会是流于表面之言辞的篇章。

《九诵》之九章分别是《尧祠》《舜祠》《周公》《孔子》《岳神》《河伯》《箕子》《微子》《双庙》。显然，单从篇题上看，有同于《九歌》的一面，但结合具体文本内容来看，怀古鉴今的味道明显，并不是祭祀之文，如《舜祠》中“道历山兮逶蛇，思古人兮感叹”②，《孔子》章中言：“顾六艺之折衷兮，取舍纵横而协于道。……三纲立而五教明兮，实治世之宏矩。履厚地而戴高天兮，胡一日之可舍!”③ 较之先前的九体创作，《九诵》的变化是相当明显的。

最与朱熹之意相合者，是明末王夫之的《九昭》。《九昭》见于王夫之《楚辞通释》，《楚辞通释》与朱熹《楚辞集注》一样，也没有收录《七谏》《九怀》《九叹》等作品，究其缘由，也与朱熹相似，如王夫之在《招隐士序》中说：“《七谏》以下，无病呻吟……实应且憎。”④ 但与前贤九体作品所不同的是，王夫之更注重阐释屈原之志，少有一己之志的直接阐发，更无骋辞之心。《九昭》中的九个章节分别是：《汨征》《申理》《违郢》《引怀》《扃志》《荡愤》《悼孑》《惩悔》《遗愍》，在每一章题之后，王夫之都叙有关于本章的题旨，如述《汨征》题旨云：“述屈子始迁

① （宋）吕祖谦编，齐治平点校：《宋文鉴》，中华书局1992年版，第1页。
② （宋）吕祖谦编，齐治平点校：《宋文鉴》，中华书局1992年版，第1页。
③ （宋）吕祖谦编，齐治平点校：《宋文鉴》，中华书局1992年版，第456页。
④ （明）王夫之：《楚辞通释》，上海人民出版社1975年版，第165页。

于江南，览河山之异而兴悲，忧菀积中，更无从而明言所怨，深于怨者，言自穷也。”[①] 述《申理》题旨云：“达屈子未言之情而表著之，想其忠爱愤激之心，迨沉湘之日，申念往事，必有如是者。清君侧之恶，虽非人臣所敢专，而宗臣之义，与国存亡，知无不为，言无不尽。”[②] 可见《九昭》算得上真正地为阐释屈子之意而作。

正如王夫之在《九昭序》中所言：“故以宋玉之亲承音旨，刘向之旷世同情，而可绍者言，难述者意。意有疆畛，则声有判合，相勤以貌悲，而幽蜜之情不宣，无病之讥，所为空群于千古也。聊为《九昭》，以旌三闾之志。”[③] 从中可以看出王夫之阐释屈原之情志的创作目的，这种创作不同于汉代九体，而是回归对屈原事迹、意志的记叙与解读。而且结合《九昭》文本来看，也是每一句都有其特定意义在，非强为辞而作。

综观以上所论，《九章》是开“九体”文学创作的先河之作。不论《九章》是否为屈原所整理编辑，都不会影响其在文学史上的这一地位。《九章》开创的“九体”文本特征是：“九”为实数，以九个篇章合为一卷；以九命篇，各章节均有标题；文体的主要功能是抒情言志。屈原《九章》之后，汉代《九怀》《九叹》《九思》的仿拟写作及时强化了这一创作体式，之后历代都有九体创作，形成文学史上独特的创作现象。同时，《九章》的创作编辑对后世组诗的写作也不无影响。

第四节　《橘颂》：摹物象志的古颂变体

屈原辞中，《橘颂》是比较特殊的一篇作品，因为从它的文本中感受不到屈原其他作品中普遍存在的幽怨之气。由此也引发了学界对于其创作时间的种种猜测，甚至还有学者据此否定《橘颂》为屈原所作。之所以出

① （明）王夫之：《楚辞通释》，上海人民出版社1975年版，第175页。
② （明）王夫之：《楚辞通释》，上海人民出版社1975年版，第177页。
③ （明）王夫之：《楚辞通释》，上海人民出版社1975年版，第174页。

现这种认识上的差异或者误区，与传世文献中屈原资料的缺乏有很大关系。可喜的是，二十世纪九十年代以来，随着郭店楚简和上博楚简的相继刊布，为先秦文学与文化的研究提供了宝贵的文献资料。其中的一些文献资料对于解决《橘颂》创作时间问题、作品文体性质问题非常有帮助。结合上博简《李（桐）颂》等资料，可以推断《橘颂》作于屈原首次被疏任三闾大夫时期，是为贵族子弟而作的立象效志文学。从文体学范畴看，《橘颂》与西周颂体诗存在渊源关系，是西周祭祖明志颂诗的变体。

一　《橘颂》的作时及作品性质

《橘颂》收在《九章》中，王逸在《楚辞章句·九章序》中说："《九章》者，屈原之所作也。屈原放于江南之野，思君念国，忧心罔极，故复作《九章》。"① 率先提出《九章》作于江南说，屈原放逐江南是在楚顷襄王时期，显然在王逸看来，《橘颂》也必定是作于此时。王逸此说得到后世不少学者的认同，也有学者提出不同的认识，如清代学者姚鼐认为："鼐疑此篇伺在怀王朝初被谗时所作，故首言'后皇'，末言'年岁虽少'，与《涉江》年既老之时异矣。"② 吴汝纶认为："此篇（《橘颂》）疑屈子少作，故有幼志及'年岁虽少'之语，未必已被谗也。"③

现代一些学者将其创作时间论证得更加具体，如汤炳正认为"（《橘颂》）作品当写于顷襄王元年屈原遭谗被流放而尤未启行时"④。赵逵夫说："我以为这是屈原行冠礼时所作，具体时间，应在公元前334年（屈原生于公元前353年，即楚宣王十七年）。"⑤ 曹大中甚至认为《橘颂》是屈原的绝笔之辞⑥。观点不可谓不多。但显然一些观点与《橘颂》文本内容是

① （宋）洪兴祖撰：《楚辞补注》，中华书局1983年版，第120—121页。
② （清）姚鼐、王先谦编：《正续古文辞类纂》，浙江古籍出版社1998年版，第231页。
③ 参见李诚、熊良智主编《楚辞评论集览》，湖北教育出版社2003年版，第454页。
④ 汤炳正等注：《楚辞今注》，上海古籍出版社2012年版，第167页。
⑤ 赵逵夫：《谈〈橘颂〉的创作时间》，《文史知识》1996年第3期。
⑥ 曹大中：《〈橘颂〉确是屈原的绝笔》，《贵州文史丛刊》1989年第3期。

相左的，违背了一些基本的创作理论，如《橘颂》乃屈原绝笔之辞的说法，即明显与《橘颂》文本表现出来的精神风貌相悖。在先秦，就已有诸如“诗言志”“在心为志，发言为诗”等论断，即是说诗是内心情志的展现，任何创作都有与之相应的创作背景，特定的时局背景，特定的内在心境。结合《橘颂》内容看，其中充满坚定理想与积极向上的担当精神，不会是绝笔之文。

笔者认为《橘颂》作于屈原首次被疏之后任三闾大夫一职时期。依王逸所说，“三闾之职，掌王族三姓，曰昭、屈、景。屈原序其谱属，率其贤良，以厉国士”①，《橘颂》正是为教育国士而创作的咏物颂，目的是使国士效法，以笃其志。同时又有屈原被小人谗害后，向楚怀王表一己忠贞的意味。

进入二十一世纪，上海博物馆藏楚简的释文陆续出版，在第八册中，有几篇文学色彩鲜明的文献，即《李颂》、《兰赋》、《有皇将起》和《鹠鷅》。其中对于《有皇将起》一篇，整理者曹锦炎说：“从内容看，诗人系楚国上层知识分子，因担任教育贵族子弟的保傅之职，有感而作。作者‘惟余教保子’，‘能为余拜楮柧’，希望‘思游于爱’，‘能与余相惠’。”②若依曹先生之说，那么上博简这几篇文献的主人就是一位保傅，即贵族子弟的老师。可惜的是上博简并非来自考古发掘，而是购买于香港文物市场，对于诗篇主人保傅的身份，得不到其他相关文物资料的辅助证明。

根据马承源的介绍，“由于这些竹简是劫余截归之物，出土的时、地已经无法知道，当时传闻来自湖北”③。可知，上博简来自盗墓者，而地点则指向湖北。巧合的是，就在上博简出现的前几个月，荆门郭店一号墓开始正式考古发掘，并出土了很多竹简，根据《荆门郭店一号楚墓》一文的介绍：“1993 年 8 月 23 日，郭店一号墓被盗掘至椁板。10 月中旬该墓再次

① （宋）洪兴祖撰：《楚辞补注》，中华书局 1983 年版，第 1—2 页。

② 马承源主编：《上海博物馆藏战国楚竹书》（八），上海古籍出版社 2011 年版，第 271 页。

③ 马承源主编：《上海博物馆藏战国楚竹书》（八），上海古籍出版社 2011 年版，第 2 页。

被盗，盗墓者挖出已回填的泥土，在椁盖板东南角（头箱南端）锯开 0.4×0.5 米的长方形洞，并撬开边箱，盗取文物，致使墓内器物残损、混乱，雨泥浸入椁室内。”① 这表明在郭店一号楚墓正式发掘之前，该墓已经遭到两次严重偷盗，文物丢失严重。李学勤曾介绍说“（郭店一号楚墓）竹书原置放在头箱中，一部分被盗取，保留下来的经清理有 804 支”②。那么从香港文物市场购回的上博简是否就是被盗的郭店楚墓竹简呢？裘锡圭在《新出土先秦文献与古史传说》一文中指出：

> 这批楚竹书（上博简）在 1994 年春出现在香港古玩市场上，出现时间距郭店一号墓的清理很近，可能是盗墓者获知郭店一号墓出简的消息之后，在临近地区的一个楚墓中盗掘出来的。这批竹书中并有两篇跟郭店墓所出竹书相重。看来两批竹书抄写的时间不会相距很远，上博简竹书也应是战国中期物。③

据此可知上博简是 1994 年春天出现在香港文物市场，而郭店楚墓被盗的时间是在 1993 年秋季，而且两者都属于战国中期楚简，还具有相同的篇章。并且上博简是盗简，而郭店楚墓竹简被盗，根据李学勤的介绍，被盗的头箱正是存放竹书的。这些很容易使人猜测上博简即是郭店一号楚墓被盗之简，即使这不能确定，但至少也应如裘锡圭所说，是在与郭店一号楚墓相近的墓中盗掘出来的。

根据《荆门郭店一号楚墓》一文的介绍，郭店一号楚墓同时还出土了一只漆耳杯，杯底刻有铭文，荆门市博物馆释为“东宫之杯”，也有学者将此释为“东宫之师”，如李学勤先生说：“郭店一号墓所出漆耳杯，有‘东宫之币（师）’刻铭，看来墓主人曾任楚太子师傅。他兼习儒、道，是

① 王传雷、汤学锋：《荆门郭店一号楚墓》，《文物》1997 年第 7 期。

② 李学勤：《荆门郭店楚简中的〈子思子〉》，《文物天地》1998 年第 2 期。

③ 裘锡圭：《中国出土古文献十讲》，复旦大学出版社 2004 年版，第 19 页。

一位博通的学者，故藏有《老子》《子思子》等抄本，或即用为太子通读的教材。”① 若准此，郭店简的墓主人可以确定是一位保傅。而凭上博简与郭店简之间如此紧密的关系，曹锦炎在上博简《有皇将起》篇的说明中所指出的作者很可能是一位教育贵族子弟的保傅，便多了一个强有力的佐证。上博简的主人也应是一位保傅，或其与郭店简同属于一位主人，也说不定。

值得庆幸的是，《上博简》中有一篇与《橘颂》非常相似的作品，整理者题为《李颂》，不少研究者根据其文本内容，认为应题为《桐颂》。我们也认为题为《桐颂》更合适。《桐颂》一文不论是其内容还是艺术形式，和屈原《橘颂》都很相似。如二者句式大致皆为四言，每一句的后半句末用“兮”字，形式固定，如《桐颂》“相吾官树，桐且怡兮。断外置中，众木之纪兮”，《橘颂》“后皇嘉树，橘徕服兮。受命不迁，生南国兮”。二者皆用韵，且用韵方式近似，大致每两句用一韵。如下所示：

桐颂

相吾官树，桐且怡兮。
断外置中，众木之纪兮。（之部）
寒冬之旨凔，燥其方落兮。
鹏鸟之所集，俟时而作兮。②（铎部）

橘颂

后皇嘉树，橘徕服兮。
受命不迁，生南国兮。（职部）
深固难徙，更壹志兮。

---

① 李学勤：《荆门郭店楚简中的〈子思子〉》，《文物天地》1998 年第 2 期。

② 马承源主编：《上海博物馆藏战国楚竹书》（八），上海古籍出版社 2011 年版，第 231 页。

绿叶素荣，纷其可喜兮。[①]（之部）

从内容上看，二者题材相同，都是咏物诗，都赞美所咏之物的美好品质。《桐颂》赞美梧桐的形象及其品质；《橘颂》赞颂橘树的形象及其品质。而且二者文中还有非常相像的文句，如《桐颂》“深利终逗，夸其不贰兮”与《橘颂》“深固难徙，更壹志兮”；《桐颂》“乱木曾枝”与《橘颂》“曾枝剡棘”。这表明在屈原之前，楚地已存在一种与《橘颂》相类似的诗歌形式。

不同的是《桐颂》篇后还有一些评点式的文字：“氏古圣人兼此，和物以李（理）人情。人因其情，则乐其事，远其情……。”[②] 意思是说以前圣人教育人也是这样的，用物之善性比人之善性，使人效仿。这里“因”和“远”的意思应是相对的，即是“效”与“不效”，而“效法”与“不效法”定然是两种不同的结果，虽然“远其情”后出现简白，但可以推想得到。

因此笔者认为《桐颂》就是墓主人创作的一篇教育贵族子弟的诗篇。曹锦炎在同为《上博简》（八）中的一文《有皇将起》的说明中所说的“诗人系楚国上层知识分子，因担任教育贵族子弟的保傅之职，有感而作”，对于我们的这一推论是一个很好的佐证。

其实在传世文献中，也有很多有关楚国教育内容的记载。《国语·楚语上》载楚庄王为教太子，找到太子傅士亹，士亹向申叔时请教。申叔时在论傅太子之道时说：

教之春秋，而为之耸善而抑恶焉，以戒劝其心；教之世，而为之昭明德而废幽昏焉，以休惧其动……教之训典，使知族类，

① （宋）洪兴祖撰：《楚辞补注》，中华书局1983年版，第153—154页。

② 马承源主编：《上海博物馆藏战国楚竹书》（八），上海古籍出版社2011年版，第242页。

行比义焉。若是而不从，动而不悛，则文咏物以行之，求贤良以翼之。[1]

据此可见，申叔时向士亹推荐了很多书目，并介绍各种书籍在教育上的功用。这里我们更看重申叔时所说的最后那句话："若是而不从，动而不悛，则文咏物以行之。"即是说，如果这般教育，太子仍不听从，行动有错而不知改变，那么师傅就要以诗文咏颂事物来引导他。而申叔时的这句话与《桐颂》最后所言，"氏古圣人兼比，和物以李（理）人情。人因其情，则乐其事，远其情"，意义是非常相近的。"和物以李（理）人情"与"文咏物以行之"，都是在讲通过咏颂美好的物象来引导人、规范人。由此可以证明，《桐颂》是通过咏颂桐树之美好品质，来引导学生学习，为他们树立一个榜样。准此，那么与《桐颂》如此近似的屈原《橘颂》，也应当是屈原通过咏颂橘树来引导学生，从而树立他们美好的品质，也应是一篇为教育贵族子弟而作的诗，关键是屈原确实担任过教育贵族子弟的三闾大夫一职。并且在《离骚》中，屈原曾以"滋兰树蕙"来比喻自己教育子弟，因此，《橘颂》最有可能是屈原遭谗被贬为掌教育贵族子弟的三闾大夫一职时所作，其性质是一篇咏颂物象而明志的诗。

二　颂体的初始功能及其演变

从文体学层面看，《橘颂》属于颂，是诗体的一种体式。在我国古代，颂的形成时间很早，《诗经》中最早的作品即是颂，《诗大序》云："颂者，美盛德之形容，以其成功告于神明者也。""成功告于神明"是颂体的最原始功用，也是其产生的缘由。如第一章中我们所论，起初我国文体的产生，都与特定的仪式活动或是礼俗有关系，文体即是在这些仪式、礼俗活动中所用语言的文本化。每一种文体无不鲜明体现着与之相应的仪式、

① 上海师范学院古籍整理组校点：《国语》，上海古籍出版社 1978 年版，第 528—529 页。

礼俗之内容特征。

颂起初就是在祭祖活动中，将成功之形容告于先祖。而告的最主要方式即是舞，舞蹈的同时伴有乐以及些许的歌咏。因而颂训为容，即舞容。《逸周书·世俘解》载："甲寅，谒我殷于牧野。王佩赤白旂。籥人奏《武》。王入，进《万》，献《明明》三终。"① 结合《世俘》篇上下文来看，甲寅这天，武王的祭祀是在商地临时搭建的庙室前完成的，武王当时还未返回周地。因此当时的《武》，主要内容还只是向周文王等周代先公先王禀告伐殷的胜利，所以并不与之后的《大武》乐章相同。"谒我殷于牧野"，谒即告；我，伐之讹误。即是说甲寅这天，武王在临时搭建的宗庙向周先公先王禀告于牧野成功伐殷之事，而告的形式就是上演《武》舞，将成功伐殷的过程象征性地表演给先公先王看。

《礼记·乐记》中载孔子答宾牟贾问一节，曾提到完整的《大武》乐章：

> 且夫《武》，始而北出，再成而灭商。三成而南，四成而南国是疆，五成而分周公左召公右，六成复缀，以崇天子。②

但在周武王于甲寅那天告成时，《武》很可能只有前两成。因而颂是指舞容，以《武》舞表演的形式将成功告知先王，当然这一过程伴有军乐以及相应的歌咏，歌咏之文本即是今天我们见到的颂诗。

《左传·宣公十二年》载，楚庄王就曾提及《大武》乐章及其用诗情况。当周王朝军队返回周地后，又进行了一系列的征伐战争，最后才得以正式稳定统治，完整的《大武》乐章应该创作于这一时期。但军舞、军乐的性质不会改变，所以孔子说"《韶》，尽美矣，又尽善也"，说《武》

---

① 黄怀信等注：《逸周书汇校集注》，上海古籍出版社2007年版，第427—428页。

② （清）孙希旦撰：《礼记集解》，中华书局1989年版，第1024页。

“尽美矣，未尽善也”[①]。

随着周公制礼作乐，“载戢干戈，载櫜弓矢”，以礼、德治天下后，颂体也发生了变化，不再是告成，而是“美盛德之形容”，即是歌咏先公先王的盛德，表现为对先王的崇敬，以此效法先王、鉴戒后人。德的观念在颂体诗中越发强烈和明显起来，此为颂之一变。《周颂》中存有很多这样的诗篇，如《清庙》《维天之命》《维清》《天作》等。

刘勰在《文心雕龙·颂赞》中云：“《时迈》一篇，周公所制，哲人之颂，规式存焉。夫民各有心，勿壅惟口。晋舆之称原田，鲁民之刺裘鞸，直言不咏，短辞以讽，丘明子高，并谍为诵，斯则野诵之变体，浸被乎人事矣。”[②]《时迈》本是《大武》乐章中的一首，是颂无疑。在它之后，刘勰认为晋、鲁之直言讽刺短辞也是颂，即诵，为颂体之变，恐非是。颂本是舞容，用于祭祀场所，变风变雅则是刺时、刺事，而诵只是传诗的方式，分为方言诵和雅言诵，天子听政即有列士献诗、诵诗这一条。因此直言不咏的刺诗并非颂之变体。但接着刘勰又说：“及三闾《橘颂》，情采芬芳，比类寓意，又覃及细物矣。”[③]刘勰此论是恰切的。颂由歌颂先祖到歌颂美物，可视为又一变。《橘颂》即是承此而来。

三　《橘颂》对颂美传统的继承及其文本体征

从歌颂目的来看，不论是颂祖还是颂物，其目的都是使人效法，提高德性，以改己身之不足，训教的意义是鲜明的。《橘颂》的创作，延续了颂体称美以训教的传统。

因《橘颂》是颂美训教，而非个体抒发幽情，从句式的使用上看，《橘颂》注定不会与《九章》中其他篇章的句式相同，如《九章》其他篇章所用句式多是“○○○介词○○兮，○○○介词○○”，该句式咏叹律

① 杨伯峻译注：《论语译注》，中华书局2009年版，第33页。

② 范文澜注：《文心雕龙注》，人民文学出版社1958年版，第157页。

③ 范文澜注：《文心雕龙注》，人民文学出版社1958年版，第157页。

动强，有利于情感的表达抒发；《橘颂》则用“○○○○，○○○兮”，简练又不失韵律，适合状物咏诵。并且《橘颂》承续古颂体而来，而颂诗在西周时期是配合乐、舞咏唱的，音乐性强，其原初的文本就是四言形式。《橘颂》与《九章》其他篇章的这种不同，与我国古代“因情立体”的创作传统相一致。

第五节　《九歌》文体论

屈原《九歌》的祭歌色彩虽依旧明显，但如上文所说，从文章体类上，已属于诗体范畴。虽然如此，《九歌》自身所具有的一些特殊性又不能不引起我们的注意。它由屈原在南楚巫祭乐歌的基础上改作而来，巫祭乐歌演唱的同时是伴有情节性表演的，而且这种演唱多是巫与所扮演神灵之间的对唱，这种艺术形式被屈原采纳。所以《九歌》中大部分篇章的歌辞，从人称代词和表现内容上看，并不是一人一唱到底的，而是两人或多人对唱、轮唱，且带有情节表演性，这便与一般歌谣不同，而与后世戏剧的一些特征相似。据此，我们将《九歌》中的一些篇章认定为剧体歌。此外，完整的十一篇《九歌》，有屈原自己的编辑构思在，对一个个神灵的祭祀先后上演，就如同一成成的乐章，据此，我们将十一篇《九歌》认定为乐章体。

一　屈原《九歌》是怎样的歌

王逸在《九歌序》中说：“《九歌》者，屈原之所作也。昔楚国南郢之邑，沅、湘之间，其俗信鬼而好祠。其祠，必作歌乐鼓舞以乐诸神。屈原放逐，窜伏其域，怀忧苦毒，愁思沸郁。出见俗人祭祀之礼，歌舞之乐，其词鄙陋。因为作《九歌》之曲。”① 王逸此说影响很大，据此多数学

① （宋）洪兴祖撰：《楚辞补注》，中华书局1983年版，第55页。

者认为沅湘间有俗《九歌》存在。根据《山海经》以及屈原《离骚》《天问》等记载，夏启时已有《九歌》，其性质是祭祀所用乐歌；同时中原礼乐文化政统中也有“九歌”，《尚书·大禹谟》载：“禹曰：‘於！帝念哉！德惟善政，政在养民。水火金木土谷惟修，正德、利用、厚生惟和，九功惟叙，九叙惟歌。戒之用休，董之用威，劝之以九歌，俾勿坏。’”① 这里的“九歌”乃是九德之歌，虽托言于大禹之口，但无疑是西周初期的政治观念。如《周礼·春官·大司乐》所载：“九德之歌，九韶之舞，于宗庙之中奏之，若乐九变，则人鬼可得而礼矣。”② 但显然沅湘间的祭祀俗乐不同于礼乐文化下的“九德之歌”。而根据屈原作品中所提及的内容可知，夏启“九歌”有康娱放纵的特点。

据先秦文献资料的记载，可以肯定的是，夏启时有夏《九歌》；屈原改作有《九歌》。被屈原改作的沅湘间的祭祀乐歌是否原本就称为“九歌”，则没有任何资料能够证明。屈原把沅湘间俗乐鄙辞进行雅化改作，定名为《九歌》，并不代表沅湘间的祭祀乐歌原本就称《九歌》，反倒是因屈原的雅化改作，《九歌》为屈原所定之名的可能性要更大一些。根据人类学的调查研究，任何一个氏族、部落，不论大小，都有其祭祀习俗，也都有各自所祀之神灵，况且沅湘民间所祭之神与夏启所祭之神存在不同。因此我们认为沅湘间的居民祭祀具有一定的独立性，不必然与夏启《九歌》牵在一起。二十世纪湖北望山、包山等地曾出土了许多战国竹简，其中有些是祭祷简，所祭之神包括后土、司命、大水、二天子等。包山、望山等楚墓的墓主人都是上大夫，这些上大夫所祭神灵之名与《东皇太一》《湘君》《湘夫人》《东君》之名相比，尚显俗白，更不要说是沅湘民间的俗祭了，诸如东皇太一、湘君、湘夫人、东君之名的命定，也很可能出自屈原之手。

再一点，屈原改作之前的沅湘祭祀乐歌是否原本就是一个十一章的整

① 李学勤主编：《十三经注疏·尚书正义》，北京大学出版社2000年版，第106页。

② （清）孙诒让撰：《周礼正义》，中华书局2013年版，第1757页。

体呢，还是沅湘祭祀俗乐并没有如此完整的体例，这十一章是屈原自己的艺术整合？林河曾深入当下沅湘民间，做了大量的田野调查，他认为屈原《九歌》与当下现存沅湘少数民族乐歌有惊人的相似性[①]，但也只是限于民歌，限于单篇，并没有发现如同《九歌》一样的祭祀所用的十一章的乐歌。这在一定程度上表明，屈原对沅湘间祭祀俗乐进行雅化改作，并整合为一体，而后命名为《九歌》的可能性是极大的。沅湘间的祭祀俗乐可能是一时一地所用的，也可能是一地而非一时的，但经过屈原加工整合在一起，成为如今我们所见之《九歌》。

屈原辞中，《九章》是否为屈原整理，南宋朱熹已经提出异议，但对于《九歌》为屈原所整理，自古以来并无异议。准此，则可认定不论是《九歌》单篇还是十一章之整体，皆凝聚着屈原的艺术构思，就《九歌》文体来讲，有屈原的艺术改造与创造。由此可以得出，屈原《九歌》是其在沅湘乡野祭祀俗乐基础上雅化改造而来的艺术化了的祭祀乐歌形式。

二　巫祭仪俗与《九歌》单篇剧体歌论析

楚文化最大的特征之一是巫风浓重，重神鬼与祭祀，官方文化如此，乡野巫风应更甚。在秦人吕不韦主持编写的《吕氏春秋》中，甚至将楚国的衰亡归因于此，称“楚之衰也，作为巫音”[②]，足见楚国巫风之盛。

巫文化的典型特征即是相信鬼神的存在，相信万物有灵，通过对神灵的祭祀，以求得他们的护佑，达到人的某种目的。越是僻远的乡野，这种祭祀就越充满野性，原始欲求的表现就越直接。王逸介绍说，在没经屈原改作之前的沅湘祭祀乐歌，是“其词鄙陋”，林河经过田野调查后发现，现代沅湘间仍保留有许多古老的习俗，其中一些习俗仪式的表演依旧非常鄙陋。这一方面当然可以映射屈原时代沅湘间应有独立的民间文化；另一方面又可推想，战国末期的沅湘巫风应更甚。

---

① 林河：《〈九歌〉与沅湘民俗》，上海三联书店1990年版，第15页。

② （秦）吕不韦编著，（汉）高诱注：《吕氏春秋》，上海古籍出版社2014年版，第95页。

说到底，对于神灵的祭祀本质在于享神、娱神，使神灵高兴愉悦。对于究竟如何才能娱神，人类所能做的，也只是根据自己的想法来推测，即人类认为神应该需要什么，而这种认识无非又来自人对自身欲求的认识。人类最原始、最自然的欲求不过食与色，即使仁德如孔子，也依然承认食、色是人的天性，如在《礼记》中他说到“饮食男女，人之大欲存焉”①。屈原《招魂》也能证明这一点，为使魂魄回归，其中就多有食与色的引诱，如：

> 室中之观，多珍怪些。兰膏明烛，华容备些。二八侍宿，射递代些。九侯淑女，多迅众些。盛鬋不同制，实满宫些。容态好比，顺弥代些。弱颜固植，謇其有意些。姱容修态，絙洞房些。蛾眉曼睩，目腾光些。靡颜腻理，遗视矊些。离榭修幕，侍君之闲些。
>
> 室家遂宗，食多方些。稻粢穱麦，挐黄粱些。大苦醎酸，辛甘行些。肥牛之腱，臑若芳些。和酸若苦，陈吴羹些。胹鳖炮羔，有柘浆些。鹄酸臇凫，煎鸿鸧些。露鸡臛蠵，厉而不爽些。粔籹蜜饵，有餦餭些。②

因此对于神灵的祭祀，就乡野而言，一是表现在祭品上，一是表现在鄙俗的歌辞及裸露狂野的舞蹈上，甚至是象征性爱的舞蹈。这已为考古发现及人类学家的田野调查所证明。

根据王逸在《九歌序》中所言，沅湘间俗鄙的巫祭之歌，就具有这样的特点。《九歌》经过了屈原的加工改作，当下我们已不可能再详知其所本乐歌之原貌，但从中依然可以找出些许影子，如《少司命》“夕宿兮帝郊，君谁须兮云之际。……与女沐兮咸池，晞女发夕阳之阿”，《湘夫人》中“沅有茝兮醴有兰，思公子兮未敢言”，《河伯》中“与女游兮河之渚，

① （清）孙希旦撰：《礼记集解》，中华书局1989年版，第607页。

② （宋）洪兴祖撰：《楚辞补注》，中华书局1983年版，第204—209页。

流澌纷兮将来下”。沅湘巫祭乐歌中的这种“色”，已被屈原雅化成了人与神的爱情表演。这种表演在未经屈原改造之前或许是露骨、狂野的，但经过屈原改造后，则表现为缠绵悱恻的爱情故事。苏雪林最早提出了《九歌》人神恋爱之说，即是对于以女巫娱神的概括①。林河也指出“《九歌》，正是绝色女巫取悦男神的祀神词”②。

这种人神恋爱的原型无疑来自现实中人与人的相爱，早期文献中也有相关记载，如《周礼·地官·媒氏》载：“中春之月，令会男女，于是时也，奔者不禁。”③《周礼·春官·女巫》载“女巫掌岁时祓除、衅浴”④，即是说在上古之时，每逢一年的三月三，奔者不禁。女巫于河边举行消除疾病、灾祸的祭祀仪式，实际上也为青年男女提供了一个聚会相识的场所。借着春风春色，青年男女以歌声传情，表现为一唱一和的对答式的情歌传唱。《诗经·国风》中类似这种对唱、对话的情歌保存有不少，如《召南·野有死麕》《邶风·式微》《秦风·溱洧》等，文本明显是两人的对唱或者对话。现在湖南沅湘地区及广西、云南乡野仍有这样的情歌对唱。《九歌》中的篇章虽直接改作于巫祭乐歌，但巫祭乐歌中的对唱原型无疑源于现实生活中的这种男女情歌对唱。朱熹早已注意到了这种现象，在《楚辞辩证·九歌》中指出：“《九歌》诸篇，宾、主、彼、我之辞，最为难辨，旧说往往乱之，故文意多不属。”⑤ 孙作云也指出：“读《九歌》或翻译《九歌》，首先碰到的一个难题，就是如何辨识其中的许多不同人称代名词问题。……从以上这些不同的代名词中，可知《九歌》中确有对唱。”⑥ 如《大司命》中首两句“广开兮天门，纷吾乘兮玄云。令飘

① 苏雪林：《九歌中人神恋爱问题》，（台湾）文星书店股份有限公司1967年版，第30页。

② 林河：《〈九歌〉与沅湘民俗》，上海三联书店1990年版，第54页。

③ （清）孙诒让：《周礼正义》，中华书局2013年版，第1040—1044页。

④ （清）孙诒让：《周礼正义》，中华书局2013年版，第2075页。

⑤ （宋）朱熹：《楚辞集注》，上海古籍出版社1979年版，第187页。

⑥ 孙作云：《楚辞〈九歌〉之结构及其祀神时神、巫之配置方式》，《文学遗产增刊》（第八辑）中华书局1961年版。

风兮先驱，使冻雨兮洒尘”，第三句“君回翔兮以下，逾空桑兮从女”。一二句中的主语是“吾”，显然是大司命，说自己开始启程；第三句中称“君”，则是女巫对大司命的爱称，表达自己愿意跟随大司命。明显是两人的对唱表演。巫祭仪式的原生形态是女（男）巫取悦神灵，具体的表演对唱在女（男）巫与所扮演神灵的巫觋间展开。屈原在《九歌》多数篇章中，展现出的以爱情为主题的表演，当还是以巫祭仪式中的这种表演为原型。这里我们主要结合《湘君》和《湘夫人》来看：

九歌·湘君

湘夫人唱：君不行兮夷犹，蹇谁留兮中洲？
美要眇兮宜修，沛吾乘兮桂舟。
令沅湘兮无波，使江水兮安流。
望夫君兮未来，吹参差兮谁思？
（歌辞表达对湘君的期盼）

湘君唱：驾飞龙兮北征，邅吾道兮洞庭。
薜荔柏兮蕙绸，荪桡兮兰旌。
望涔阳兮极浦，横大江兮扬灵。
扬灵兮未极，女婵媛兮为余太息。
（歌辞表达自己也十分期盼见夫人）

湘夫人唱：横流涕兮潺湲，隐思君兮陫侧。
（湘夫人似乎没感受到湘君的归心，仍在倾诉自己的相思。）

湘君唱：桂棹兮兰枻，斫冰兮积雪。
（湘君着急赶路，激起水花）

湘夫人唱：采薜荔兮水中，搴芙蓉兮木末。
心不同兮媒劳，恩不甚兮轻绝。
石濑兮浅浅，飞龙兮翩翩。
交不忠兮怨长，期不信兮告余以不闲。
（湘夫人还在埋怨湘君，以为他不理自己）

湘君唱：鼂骋骛兮江皋，夕弭节兮北渚。
鸟次兮屋上，水周兮堂下。
（湘君继续赶路）

湘夫人唱：捐余玦兮江中，遗余佩兮醴浦。
采芳洲兮杜若，将以遗兮下女。
时不可兮再得，聊逍遥兮容与。
（湘夫人以为湘君不理自己，伤心）
按：以上唱的过程中应皆伴有象征性的舞蹈表演。

九歌·湘夫人

湘君唱：帝子降兮北渚，目眇眇兮愁予。
袅袅兮秋风，洞庭波兮木叶下。
（湘君终于到了，但没见夫人）

湘夫人唱：白薠兮骋望，与佳期兮夕张。
鸟何萃兮蘋中，罾何为兮木上？
沅有茝兮醴有兰，思公子兮未敢言。
荒忽兮远望，观流水兮潺湲。
麋何食兮庭中，蛟何为兮水裔？
（湘夫人仍然是思念湘君，期盼他的到来）

湘君唱：朝驰余马兮江皋，夕济兮西澨。
闻佳人兮召予，将腾驾兮偕逝。
（湘君知道了夫人的等待，快速赶路，终于到了）

湘夫人唱：筑室兮水中，葺之兮荷盖。
荪壁兮紫坛，播芳椒兮成堂。
桂栋兮兰橑，辛夷楣兮药房。
罔薜荔兮为帷，擗蕙櫋兮既张。
白玉兮为镇，疏石兰兮为芳。
芷葺兮荷屋，缭之兮杜衡。
（夫人装饰建筑二人的家室）

湘君唱：合百草兮实庭，建芳馨兮庑门。
九嶷缤兮并迎，灵之来兮如云。
（装饰完庭院，各路神仙也来祝贺）

湘夫人唱：捐余袂兮江中，遗余褋兮醴浦。
搴汀洲兮杜若，将以遗兮远者。
（丢弃一些旧的衣物，采摘芳草送给远来的神人）

二者合唱：时不可兮骤得，聊逍遥兮容与。
（珍惜来之不易的相聚）

除此之外，其他篇章如《东君》《大司命》《少司命》《云中君》《山鬼》《河伯》，也大都采用对唱的形式结构篇章。

我们在第一章论述先秦文体生成时已提到，先秦文章体类的形成多源于仪式、礼俗及制度的需要，并且也影响了文体的初始体征。屈原《九歌》中的这种情歌式的对唱表演模式，源于巫祭时巫觋们的祭神仪式表演，因为这样的表演是巫觋们为各自所装扮的角色代言，因此形成对话体例，并带有情节性。所以屈原改作后的《九歌》也必然会显现出这种文体特征。虽然当下我们所见的文本中，不再标明哪句属于谁唱，但对唱的体例是客观存在的。因此就《九歌》单篇而言，表现为舞台演出一般的戏剧特征。具体来说，一方面具备舞台表演性；另一方面，从文本上来讲，表现为不是一人一唱到底，而是由两人及以上轮流唱和。王国维就曾指出《九歌》的这一特点，将之视为戏剧的萌芽，在《宋元戏曲史》中他说："至于浴兰沐芳，华衣若英，衣服之丽也；缓节安歌，竽瑟浩倡，歌舞之盛也；乘风载云之词，生别新知之语，荒淫之意也。是则灵之为职，或偃蹇以象神，或婆娑以乐神，盖后世戏剧之萌芽，已有存焉者也。"① 周贻白经过研究后也指出："《九歌·少司命》中有巫与神对唱，《东君》中有灵与巫会舞，即令或非屈原的手笔，我们也可以从词句间看出巫觋的活动情形，与后世戏剧已极相似。"② 由此，诸如《湘君》《湘夫人》《大司命》等篇章，虽不是真正的戏剧，但至少在形式上与戏剧的艺术特征表现出了很大的相似性，可认定为剧体歌。

三　屈原对《九歌》的编排及《九歌》乐章体论析

如上文所论，《九歌》是屈原对于沅湘间巫祭之歌的雅化改作。其重点不在于对祭祀程序以及祭品的描写，而是放在对祀神巫觋对唱表演上。就其中一些篇章而言，以独唱、对唱的艺术形式展现，且杂有一定的情节性，如一些先贤所言，已具备戏剧的特征。这是针对《九歌》中的单篇而言，那么对于十一章《九歌》整体来说，是否可以看作由一幕幕不同小剧而组成的一出大剧呢？闻一多就曾有这样的看法。在《什么是九歌》一文中，闻一多先生说："严格的讲，二千年前《楚辞》时代的人们对《九歌》的态度，和

---

① 王国维：《宋元戏曲史》，中华书局 2015 年版，第 3 页。
② 周贻白：《中国戏剧史长编》，上海书店出版社 2007 年版，第 5 页。

我们今天的态度，并没有什么差别。同是欣赏艺术，所差的是，他们是在祭坛前观剧——一种雏形的歌舞剧，我们则只能从纸上欣赏剧中的歌辞罢了。”① 此外，闻先生还专门作有一篇《九歌古歌舞剧悬解》。

闻一多先生的看法是有道理的，问题在于屈原《九歌》虽然具备表演性，但是否真的上演过，无法确知，并不能直接将其视为戏剧，王国维在《宋元戏曲史》中也仅说《九歌》中的一些场景描写、歌舞表演等具备后世戏剧因素，是一种萌芽而已。《九歌》只是与后世戏剧这门舞台艺术的一些因素相似，尚不能直接视之为戏剧。但毕竟从带有情节性表演及对唱这两点上看，二者在形式上有相似性。据此，我们才称《九歌》中的一些篇章为剧体歌。

屈原改写创作《九歌》是在沅湘地区。改写之前，沅湘巫祭乐歌是伴有表演的，整理后的完整的十一章《九歌》，可以肯定也会适用于表演歌唱。沅湘之地或许不缺乏巫祭歌谣乐舞，但如此完整的十一章《九歌》，恐怕是乡间野里所不能造就的。

《九歌》的创作虽以沅湘巫祭乐歌为底本，建立在巫祭乐歌的基础上，但这已经过了屈原的雅化、改作，其中必然会渗透着屈原的学养及艺术构思。即屈原改作沅湘祭歌有其依据与目的，萧兵就认为“《九歌》十一篇自然有内在联系，有本质的统一性”②。就完整的十一篇《九歌》来看，其体例与西周乐章的体例存在相似性。西周乐章体例的颂诗很早就为楚人所熟知，如我们多次提到的《左传·宣公十二年》，载有楚庄王对于《大武》乐章的评述。屈原作为博闻强志的士大夫，对于西周乐章应该是十分熟悉的。而且清华楚简《周公之琴舞》的刊布，对于战国中期楚国存有周代乐章文献更是一则力证。清华藏楚简《周公之琴舞》不仅是典型的颂诗，而且其下葬时代与屈原时代相近，均为战国中后期。

颂本为宗庙祭祖所创制采用的一种诗乐舞三位一体的综合艺术形式，

---

① 闻一多：《神话与诗》，北京联合出版公司 2014 年版，第 252 页。

② 萧兵：《论〈九歌〉篇目和结构——〈九歌十论〉之五》，《齐鲁学刊》1980 年第 3 期。

今日之颂诗就是其中所咏唱歌辞的文本；《九歌》是祭祀自然神灵、人鬼的乐歌，二者的相同点在于都与祭祀有关。屈原《九歌》的改作对中原礼文化下的祭祀乐歌的文本体例是有借鉴与参考的。如近年出版的清华简《周公之琴舞》，其乐章的性质、表演的性质就非常明显。《周公之琴舞》包括“周公作多士儆毖，琴舞九卒”中的半成，和“成王作儆毖，琴舞九卒”的完整九成。因为成王之琴舞第一成与今本《诗经·周颂》中的《敬之》相同，据此可以判定《周公之琴舞》也必定是用于宗庙祭祀的舞乐之诗。其中所保存的周成王琴舞九成是完整的，每一成都是以舞蹈表演的形式向先祖传达情感愿望，有颂美、有告成、有表诚心、有祈福等，先于《周公之琴舞》的《大武》乐章，这种特征更加明显。

屈原《九歌》的改写创作，在体式上很类于此，从《东皇太一》到《山鬼》是完整的九位神灵，对于这九位神灵，沅湘间的民众对他们可能都有祭祀，但如上文所说，对他们的祭祀不一定是一起进行的。屈原依其在沅湘间的见闻，将这些祭祀乐歌艺术化地改作一番后，辑合起来的可能性更大。在这个过程中，《九歌》必定会带有屈原自己的艺术构思，以及自己的创作目的、意识与希望，大概就有屈原求得这些神灵对当时多难的楚国的护佑。《国殇》的写作目的就更加直白，就是借此纪念为楚国阵亡的将士，宣扬他们那种英勇、无畏的雄夫精神。最后总以乱辞《礼魂》。

清人刘熙载说：“乐章无非诗，诗不皆乐；……故乐章，诗之宫商者也。”① 《九歌》显然是入乐可歌的，这不同于《离骚》《九章》和《天问》。因此将《九歌》视为乐章体，在乐理上也是说得通的。

屈原改作后的《九歌》不自觉地增加了他的主观愿望和气质，因而《九歌》会显现出楚国上层意识形态的某些特点，为此，有学者认为《九歌》是楚国的国家祭典乐歌，如孙作云通过举例《周礼》《礼记》中的相关祭祀制度后认为：“《九歌》诸神，若日神（东君）、云神（云中君）、

① （清）刘熙载：《艺概》，上海古籍出版社1978年版，第87页。

司命神，及楚国境内的名山大川之神，若巫山山神（山鬼，即巫山神女）、湘水水神（湘君、湘夫人），以及为国牺牲的阵亡将士，皆与《周礼》、《礼记》所记相合，皆为楚王的祭祀对象，可知《九歌》的祭祀是国家祭祀，而不是平民的祭祀。”① 汤彰平将《九歌》中的诸神和二十世纪江陵、包山等贵族墓中出土的祭祷简中所见诸神进行对比后，指出“我们现在可以较有把握地说，《九歌》确实是楚王室的祭典”②，应当说学者们得出这样的认识，与屈原的改作是密不可分的，但笔者认为不能把屈原改作后的《九歌》当作实际使用的《九歌》看待。屈原放逐江南之后，就再也没有回归朝廷，其结局是沉身汨罗江，因此屈原《九歌》不大可能会上演。

与其说《九歌》是楚国国家祭典，毋宁说它承载着屈原的个人寄托。如果将屈原《九歌》看成国家祭典，那么应作于什么时间呢？没放逐之前？那么《九歌》何以有《湘君》《湘夫人》这样典型的沅湘间的神灵祭祀呢？又如《国殇》这样浩大、惨烈的战争场面的描写，若屈原出生于公元前340年前后，卒于公元前280年前后，他所能经历的楚国惨败的战争主要有楚秦丹阳、蓝田之战（楚怀王十七年，公元前312年），以及楚怀王二十八年，齐、魏、韩攻楚方城，还有秦攻楚新城。综合来看，若这些屈原都经历过，时间只能是在放逐江南之后了。准此，《九歌》的国家祭典说就很难成立。何况《九歌》诸篇无不氤氲着一种凄婉的愁绪，人神相爱离别多于相聚，这怎能起到娱神、悦神的效果呢？所以《九歌》的创作当还如王逸所说，是屈原因沅湘间巫祭之乐歌而改作。

《九歌》中的这些神灵，应该都是沅湘间民众祭祀的对象，屈原结合其祭祀表演样式、歌舞、歌辞，将其雅化，如上文所说，这种改作不仅是内容上的，还是形式上的，甚至是神灵之名，也经过了屈原的艺术化命定。可以肯定的是，《国殇》是沅湘间所没有的，是屈原借此改作机会专门为楚国阵亡的将士所作的。一些前贤似乎也意识到了《国殇》在《九

① 孙作云：《楚辞研究》（上），河南大学出版社2003年版，第288—289页。

② 汤彰平：《出土文献与〈楚辞·九歌〉》，中国社会科学出版社2004年版，第13页。

歌》中的不同，如陆时雍在《楚辞十九卷·楚辞条例》中说："按《汉书志》屈原赋二十五篇，今起《离骚经》至《大招》凡六，《九章》《九歌》又十八，则屈赋存者二十四篇耳。并《国殇》《礼魂》在《九歌》之外，十一则溢而为二十六篇，不知《国殇》《礼魂》何以系于《九歌》之末。"① 他显然看出了《国殇》《礼魂》与《九歌》其他篇章间的差异。清人徐焕龙在《屈辞洗髓·九歌题序》中说："楚俗祀神，乐章多俚鄙，原放山野，因与更之。歌曰九，篇十一者，《国殇》《礼魂》特附《九歌》之后，不在九数之中。"②

蒋南华也指出："《国殇》和《礼魂》不属《九歌》篇目。《国殇》是楚怀王十七年（公元前312年）时作品。《礼魂》是《国殇》的'续篇'（即'乱辞'或'尾声'）。"③ 蒋先生的说法就更加直接和明确了，将《礼魂》视作《国殇》之"乱"也是有自己见地的。

《国殇》和《礼魂》与其他篇章不似，正能说明这些篇章原本并不是一个整体，而是经屈原改作、创作后辑合在一起。这时《九歌》便形成了屈原心灵中所希望的乐章，带着自己幽怨的情思，带着对楚国的祈福，带着对死亡将士的悼念，在其心中一幕幕上演。从形式上说，这与西周宗庙上演的颂是一致的，一成一成的表演，最后总之以《礼魂》。因而从这一点上讲，可称十一章《九歌》为乐章体歌。

---

① （明）陆时雍：《楚辞十九卷》，见《楚辞文献丛刊》（第40册），国家图书馆出版社2014年版，第386页。

② （清）徐焕龙：《屈辞洗髓》，见《楚辞文献丛刊》（第48册），国家图书馆出版社2014年版，第461页。

③ 蒋南华：《屈原及其〈九歌〉研究》，贵州人民出版社1992年版，第36页。

第四章　屈原辞赋体再分辨

依据文本特点，我们将《卜居》《渔父》《招魂》视为赋体。显而易见的是，《招魂》与《卜居》《渔父》之间也存在一些不同。首先，《招魂》与后二者创作目的不同，《招魂》从本质上说是抒情的；《卜居》《渔父》则是言志、刺时。其次，从文本上看，《招魂》最大的特征是外陈四方之恶、内崇楚国之美的招魂辞铺写，这影响到宋玉赋体创作并开汉代骋辞大赋先河；《卜居》《渔父》则巧设问对以言志、刺时，可看作问对言志赋体的发端。

第一节　士人之伤与《卜居》《渔父》问对体言志赋

战国时代，列国间激烈的兼并战争，一面使礼乐文化惨遭破坏，道、义、仁、礼废弛；一面又加大了对人才的需求，致使这一时期价值观念多元化。屈原坚持正道直行，却不合于世；一心为国，却屡遭谗毁。《卜居》《渔父》创设人物问对以言志，表一己之志的同时，对世俗之污浊也进行了有力的批判，开问对体言志赋先河。

一　战国社会环境与士人人格理想

刘泽华说："中国传统思想文化观念，以春秋战国为界，此前以崇拜上帝、上天为主；其后以崇圣为主。”① 此语道出了我国古代传统思想由尊神到崇圣的转变，这其中的原因是多方面的，主要原因还是社会的转型及列国间激烈的战争不断凸显人，尤其是贤才的重要性。

从春秋末期到战国，儒、墨、道、法各家都提出了自己的学说，其中儒墨两家为当时显学，他们提出“崇圣尚贤”的学说来参与社会的治理与发展，如墨子说：“圣人以治天下为事者也，必知乱之所自起，焉能治之；不知乱之所自起，则不能治。”② 孔子则指出圣人、圣王应该是“博施于民而能济众者”。田耕滋认为：“圣人立道在政治上就是要为王权确定价值目标，规定权力运作方式。总之，圣人‘立道’，开辟了中国人文主义方向，确立了人的社会性的价值目标，而这也就是春秋战国以来‘崇圣’思潮的意义所在。”③ 从春秋末期到整个战国，从惨烈的兼并战争的社会现实，以及儒墨之思想并未被诸侯国采纳来看，儒墨之学说在当时多是思想学术层面上的，并未真正付诸实践。

但通过百家争鸣的现象，能反映出的是士阶层正全面壮大。在礼崩乐坏的背景下，在生产力发展、封建势力逐渐萌生的前提下，在各国面临兼并战争皆需要人才的形势下，士人阶层壮大并参与到列国政权中。因此这一时期私人教育兴盛，门派众多，培养出了大量人才，尤以儒墨两家门徒众多，如《吕氏春秋》载：“此二士者（孔子、墨子），无爵位以显人，无赏禄以利人，举天下之显荣者必称此二士也。皆死久矣，从属弥众，弟子弥丰，充满天下。……孔墨之后学显荣于天下者众矣，不可胜数。”④ 由此可见其学徒之众多。

虽然孔子、墨子二人“无爵位”“无赏禄”，但这不等于说其弟子，或弟子的弟子也无人参与到政治中来。如战国中期于楚国变法的吴起，就曾

① 刘泽华：《王、圣相对二分与合二为一——中国传统社会与思想特点的考察之一》，《天津社会科学》1998 年第 5 期。

② （清）孙诒让撰，孙启治点校：《墨子闲诂》，中华书局 2001 年版，第 98 页。

③ 田耕滋：《屈原与儒、道文化论辨》，中国社会科学出版社 2011 年版，第 11 页。

④ （秦）吕不韦编著，（汉）高诱注：《吕氏春秋》，上海古籍出版社 2014 年版，第 40 页。

求学于儒家名士曾申，当然前提是这些士子必定要摆脱纯儒家思想的限制，而习得能够满足当时列国需要的技能。尤其是在战国战争惨烈的现实下，快速富国强兵显然是君王们所期望的。如商鞅入秦见秦孝公，两人之间的对话能典型地反映出这点。

> 孝公既见卫鞅，语事良久，孝公时时睡，弗听。罢而孝公怒景监曰："子之客妄人耳，安足用邪！"景监以让卫鞅。卫鞅曰："吾说公以帝道，其志不开悟矣。"后五日，复求见鞅。鞅复见孝公，益愈，然而未中旨。罢而孝公复让景监，景监亦让鞅。……鞅曰："吾说公以霸道，其意欲用之矣。诚复见我，我知之矣。"卫鞅复见孝公。公与语，不自知厀之前于席也。语数日不厌。景监曰："子何以中吾君？吾君之欢甚也。"鞅曰："吾说君以帝王之道比三代，而君曰：'久远，吾不能待。且贤君者，各及其身显名天下，安能邑邑待数十百年以成帝王乎？'故吾以强国之术说君，君大说之耳。"①

商鞅向秦孝公讲帝王之道，孝公不予理睬，其原因在于时间长，不能使国家在短时间内富强，如秦孝公所谓"安能邑邑待数十百年以成帝王乎"，这即是在战争环境下，国家发展的特殊诉求。如商鞅一讲强国霸道之术，秦孝公即刻来了精神。

所以说在激烈兼并战争的时势下，在列国国君对快速强国霸道之术的追求下，士人想要进入仕途，实现自身价值，实现名利的愿望，必然会改变对传统礼乐道德文化的坚守而有意迎合时代要求，这也即是何以儒墨之士在当时不受欢迎与重视，何以儒家荀子的弟子韩非、李斯成了依律行事、凭功领赏的法家代表。战国中期以鬼谷子及其弟子苏秦、张仪为代表的纵横家，以李悝、吴起、商鞅为代表的变法士子，顺应了那个时代，他们以一己之才能

---

① （汉）司马迁：《史记》卷68《商君列传》，中华书局2014年版，第2708—2709页。

满足列国强盛之需，列国则满足他们对名利、富贵的需求。

但也应看到，士阶层的崛起壮大，也产生了于一国朝廷彼此竞争的现象，为得宠于君王，他们甚至相互诋毁、尔虞我诈，《战国策》中的篇章非常鲜明地呈现出这一点。这一时期士人的理想追求也因此呈现出多样化的形态，有为一己之富贵利禄的，如苏秦、张仪等纵横家；有为立功立名，展示自身价值的，如吴起；有讲仁政、念苍生而苦于无由实现的，如孟子等儒家士子；有齐万物、任自然，讲求无为而治的，如庄子；当然还有竭忠尽智、正道直行、九死不悔的为国者，即屈原。士人理想追求不同，对于道的坚守程度不同，也必然会有不同的命运。

二 屈原的理想及其生命困境

胡适在《谈楚辞》中曾说："屈原明明是一个理想的忠臣，但这种忠臣在汉以前是不会发生的，因为战国时代不会有这种奇怪的君臣观念。"①屈原的忠贞、正直、洁美与战国时期阴险欺诈、残酷生冷的文化确实格格不入，但这绝不能够成为否定屈原的理由，否定屈原大美人格存在的理由。如上文所说，在学术思想层面，战国形成了崇圣尚贤的学术思潮，学识广博的屈原，其政治思想的确立，不能不受崇圣尚贤思想的影响。屈原所推行的"美政"，在思想上正与此相契合。美政的核心内容即是圣君贤臣的两美相合，屈原于《离骚》《天问》等篇章中一再列举商汤与伊尹、文王与吕望、齐桓与宁戚等，即是很好的诠释。要践行美政，就要求君要成为圣君，臣要成为贤臣。屈原在《离骚》中说道：

> 日月忽其不淹兮，春与秋其代序。惟草木之零落兮，恐美人之迟暮。不抚壮而弃秽兮，何不改此度？乘骐骥以驰骋兮，来吾道夫先路。②

---

① 胡适：《胡适古典文学研究论集》，上海古籍出版社 2013 年版，第 292 页。

② （宋）洪兴祖撰：《楚辞补注》，中华书局 1983 年版，第 6—7 页。

屈原希望楚怀王及时“弃秽”“改度”，提高自己的修养，做一位圣君，自己则做那位“道夫先路”的贤臣，从而达成美政理想，实现楚国的复兴。但是在阶级社会里，任何政治理想的推行，处在主导地位上的，无疑都是君王。田耕滋说：“因为王权是政治的核心，人臣的任何政治理想的实现，都必须依赖王权，国君自身的政治品质决定着政治的优劣。”[①] 楚怀王显然不是有较高政治品质的君王，他不辨是非，虚荣而狭隘，内惑于群小，外欺于纵横家言，距屈原所期许的圣王相差太远，屈原只能寄希望他悟过改更。

为了实现美政理想，屈原虽不能实际左右君王如何做，但他明白作为臣子的自己应该怎样做。“两美相合”的美政，本质是圣与王合一的政治，王既然成不了圣，那么贤臣就只得代表圣人之道执行王权，屈原所言“属贞臣而日娭”（《惜往日》）的政治思想就是很好的证明。“属贞臣而日娭”，即是说君王将国事托付给贞臣，自己则可以安心游乐。于是屈原努力成为贤臣，为此他“好修以为常”，不断地提高自己的学养、修养。“好修”就是为了楚国政治，严格要求自己、规范自己。但小人当道的楚国却容不下这样一位“美人”。如《离骚》中女媭所言：

> 汝何博謇而好修兮，纷独有此姱节。薋菉葹以盈室兮，判独离而不服。众不可户说兮，孰云察余之中情。世并举而好朋兮，夫何茕独而不予听。[②]

面对这样的现实，屈原何以不顺流俗而自保，何以被疏、被逐仍不改初心，仍试图改变呢？这其中的原因当然与他是楚王族后裔有关，但更为直接的原因，是屈原将致力于楚民族的强大辉煌，当成了他信仰般的事业，当成了他生命意义的全部。

---

① 田耕滋：《屈原与儒、道文化论辨》，中国社会科学出版社 2011 年版，第 16 页。

② （宋）洪兴祖撰：《楚辞补注》，中华书局 1983 年版，第 19—20 页。

战国时代，士阶层的崛起使士人之间的竞争越发激烈，刘泽华就说："知识官僚的竞争增强了政治中的理性，同时也带来了残酷的尔虞我诈。在一般情况下，官场污秽的中心问题是争宠，争宠指争取顶头上司的欢心、信赖和器重。"① 屈原是忠贞正直而不知如何取宠君王的人，如他自己所说："事君而不贰兮，迷不知宠之门。"（《惜诵》）屈原这类士人虽然事事以国家为重，处处为君王着想，但同时他们对君王也有着较高的期许和要求，一旦君王有荒政或不理性，便直言进谏，时常触碰君王的"逆鳞"，所以他反而不如那些不为国家社稷着想，却善于阿谀奉承、溜须拍马的奸诈之士更能讨得君王的欢心。这一悖道理却合常情的现象，也成为我国封建社会忠贞士子永久之伤。

但从国家长远生存发展看，任何国家若想保持长久生命力，还真得依靠屈原这样的贤忠之士，远离阿谀奉承、谗佞奸诈之士，这已是被历史证明了的真理，屈原《天问》罗列历史兴衰存亡之典型事例，就是为证明这一道理给君王看。所以深明此理的屈原，一心执行美政理想的屈原，不能明白谗佞小人何以能在君王面前得志，社会上如何会有那么多颠倒是非的现象存在。《卜居》《渔父》篇中，屈原与郑詹尹、屈原与渔父间的问对，就是在表明这一点。

三　《卜居》《渔父》"问对"以言志明理

先秦时期，问对体例出现较早，当史官将君臣问答实录记下，流传下来时，就是一篇篇问对体的文章。在各国史料基础上编著成书的《国语》《左传》，就保存了大量问对体例的文章。此外，使臣、行人出使他国，与其君王、谋臣间的辩难问答也形成了许多经典问对文章，其中尤其以问罪开脱之辞最为精彩。

还有一种问对形式产生于师生间的授业交流。春秋后期，私学兴起，

① 刘泽华：《先秦士人与社会》，天津人民出版社 2004 年版，第 89 页。

孔子、墨子等都收有众多门徒，孔、墨的授业也时常以问对的形式开展。刘泽华先生指出："在学问上，学生并不是被动的接受者。当时师生之间的讨论回答与交流非常盛行。"① 《论语》《墨子》中的许多篇章皆以问对形式展开即是明证。而且像孔子这样的老师，主张学与思的结合，鼓励学生思考辩难。如《论语·学而》篇载："子贡曰：'贫而无谄，富而无骄，何如？'子曰：'可也；未若贫而乐，富而好礼者也。'"② 当这些问对话语被记录下来，整理成篇，进而流传时，问对的形式便成为一种文章行文体例，这种创作形式为后世接受、仿拟。因为现实中的问对往往发生在陈述、辩难之际，所以问对体例的文章也先天地具有了这样的功能。

屈原作为战国中后期"娴于辞令"的士大夫，他当然懂得什么样的文章体式适合表现什么样的内容，如他将自己悲怨不平之愁情通过《离骚》《九章》等节奏感、律动感强烈的诗体来表现。而当需要将是非不分、浑浊病态以及小人得志的社会现实表现出来时，显然问对体例更合适。

问对体的写作在文本上使文章自然形成对话双方，通过问对，一方面可以引出欲赋之辞，是作者陈述一己之辞的引子，这一点《卜居》体现得很明显。另一方面，则是问对双方各言其辞。有双方说话就会形成直接的比较，文中双方各言己辞，其中"辩"的味道浓厚，因而容易使别人做出评判。所以在文中陈述一己之说辞时，必然会铺排紧凑、酣畅淋漓，这一点在《渔父》中体现得最为明显。

《卜居》中，问对双方在屈原与郑詹尹之间展开，二人见面后，屈原说："余有所疑，愿因先生决之。"郑詹尹则说："君将何以教之？"此语便引出屈原欲赋之辞。于是屈原接连运用八个"宁……将……"反问句式，把高洁、正直、务实之为人行事风格与流俗、卑劣、虚荣之为人行事风格铺排对比开来。紧接着追问道："此孰吉孰凶？何去何从？"进而再次陈述道：

① 刘泽华：《先秦士人与社会》，天津人民出版社 2004 年版，第 52 页。

② 杨伯峻译注：《论语译注》，中华书局 2009 年版，第 9 页。

> 世溷浊而不清，蝉翼为重，千钧为轻；黄钟毁弃，瓦釜雷鸣；谗人高张，贤士无名。①

把污浊不堪、是非不分的社会现实揭示出来。

至此屈原可谓将其所想要控告的社会阴暗现实，淋漓尽致地表达了出来，在已十分分明的是非面前，读者们期待郑詹尹给屈原回应，而最后郑詹尹回答的核心内容是：龟策诚不能知此事。郑詹尹的这种回答与读者的期待形成巨大反差，而这正是屈原创作上有意追求的一种效果，由此可以使人们了解，当时社会之病态有多严重。

与《卜居》篇主要以屈原的陈述不同，《渔父》篇中，问对双方屈原与渔父则是各言其辞。文中渔父首先问道："子非三闾大夫与？何故至于斯？"屈原实事求是地回答："举世皆浊我独清，众人皆醉我独醒，是以见放。"渔父听完后，非但没有同情，反而显示出不认同的态度，他回应道："圣人不凝滞于物，而能与世推移。世人皆浊，何不淈其泥而扬其波？众人皆醉，何不铺其糟而歠其醨？何故深思高举，自令放为？"渔父的这段说辞重点在一个"变"，随世俗之变而变。渔父的处世思维，看似有理，实则无原则、无底线，甚至不负责任。面对社会污浊黑暗的事实，不是选择去改变，而是一味地迎合、适从，为此甚至不惜一再降低自己的道德底线，甚至牺牲自己的人格。对此屈原的回答是：

> 吾闻之，新沐者必弹冠，新浴者必振衣。安能以身之察察，受物之汶汶者乎？宁赴湘流，葬于江鱼之腹中。安能以皓皓之白，而蒙世俗之尘埃乎？②

屈原显然不认同渔父的观点，他追求人格的独立与洁美，不蒙世俗之

① （宋）洪兴祖撰：《楚辞补注》，中华书局1983年版，第178页。
② （宋）洪兴祖撰：《楚辞补注》，中华书局1983年版，第180页。

污。屈原所述乃是做人的基本原则，但这仍没有得到渔父的认同，渔父“莞尔而笑”表达出他的不苟同，并且以一首小歌作为回应：

> 沧浪之水清兮，可以濯吾缨；沧浪之水浊兮，可以濯吾足。[①]

渔父的这则小歌还是在表现那种权变的思维，而且渔父的这种权变，与儒家“有道则见，无道则隐”“达则兼济，穷则独善”的权变处世原则还有不同。儒家在天下无道时选择归隐，是独善，即我不管、不担当，但我不参与，仍保持自身的完整；渔父的权变在于面对社会的污浊黑暗，要改变自己，参与进来，与其一起随波逐流，即“沧浪之水浊兮”，选择的不是“不洗”，而仍旧是“洗”。这样的处世原则，在社会黑暗需要改变的时候，不但于社会无益，反而会带来更大的损害。渔父最后只是一笑，唱一支小歌离去，不再作答，实际象征了这场论辩中他的失败。

屈原以问对的形式结构文章，来表达其坚持正直、高洁、不与世俗同流的志向，以及痛斥小人得志、黑白颠倒的社会黑暗现实，因有问对双方的存在，孰对孰错，孰是孰非，便非常直观地展现在读者面前，这易于使读者做出评判，也使屈原的志向、价值观念更为鲜明地显示出来。问对体的这一优点经屈原《卜居》《渔父》的创作，得到进一步强化，影响愈大，并为后世文人所接受使用。当代许多学者在论述问对体的发端时，往往推至宋玉《对楚王问》，此论不确，问对体的形成是漫长的，但自觉运用于文学创作者，当推庄子创作及屈原《卜居》《渔父》。

屈原的问对赋体明志言理，也开启了赋体创作中的一种体式。这种体式的文本特征为，问对以开篇，引出一己欲赋之辞。其中，问对开篇部分往往是散文化的介绍，而正文则是文辞精美，铺排有序，且合乎韵律。问对体言志赋的正文因说理性强，文句相对较长，与状物描摹多用四言句不

---

① （宋）洪兴祖撰：《楚辞补注》，中华书局1983年版，第180页。

同。后世宋玉《对楚王问》、东方朔《答客难》、扬雄《解嘲》、班固《答宾戏》等，无不是承其衣钵。这点在最后一章中笔者将详细论述。

第二节 孤寂心灵的自慰与《招魂》骋辞描摹大赋抒写[①]

《招魂》是屈原放逐江南初期，于陵阳创作的一篇赋文。屈原忠贞为国，却长期遭受流放，致使心灵苦闷，精神疲惫。加之长期流放以及眼见国家衰亡，却又不得参与拯救的现实，确然“长离殃而愁苦”，于是作《招魂》以自慰。《招魂》楚美的描写开骋辞描摹大赋之先。

一 《招魂》创作的时与地

司马迁在《屈原贾生列传》中说：“余读《离骚》《天问》《招魂》《哀郢》悲其志。”[②] 这对于《招魂》为屈原所作是一则力证。但自东汉人王逸在《招魂序》中说“《招魂》者，宋玉之所作也”[③] 后，便引起了有关《招魂》作者归属的论争。但若读完王逸的《招魂序》会发现，其中一些说法是矛盾的。王逸说：“宋玉怜哀屈原，忠而斥弃，愁懑山泽，魂魄放佚，厥命将落。故作《招魂》，欲以复其精神，延其年寿，外陈四方之恶，内崇楚国之美，以讽谏怀王，冀其觉悟而还之也。”[④] 屈原一生经历两次放逐，第一次是在楚怀王二十四年前后，放逐地点是汉北；第二次是在楚顷襄王四年前后，地点是江南。王逸说宋玉作《招魂》“以讽谏怀王，冀其觉悟而还之也”，这首先与宋玉是否与楚怀王存在交集相矛盾，因为宋玉主要活动于楚顷襄王朝，司马迁也说“屈原之后，楚有宋玉、唐勒、

---

① 对于《招魂》的作者、所招对象以及招生魂还是死魂，学界还存在不少争议，各争议点至今也并无定论，我们倾向认同《招魂》是屈原自招。

② （汉）司马迁：《史记》卷84《屈原贾生列传》，中华书局2014年版，第3034页。

③ （宋）洪兴祖撰：《楚辞补注》，中华书局1983年版，第197页。

④ （宋）洪兴祖撰：《楚辞补注》，中华书局1983年版，第197页。

景差之徒，皆好辞而以赋见称……终莫敢直谏”，据此可见王逸说宋玉为屈原而讽谏怀王，是不大可能的。

并且从《招魂》“乱辞”的最后一句“魂兮归来哀江南”中可以看出，此篇创作与江南有关，或是在江南而哀，或是为江南可哀者而哀。屈原放逐江南是在楚顷襄王朝，王逸说宋玉作此篇是为屈原而谏怀王，无疑与这一事实相龃龉。

结合《招魂》内容来看，这篇赋应为屈原所作。《招魂》开篇说道：“朕幼清以廉洁兮，身服义而未沬。主此盛德兮，牵于俗而芜秽。上无所考此盛德兮，长离殃而愁苦。”① 这三句是典型的抒情文辞，与《离骚》《九章》相同，从第一人称代词“朕”的使用可以确定，是作者自述。这三句同时也交代出《招魂》创作的缘由，即是“长离殃而愁苦”。在招魂文辞结束后，《招魂》的“乱辞”又回归正常叙述，其云：

> 献岁发春兮汩吾南征，菉蘋齐叶兮白芷生。路贯庐江兮左长薄，倚沼畦瀛兮遥望博。青骊结驷兮齐千乘，悬火延起兮玄颜烝。步及骤处兮诱骋先，抑骛若通兮引车右还。与王趋梦兮课后先，君王亲发兮惮青兕。朱明承夜兮时不可以淹，皋兰被径兮斯路渐。湛湛江水兮上有枫，目极千里兮伤春心。魂兮归来哀江南！②

其中屈原所说“献岁发春兮汩吾南征”、“路贯庐江兮左长薄”以及“魂兮归来哀江南”，实际已经交代了《招魂》的创作时间与地点。

屈原在遭第二次放逐大约九年后创作《哀郢》，即《哀郢》中所言：“忽若不信兮，至今九年而不复。”③ 篇中载有屈原对自己初放江南时的回忆，屈原说“去终古之所居兮，今逍遥而来东”“当陵阳之焉至兮，淼南

---

① （宋）洪兴祖撰：《楚辞补注》，中华书局 1983 年版，第 197 页。

② （宋）洪兴祖撰：《楚辞补注》，中华书局 1983 年版，第 213—215 页。

③ （宋）洪兴祖撰：《楚辞补注》，中华书局 1983 年版，第 135 页。

渡之焉如"[①]，意思是说，我离开世代所居之地，顺江漂流向东，当到达陵阳时，自己不知道南下来到此地会再去什么地方。这两句诗文交代了屈原二次放逐后，先是顺江向东，至彭蠡泽后，再向南到达陵阳，陵阳即是今天江西省宜春市附近。因在长江之南，屈原才会说"淼南渡之焉如"。

《汉书·地理志上》载："庐江郡……庐江出陵阳东南，北入江。"[②]赵逵夫说："我以为《汉书·地理志》所言与'庐江郡'有关之庐江，即今江西省西部之庐江及庐、赣合流部分，陵阳当在今江西省西部，宜春市以南，东南去庐陵不远。"[③] 赵先生的分析是可信的。这样就可以把屈原放逐江南初期的行走路线串联起来，与他在《招魂》"乱辞"中所言"路贯庐江兮左长薄"以及"魂兮归来哀江南"相印证。准此，则可以确定，《招魂》是屈原放逐江南前期作于陵阳的一篇赋作。

二 离郢流放与困顿心灵

正如上文中所论述的，屈原对楚国政治，对楚民族复兴强盛之事业，犹如宗教徒般虔诚。在代表作《离骚》中，开篇屈原便借抒情主人公之口称"帝高阳之苗裔"，这有他深层用意在。高阳乃颛顼之号，颛顼为华夏之祖，屈原明确自己是颛顼之苗裔，即摆正了楚民族之正统地位，也摆正了自己的正统地位，这是血脉之正。

屈原从青年时期便立志担当起楚民族复兴的大任，在《橘颂》中，屈原明确说道"后皇嘉树，橘徕服兮。受命不迁，生南国兮。深固难徙，更壹志兮"，王夫之说："橘不逾淮，喻忠臣生死依于宗国。"[④] 屈原以橘不逾淮之性，比喻自己不离宗国，明确"受命不迁，生南国兮"，无疑将自己同楚国之政治紧密联系起来。屈原讲述这些，表明他对自己生而为政深信不

---

① （宋）洪兴祖撰：《楚辞补注》，中华书局 1983 年版，第 134—135 页。

② （汉）班固：《汉书》卷 28《地理志》（上），中华书局 1962 年版，第 1568 页。

③ 赵逵夫：《屈原与他的时代》，人民文学出版社 2002 年版，第 424 页。

④ （明）王夫之：《楚辞通释》，上海人民出版社 1975 年版，第 92 页。

疑，“受命不迁”已让我们体味出这种宿命论的味道，从政为国成了他信仰一般的事业，成了他的信念，也塑造了他生而为国、九死不悔的生命意识。

但现实是，战国中后期的楚国朝廷浑浊不堪，旧贵族势力强大，谗佞当道，楚王昏庸不明，致使屈原接连遭谗被疏、被逐。被疏被逐就意味着屈原无法再践行美政理想，无法再完成带领楚民族复兴强盛的心愿。这对于视从政为国为宿命的屈原，影响是巨大的。

屈原初任左徒起草宪令准备变法之际，遭遇旧贵族的谗害，楚怀王疏远屈原，使其担任教育贵族子弟的三闾大夫。之后在楚怀王二十四年前后被放逐汉北，虽然又被召回朝，但又于楚顷襄王四年前后被放逐江南。这其中的每一次疏远、放逐都会使屈原产生悲怨与焦虑，使其精神饱受煎熬。如《惜诵》中云：

> 纷逢尤以离谤兮，謇不可释也。情沉抑而不达兮，又蔽而莫之白也。心郁邑余侘傺兮，又莫察余之中情。

即是说，频繁地遭逢忧患与诽谤，即使再善于言语也无法解释清楚。我内心情感压抑而无法释怀，又受小人的阻碍，更加找不到表白陈述的途径。因此内心郁闷不断地彷徨徘徊，君王又不去察知我内心的赤诚之情。

又如放逐汉北所作的《抽思》中云：

> 心郁郁之忧思兮，独永叹乎增伤。思蹇产之不释兮，曼遭夜之方长。……惟郢路之辽远兮，魂一夕而九逝。

而这之后的岁月，在屈原一系列的作品中，我们又能看到：

> 蹇蹇之烦冤兮，陷滞而不发。申旦以舒中情兮，志沉菀而莫达。（《思美人》）

心不怡之长久兮，忧与愁其相接。（《哀郢》）

哀吾生之无乐兮，幽独处乎山中。（《涉江》）

放逐江南初期为自己所创作的这篇《招魂》中，屈原依然提及其“长离殃而愁苦”的现状。若从初次被疏，到被放逐江南，这期间有二十年左右的时间，在如此漫长的岁月中，屈原这位正直忠贞的士大夫，多数时间与愁苦相伴，其精神心灵之困顿可想而知。并且在当时的社会环境中，找不到可以倾诉的对象。《卜居》中，面对屈原所诉十分分明的是非现实，郑詹尹却说“龟策诚不能知此事”，这皆表明屈原少有知己，少有可以倾诉心灵的对象，这无疑又多了一分精神层面的孤独。

在楚顷襄王朝被放逐江南之后，屈原深知自己很难再有机会复归朝廷，旧贵族亲秦势力当政，这种现实对于本已十分困顿、脆弱、疲惫的屈原的精神，无疑又是一次重创。人在精神心灵极度困顿、疲惫下，容易萎靡、颓废，在荒芜少人的江南之野，屈原更会如此。屈原为寻求精神上的慰藉，安抚困顿的灵魂，有意为自己创作了这篇言丽辞美、象征与抒情兼备的篇章——《招魂》。

三　仪式“招魂”与精神“招魂”

英国学者弗雷泽说：“正如动物或人的活动被解释为灵魂存在于体内一样，睡眠和死亡则被解释为灵魂离开了身体。睡眠或睡眠状态是灵魂暂时的离体，死亡则是永恒的离体。如果死亡是灵魂永恒的离体，那么预防死亡的办法就是不让灵魂离体，如果离开了，就要想办法保证让它回来。”① 想办法让灵魂回来的仪式，就是招魂，它源于人类对自己身体中灵魂与肉体两分的认识，即灵魂独立于肉体而存在。至今在一些较为原始的部落、村落，仍存有招魂的习俗。如我国湘西苗族招魂辞：

① ［英］弗雷泽：《金枝——巫术与宗教之研究》，汪培基等译，商务印书馆 2012 年版，第 298—299 页。

东方有高脚鬼的关魂牢，魂魄啊不能去呀，归来归来。

南方有毒蛇精的关魂牢，魂魄啊不能去呀，归来归来。

西方有旋风鬼的关魂牢，魂魄啊不能去呀，归来归来。

北方有散雪鬼的关魂牢，魂魄啊不能去呀，归来归来。①

先秦时期，不论是中原还是南楚，都有招魂习俗。中原三礼中皆有关于招魂仪式的记载，如《礼记·丧大记》载：

复，有林麓，则虞人设阶，无林麓，则狄人设阶。小臣复，复者朝服。君以卷，夫人以屈狄，大夫以玄赪，世妇以襢衣，士以爵弁，士妻以税衣，皆升自东荣，中屋履危，北面三号，卷衣投于前，司服受之，降自西北荣。其为宾，则公馆复，私馆不复。其在野，则升其乘车之左毂而复。复衣不以衣尸，不以敛。妇人复，不以袡。凡复，男子称名，妇人称字。唯哭先复，复而后行死事。②

郑玄注云："复，招魂复魄也。"可见"复"即是招魂。《礼记·问丧》篇载：

或问曰："死三日而后敛者，何也？"曰："孝子亲死，悲哀志懑，故匍匐而哭之，若将复生然，安可得夺而敛之也？故曰：三日而后敛者，以俟其生也。三日而不生，亦不生也。孝子之心亦益衰矣，家室之计，衣服之具，亦可以成矣，亲戚之远者亦可以至矣。是故圣人为之断决，以三日为之礼制也。"③

---

① 周殿富选注：《楚辞源——先秦古逸歌诗辞赋选》，吉林人民出版社2003年版，第544页。

② （清）孙希旦：《礼记集解》，中华书局1989年版，第1132—1135页。

③ （清）孙希旦：《礼记集解》，中华书局1989年版，第1352页。

可见人死之后，为之行复礼，是希望其复生，“三日而不生”，便开始操办丧事了，也即《丧大记》所谓“复而后行死事”，这是北方中原地区的招魂。

楚国地处南方，“信巫鬼，重淫祀”，虽然传世文献没有关于楚地招魂礼仪的直接记载，但依然可以肯定楚国必然会存在招魂的仪俗。其实《大招》与《招魂》即可视为一种证明，此外根据民俗学者及人类学者的考察，今天沅湘民间依然流传有招魂习俗。因此可以认定先秦时期，中原地区与南楚都有其招魂仪俗，这是仪式中的招魂。

同时古代还存在招生魂的现象，即当人生病、惊吓以及长期的困苦、疲惫后，在精神萎靡不振时，都会试图以招魂的形式来恢复。谢灵运《山居赋》中有：“招惊魂于殆化，收危形于将阑。”① 杜甫在《彭衙行》记述其带领妻儿逃亡流浪的窘境，在遇到友人的相助后，终于可以稍作休息，也写下“暖汤濯我足，剪纸招我魂”的诗句，清人胡文英说：“生人招魂，吴楚风俗有之，谚谓之叫魂。精神恍惚者皆用之。”② 对于古代招生魂的现象，应分两种情况区别对待。一种情况是，当人生病或是受到惊吓，为此而举行招魂时，这依然具有仪式性，因为这往往要请专门的巫师来做，准备相应的招魂工具，依照一定的程序进行，并口诵招魂辞。

另一种情况，则是如屈原这般，因遭谗害被放逐，内心愤懑、压抑，精神焦虑、困顿，加之长时间流浪在外饱受孤独，致使其身心疲惫、精神恍惚。屈原选择为自己招魂，看重的是招魂巫术所具有的功能，但实际只是取其意念上的象征，而并非依严格的仪式招魂程序来，为自己创作一篇招魂辞似的文辞，以慰藉一己之精神。从本质上说，屈原所创作的这种招魂文辞，仍归于抒情作品，从这一层意义上说，我们称之为“精神招魂”，重在寻求心灵、精神上的慰藉。清人蒋骥在《山带阁注楚辞·余论》中云：

① （南朝·梁）沈约：《宋书》卷67《谢灵运传》，中华书局1974年版，第1770页。

② （清）胡文英注：《屈骚指掌》，北京古籍出版社1979年版，第213页。

《招魂》序宫室女色饮食音乐之乐，与《大招》不同。《大招》是实情，《招魂》是幻语。《大招》每项俱各开写，《招魂》则首尾总是一串。其间有明落、有暗度，章法珠贯绳联，相绎而出。其次第一层进一层，入后异采惊华，缤纷繁会，使人一往忘返矣。乱辞一段，忽又重现离殃愁苦本色来。……《远游》近者欲使之远，《招魂》远者欲使之近，皆是放逐之余，幽邑瞀乱，觉此身无顿放处，故设为谩词自解，聊以舒忧娱哀。所谓台池酒色，俱是幻景，固非实有其事，亦岂真以为乐哉。①

蒋氏此论，可谓把握住了《招魂》创作的目的与功用。

四　《招魂》：骋辞描摹大赋的开创

如上文已述，《招魂》是屈原遭谗被逐江南前期，因愁苦、憔悴、疲惫，加之无法再行政为国的痛惜，致使其精神萎靡，于陵阳为自己创作的一篇慰藉精神心灵的辞赋。《招魂》文本本身也能反映出这一写作背景。

在文本内容上，《招魂》可以分为四个部分。

第一部分，从“朕幼清以廉洁，身服义而未沬”到“上无所考此盛德兮，长离殃而愁苦”，这三句可以视为屈原创作《招魂》的背景、缘由。屈原讲述自己从小就清明廉洁，躬身践行从政为国的大义从没有改变，自己修有盛德，但因世俗的污浊而无所用之。君王不详察自己的内美修德，反而听信小人谗言，因而自己长期逢此忧患，内心愁苦，需要招魂来抚慰自己的灵魂。

第二部分，从“帝告巫阳曰”到“不能复用”，这一部分是为了引出招魂辞。在正式的招魂仪式中，招魂者都是由专门的巫师（他者）担当，所以在这部分，屈原虚设上帝与巫阳两人问对，借巫阳之口说出招魂辞。

① （清）蒋骥撰：《山带阁注楚辞》，上海古籍出版社1984年版，第236—237页。

第三部分，从“巫阳焉乃下招曰”到“魂兮归来！返故居些”。这部分即是主体招魂辞，虽有陈四方之恶以恐吓、展故居之美以诱引的传统招魂辞的体式写法，但屈原已将这种体式大大扩充，增加了想象描写，使恶更恶，使美更美，使乐更乐。宫室、美女、饮食、乐舞皆集数国之精，纵使国君也不可奢望。

第四部分，即是《招魂》的“乱辞”部分。在屈原其他的一些篇章中，也有“乱辞”，其功用在于总结全篇，如王逸说：“乱，理也。所以发理词指，总撮其要也。”① 因而在乱辞中，屈原又写回现实。

《招魂》由此四部分组成，这使我们确定，其依旧是十足的文人创作，与仪式中所使用的招魂辞绝不可以等同。但同时又要看到，屈原在《招魂》第三部分外陈四方之恶、内崇楚国之美的招魂辞写作中，运用铺排、想象、精描等手法，客观上开启了散体骋辞大赋的书写之路。如上文所引的蒋骥之语，“《招魂》序宫室女色饮食音乐之乐，与《大招》不同。《大招》是实情，《招魂》是幻语”，“幻语”的认定，也足见出《招魂》的创作经过了艺术想象，目的是以精美之文辞愉悦忧虑、困顿的灵魂。

所以在依照传统招魂辞体式的描写中，驰骋想象，超越现实，使恶更恶，使美愈美。如在屈原的描写中，东方不仅有索魂长人，还有代出之十日；南方不仅有食人之人，还有蝮蛇、封狐与雄虺。屈原用蓁蓁表蝮蛇之多，以千里见封狐之大，使倏忽状雄虺之快，细致而传神。

在对楚国之美的状写中，屈原从宫室楼阁、充宫美女、琼玉芳华之装饰、宴饮美食、歌乐舞蹈以及赌乐赋诗六个方面展开，这无疑使“美”更加丰富，诱引力更强。并且对这其中每一美的描写，都极尽铺排，使人观之，如身临其境，如观其景，聆耳甘口，赏心悦目。如对宫室装饰的描写：

① （宋）洪兴祖撰：《楚辞补注》，中华书局1983年版，第47页。

翡帷翠帐，饰高堂些。红壁沙版，玄玉梁些。仰观刻桷，画龙蛇些。坐堂伏槛，临曲池些。芙蓉始发，杂芰荷些。紫茎屏风，文缘波些。文异豹饰，侍陂陁些。轩辌既低，步骑罗些。兰薄户树，琼木篱些。[①]

对饮食的描写：

稻粢穱麦，挐黄粱些。大苦醎酸，辛甘行些。肥牛之腱，臑若芳些。和酸若苦，陈吴羹些。胹鳖炮羔，有柘浆些。鹄酸臇凫，煎鸿鸧些。露鸡臛蠵，厉而不爽些。粔籹蜜饵，有餦餭些。瑶浆蜜勺，实羽觞些。挫糟冻饮，酎清凉些。华酌既陈，有琼浆些。[②]

对歌舞的描写：

陈钟按鼓，造新歌些。《涉江》《采菱》，发《扬荷》些。美人既醉，朱颜酡些。娭光眇视，目曾波些。被文服纤，丽而不奇些。长发曼鬋，艳陆离些。二八齐容，起郑舞些。衽若交竿，抚案下些。竽瑟狂会，搷鸣鼓些。宫庭震惊，发《激楚》些。[③]

同时我们又要认识到，在屈原对故居之美的描述中，在句式的使用上，换成了简洁干练、适合状物描摹的四言，节奏明快，伴着语助词“些”，一句一景，一景一物象，紧凑而精彩，使人读之如观画影，一幅接一幅掠过眼前。屈原原本只是为娱忧、排愁，以振奋憔悴萎靡之精神，但客观上却开创了一种新的写作模式——骋辞摹物的散体大赋。正如张京元

① （宋）洪兴祖撰：《楚辞补注》，中华书局1983年版，第206页。
② （宋）洪兴祖撰：《楚辞补注》，中华书局1983年版，第207—209页。
③ （宋）洪兴祖撰：《楚辞补注》，中华书局1983年版，第209—210页。

在《删注楚辞》引言中所说："体由独创，语出新裁。"①

屈原的创作多仿巫事艺术而来，《离骚》中屈原将巫事艺术化而入诗的痕迹已相当明显；《九歌》则是径直依南楚沅湘原生形态的巫祭乐歌改作而来。《招魂》的创作与它们相似，依凭传统招魂辞的骨架轮廓，而填入新的语辞，而在填入新的语辞过程中，屈原的一些创造奠定了散体大赋的写作体式。如正式招魂仪式一般由巫师执行，招魂辞也由巫师诵说，所以在《招魂》中，虽全部文辞出自屈原本人创作，但依传统招魂习俗，屈原依然借他人之口说出，因此，便虚设上帝与巫阳问对，借巫阳之口来说。而虚设问对以首引的体式也成了骋辞描摹大赋几乎不变的体式。宋玉《高唐赋》《神女赋》，汉初枚乘《七发》，司马相如《天子游猎赋》等无不如此。而且他们对山林宫宇、乐舞饮食等铺排描写，显然也受到了《招魂》对楚美描写的影响。由此，可以认定《招魂》开创了骋辞描摹大赋的书写先河。

① （明）张京元：《删注楚辞》，见《楚辞文献丛刊》（第33册），国家图书馆出版社2014年版，第327—328页。

第五章 屈原辞文体风格论

文体风格批评是文体学研究中的一个重要视角。屈辞文体包含不同文体类别，同一文类又有文本体征上的差异，因此文体风格呈现出多样化的特征。以《离骚》《九章》为代表的骚类诗体，抒发屈原一己悲伤哀怨之情，展现其九死不悔、勇于担当之意气，这积淀成为悲怨、风骨的风格特征。悲怨与风骨完成了先秦诗体风格由文质彬彬、温柔敦厚向“即体成势”的个体抒情风格的转变。基于楚先宗庙壁画，并以问句构篇的《天问》，展现出激愤、警策的风格特征。《九歌》以沅湘地方祭祀乐歌为原型，以男女爱情为主线，氤氲着凄然悲凉的情感基调，开创了凄婉、缠绵的风格特征。

第一节 文体风格理论及屈辞文体风格研究现状

汉魏时期，已出现自觉成熟的风格批评理论，并且一开始即指向文体风格批评。曹丕《典论·论文》云：“夫文，本同而末异。盖奏议宜雅，书论宜理，铭诔尚实，诗赋欲丽。此四科不同，故能之者偏也；唯通才能备其体。”① 指出奏议、书论、铭诔、诗赋八体所具有的本然风格。曹丕之后，西晋陆机、南朝刘勰对此都有进一步的发挥，陆机《文赋》中云：“诗缘情而绮靡，赋体物而浏亮。……颂优游以彬蔚，论精微而朗畅。奏

① （南朝·梁）萧统：《文选》，上海古籍出版社1986年版，第2271页。

平彻以闲雅，说炜晔而谲诳。”[①] 较之曹丕，陆机细分为十体，并指出各体风格。刘勰在《文心雕龙·体性》篇中专讲风格，他认为：“若总其归途，则数穷八体：一曰典雅，二曰远奥，三曰精约，四曰显附，五曰繁缛，六曰壮丽，七曰新奇，八曰轻靡。”[②] 这里刘勰也总结出八种文学批评风格。

这足以表明，风格论在文体批评与鉴赏中占有十分重要的地位，吴承学即指出，“文体风格问题是文体学研究的中心”[③]。因此对屈辞文体风格的研究也应成为屈辞文体研究中的一个重要方面，但从目前学界的研究现状看，屈辞文体风格论恰恰是屈辞研究中较为薄弱的一环。

吴承学在《文体风格学的历史发展》一文中指出：“文体风格，即相同或相近的体制、样式的作品所具有的某种相对稳定的独特风貌，是文学体裁自身的一种规定性。”[④] 吴先生对文体风格的认识是宏观的，着眼于文章体类本身的特性，且更适合于政令性质的文体，如誓、诰、命、盟等，因为这些文体有更稳定、更严格的写作规范，以及固定的使用场所，所以也就有稳定的文体风格。

然而就文学文体风格来讲，情况则要复杂得多。虽然从文章体类上讲，诗有诗的风格，赋有赋的风格，词有词的风格。但是同样为词体，则又有豪放与婉约之分；同为诗体，四言体与五言体表现出的风格也会有不同，如刘勰在《文心雕龙·明诗》中云，“若夫四言正体，则雅润为本；五言流调，则清丽居宗”[⑤]，即指出四言诗与五言诗风格上的差异。可以说文学文体风格受多种因素的影响，需要具体分析对待。

我国古代很早就认识到了影响文辞风格的诸种因素，《周易·系辞》中载：“将叛者其辞惭，中心疑者其辞枝。吉人之辞寡，躁人之辞多。诬

① （晋）陆机撰，张少康集释：《文赋集释》，上海古籍出版社 1984 年版，第 71 页。

② 范文澜注：《文心雕龙注》，人民文学出版社 1958 年版，第 505 页。

③ 吴承学：《中国古典文学风格学》，北京大学出版社 2011 年版，第 80 页。

④ 吴承学：《中国古典文学风格学》，北京大学出版社 2011 年版，第 80 页。

⑤ 范文澜注：《文心雕龙注》，人民文学出版社 1958 年版，第 67 页。

善之人其辞游，失其守者其辞诎。”[①] 这里已涉及不同境遇、不同性格的人，其语辞会表现出不同的风貌。魏晋以来，则把这种影响因素上升到理论的层面。曹丕指出，“文以气为主，气之清浊有体，不可力强而致”，认为人的个性气质不同，其文章会表现出不同的风貌。刘勰在《文心雕龙·体性》中则云：“才有庸俊，气有刚柔，学有浅深，习有雅郑，并性情所铄，陶染所凝，是以笔区云谲，文苑波诡者也。故辞理庸俊，莫能翻其才；风趣刚柔，宁或改其气；事义浅深，未闻乘其学；体式雅郑，鲜有反其习；各师成心，其异如面。”[②] 指出了人的才、气、学、习的差异，会影响其文辞风格的不同。而文体风格的不同多数情况下就是通过不同文本体征表现出来的，即刘勰所谓：“夫情致异区，文变殊术，莫不因情立体，即体成势也。”[③] 所以对于文体风格的论析应该考虑多种因素，魏晋以来的学者显然已经认识到这些。

因为成熟的文体理论至魏晋时才出现，正常逻辑下，文体风格的研究应在此之后。然而事实是，我国古人很早就有了风格意识。就屈辞而言，西汉早期，在时人对其做出的批评中，就多有从风格视角着眼，这虽不是专就文体风格言，但二者已有可通之处。刘安是第一个对屈辞风格做出批评的人，他在《离骚传》中说：“《国风》好色而不淫，《小雅》怨诽而不乱，若《离骚》者，可谓兼之。”[④] 此论虽没有对《离骚》做出直接的评论，但比之以《国风》“好色不淫”，《小雅》“怨诽不乱”，还是能够看出刘安对于《离骚》的态度，且已属于风格学批评。

司马迁在《屈原列传》中说：“其文约，其辞微，其志洁……”[⑤] 其中“其文约，其辞微”，可看作对《离骚》文辞风格的认识。班固在《离骚传叙论》中，对于屈原露才扬己的个性，不合“明哲保身”的处世行为以

① （清）李道平撰：《周易集释纂疏》，中华书局 1994 年版，第 684—685 页。
② 范文澜注：《文心雕龙注》，人民文学出版社 1958 年版，第 505 页。
③ 范文澜注：《文心雕龙注》，人民文学出版社 1958 年版，第 529 页。
④ （宋）洪兴祖撰：《楚辞补注》，中华书局 1983 年版，第 49 页。
⑤ （汉）司马迁：《史记》卷 84《屈原贾生列传》，中华书局 2014 年版，第 3010 页。

及文辞多虚无之语表达了不满，虽如此，但接着还是褒扬了屈原的《离骚》，认为“弘博丽雅，为辞赋宗”，“弘博”是指屈辞内容丰富，“丽雅”显然是指文辞风格的绮丽雅致。

王逸在《离骚序》中说：“《离骚》之文，依《诗》取兴，引类譬喻……其词温而雅，其义皎而朗。”① 这里“温而雅”与“皎而朗”可看作王逸就《离骚》文辞及内容在风格层面上做出的概括。在《九怀序》中他则说：“褒读屈原之文，嘉其温雅，藻采敷衍，执握金玉，委之污渎，遭世混浊，莫之能识。”② 这里“嘉其温雅，藻采敷衍”是其对整个屈辞文辞风格的认识，而这一认识与他对《离骚》“温而雅”的概括是相同的。在《九思序》中，王逸又说：“又以自屈原终没之后，忠臣介士游览学者读《离骚》《九章》之文，莫不怆然，心为悲感，高其节行，妙其丽雅。”③ 这里“丽雅”也可看作王逸就风格学层面对屈辞做出的概括。东汉王充在《论衡·变动》篇中，也有对屈辞只言片语的评鉴，如他说：“《离骚》《楚辞》凄怆，孰与一叹?”这里“凄怆”可看作王充对屈辞风格的认识 。

综上可见，汉人对于屈辞品鉴批评式的话语，虽不是有意从文体风格视角立论，却已有风格批评的意味，只是这些批评还是零碎的。

魏晋以来，随着文学批评的自觉，专门的文体风格理论开始出现。但起初世人并非称“风格”二字，而是称“体”或“势”，如刘勰在《文心雕龙·体性》中说：“若总其归途，则数穷八体：一曰典雅，二曰远奥……”八体，即指八种文学风格，体，即是指风格。王运熙在《中国古代文论中的“体”》一文中也指出，“曹魏时代已经出现了用‘体’字指文章体貌、风格的现象”④。

---

① （宋）洪兴祖撰：《楚辞补注》，中华书局1983年版，第2—3页。
② （宋）洪兴祖撰：《楚辞补注》，中华书局1983年版，第269页。
③ （宋）洪兴祖撰：《楚辞补注》，中华书局1983年版，第314页。
④ 王运熙：《中国古代文论管窥》，齐鲁书社1987年版，第23页。

这一时期，文体风格批评虽然走向自觉成熟，但对于屈辞文体风格的论述，仍鲜有学者直接论及，曹丕、陆机只是从文类上做出了宏观的描叙，曹丕言“诗赋欲丽”，陆机言“诗缘情而绮靡，赋体物而浏亮”，其所言丽、绮靡、浏亮，显然承袭汉人“丽则”“丽淫”之说而来，偏于指向诗赋文辞风格，这与汉代赋体文学的风靡是分不开的。至刘勰时，才在《辨骚》篇中率先对屈辞具体篇章风格做出分辨与批评：

> 观其骨鲠所树，肌肤所附，虽取镕经意，亦自铸伟辞。故《骚经》《九章》，朗丽以哀志；《九歌》《九辩》，绮靡以伤情；《远游》《天问》，瓌诡而惠巧；《招魂》《招隐》，耀艳而深华；《卜居》标放言之致；《渔父》寄独往之才。故能气往轹古，辞来切今，惊采绝艳，难于并能矣。①

“骨鲠”喻指情志内容；“肌肤”喻指外在文辞形式。“取熔经意”，即认为屈辞提炼萃取五经之意旨；“自铸伟辞”，指屈原能自创别样的文辞。“取熔经意”与“自铸伟辞”和上句“骨鲠所树”与“肌肤所附”是相对应的，是内容与形式的关系。所以下文刘勰在具体论说各篇时，都包含内容与文辞形式两个方面。“朗丽以哀志”是指以朗丽之辞表哀痛之心志；“绮靡以伤情”是指以绮靡之辞表忧伤之情；“瓌诡而惠巧”是指以瑰诡之辞，即奇异之辞表惠巧之思理。实际上朗丽、绮靡、瑰诡都是屈原自铸之伟辞所表现出的风格特征。刘勰能够将屈辞作品区别分组而论，表明他已能分辨作品间的同与不同，已有区分体式，指出不同风格的意味，已贴近文体风格论，这是有进步意义的。

大约与刘勰同时的钟嵘，在论述李陵诗时说：“其源出于《楚辞》。文多凄怆，怨者之流。”② “文多凄怆”虽是对李陵诗歌风格的概括，但因钟

① 范文澜注：《文心雕龙注》，人民文学出版社1958年版，第47页。

② 周伟民、萧华荣注译：《〈文赋〉〈诗品〉注译》，中州古籍出版社1985年版，第76页。

嵘认为“其源出于《楚辞》”，所以这里凄怆也可看作钟嵘对于《楚辞》风格的认识。

六朝之后，世人对于屈辞风格的品鉴批评，偶见于一些诗话、赋话中，多是零碎的、不成系统的，如元人范德机在《木天禁语》中认为《离骚》“激烈愤怨”，明代胡应麟《诗薮·内篇》卷一《古体上》中云：“深远优柔，骚之格也；宏肆典丽，骚之词也。”① 等等。

综观以上所列，从诸家对于屈辞风格的批评来看，多是零碎的品鉴话语。同时又不难看出，这些从风格学层面对屈辞的批评，一些虽也可视为屈辞文体风格，但真正直接论及屈辞文体风格者非常少，近乎没有。刘安对于《离骚》兼有《风》《雅》风格的论断，司马迁的“文约”“词微”之说，王逸对《离骚》的“温而雅”的评价，刘勰对《离骚》《九章》文辞“朗丽”风格的概括，以及钟嵘对《楚辞》“凄怆”的认识，诸家不论是就《离骚》《九章》单篇立论，还是就屈辞整体立论，显然他们的认识是宏观的，虽然就屈辞文体风格的某一特点讲，这些论述可谓精准，但毕竟不是针对屈辞文体风格的专论，因此对于屈辞文体风格有必要进行一次较全面的论析。

第二节　悲怨与风骨：骚类诗体情志风格论

自两汉以来至当代，古今学者皆试图以一种文体类别来概括屈辞文体，如两汉称赋，齐梁称骚，这表明屈辞文体表现出了一种典型的有代表性的整体风格。这种整体性即建立在当代学界所谓的楚辞体或骚体的基础上。学界通常将《离骚》《九章》《九歌》视为楚辞体或骚体的典型代表，如褚斌杰先生在《中国古代文体概论》中所言：“屈原是‘楚辞’体文学的开创者，从现存屈原的作品来看，‘楚辞’在体裁上实际上有两类。一

① （明）胡应麟撰：《诗薮》，中华书局1958年版，第4页。

类是接近于《诗经》体制的作品，如《橘颂》《天问》等。它的基本形式是采用《诗经》的四言而稍加变化……屈原的这类作品虽也统称为‘楚辞’，但并不是典型的‘楚辞’体。真正的‘楚辞’体作品是《离骚》《九章》《九歌》一类。”[①] 褚先生指出“楚辞”在体裁上存在不同类别，是可贵的；他将《离骚》《九章》《九歌》归为典型的“楚辞”体，也是符合学界主流认识的。但笔者认为《九歌》应当被拿出来，《九歌》由屈原改作于南楚巫祭仪式乐歌，并非其直接抒情的产物，而且句式也并不与《离骚》《九章》相同，因此最为典型的楚辞体或骚体是《离骚》与《九章》，我们可将其称为骚类诗体。齐梁时期，甚至直接以骚来指称屈辞作品，即是把其最为典型的篇章作为代表。这里笔者将《离骚》与《九章》作为典型的骚类诗体来论析。

正如刘勰在《辨骚》篇中所论，“观其骨鲠所树，肌肤所附，虽取镕经意，亦自铸伟辞”，刘勰从“骨鲠”与“肌肤”两个方面来辨析屈辞，“骨鲠”指文体情志内容，“肌肤”指文辞形式。这里笔者对骚类诗体风格的论析，主要从其“骨鲠”——情志内容上来论。骚类诗体在情志内容上鲜明地表现出两大风格：悲怨与风骨。

唐人皎然在《诗式》中说：“悲——伤甚曰悲。怨——词调凄切曰怨。”[②] 即是从情志内容上对诗体风格做出的总结归纳。从根本上讲，诗体的悲怨风格，仍旧是由其抒情功能积淀形成的，只不过所抒之情是悲伤哀怨之情而已。

司马迁《屈原列传》中云：“屈平嫉王听之不聪也，谗谄之蔽明也，邪曲之害公也，方正之不容也，故忧愁忧思而作《离骚》。”[③] 王逸《离骚序》中说：“（屈原）入则与王图议政事，决定嫌疑；出则监察群下，应对诸侯。谋行职修，王甚珍之。同列大夫上官、靳尚妒害其能，共谮毁之。

---

① 褚斌杰：《中国古代文体概论》，北京大学出版社 1984 年版，第 66—67 页。

② 郭绍虞主编：《中国历代文论选》（一卷本），上海古籍出版社 1979 年版，第 131 页。

③ （汉）司马迁：《史记》卷 84《屈原贾生列传》，中华书局 2014 年版，第 3010 页。

王乃疏屈原。屈原执履忠贞而被谗邪，忧心烦乱，不知所愬，乃作《离骚经》。"[①] 在《九章序》中他则说："《九章》者，屈原之所作也。屈原放于江南之野，思君念国，忧心罔极，故复作《九章》。"[②] 这里王逸认为《九章》尽是屈原放于江南之野所作是值得商榷的，但由此可以肯定的是《离骚》《九章》诸篇皆是在屈原被疏、被逐之后所作无疑，这样的写作背景已奠定了骚体悲伤哀怨的写作基调。

如上文所引，刘勰在《文心雕龙·体性》中云："夫情致异区，文变殊术，莫不因情立体，即体成势也。"若细究刘勰这句话，即是说风格的形成，最大的因素是情，不同的情感意志，会促使作者采用不同的文辞及文体形式，而作者又都是依据自己所要表达的情感确立文体，不同的文体则形成不同的风格。这种逻辑可表示为：情→文体→文体风格。

骚体的悲怨风格，显然直接来源于屈原的悲愤情感，而这种悲愤情感则深源于屈原坚定的政治信念、正直的人格以及九死不悔的担当精神。因为假若屈原没有这种禀性气质与坚定的政治理想，大可逢忧之后，放弃理想，改变节操，那么就绝无悲剧可言，但屈原之禀性显然不是这样，如《离骚》中抒情主人公所言："荃不察余之中情兮，反信谗而齌怒。余固知謇謇之为患兮，忍而不能舍也。"[③] 小人谗害，君王昏庸不明，使正直有抱负的屈原无法实现美政理想，对于后人来说，这就是悲剧，对于屈原本人来说这是十足的生命与才华的毁灭，同样是悲剧。如《涉江》中言："忠不必用兮，贤不必以。伍子逢殃兮，比干菹醢。"《惜往日》中云："君含怒而待臣兮，不清澈其然否。蔽晦君之聪明兮，虚惑误又以欺。弗参验以考实兮，远迁臣而弗思。"这即是贤士遭遇不平，生命与才华因诸种原因被践踏与毁灭，致使人生理想与对道的追求不得实现。司马迁在《报任安书》中对这一现象有过总结：

---

① （宋）洪兴祖撰：《楚辞补注》，中华书局 1983 年版，第 2 页。

② （宋）洪兴祖撰：《楚辞补注》，中华书局 1983 年版，第 120—121 页。

③ （宋）洪兴祖撰：《楚辞补注》，中华书局 1983 年版，第 9 页。

> 盖文王拘而演《周易》；仲尼厄而作《春秋》；屈原放逐，乃赋《离骚》；左丘失明，厥有《国语》；孙子膑脚，《兵法》修列；不韦迁蜀，世传《吕览》；韩非囚秦，《说难》《孤愤》；《诗》三百篇，大底圣贤发愤之所为作也。此人皆意有郁结，不得通其道，故述往事，思来者。①

“不得通其道”十分精准地概括出了古代贤士们的这种悲剧。田耕滋说：“‘不得通其道’就是圣贤文化理想不得实现，这实际上是生命的困境而不是悲剧。但是，明知不得实现而仍然追求到底，同样会导致生命的毁灭和毁灭感，这同样是悲剧，屈原就是这种悲剧的代表。”② 屈原将这种悲剧之气通过骚类诗体文学表现出来，那么骚类诗体必然也会带有这种悲气。

而在“不得通其道”的悲剧事实背后，屈原表达了他的不满，即他的怨，《涉江》中屈原在列举前贤们的不幸遭遇后，虽说到“与前世而皆然兮，吾又何怨乎今之人”，但此语更像是他被放逐江南而无力改变时局后的无奈。屈原分明有怨，《离骚》中抒情主人公说：“怨灵修之浩荡兮，终不察夫民心。”同时还有对群小结党营私、蒙蔽君王之怨，对谗害贤良、阻碍国家发展之怨，因而悲怨是屈原心中一股强烈涌荡的情感。

这种情感必然会通过一种适合表现其本身的文体形式展现出来，这种文体形式就是咏叹色彩极浓的以《离骚》《九章》为代表的骚体“兮”句式：○○○介词○○兮，○○○介词○○。这种句式成为骚体文本形式上的典型，服务于屈原悲怨情感的抒发。这种句式因较《诗三百》四言为长，容纳信息增大，便可将所咏所叹之事尽情抒发出来，可谓做到了“因情而立体”。将屈原悲怨之情很好地抒发出来，而悲怨也成了骚体的一种鲜明的风格。至汉代，如抒发幽情，依然多是采用这种体式，如《长门

① （南朝·梁）萧统：《文选》，上海古籍出版社 1986 年版，第 1864—1865 页。

② 田耕滋：《屈原与儒、道文化论辨》，中国社会科学出版社 2011 年版，第 270 页。

赋》《悲士不遇赋》《幽通赋》等。也因如此，这些赋作被后世称为骚体赋。

从情志内容上讲，骚体另一种风格是风骨。风骨，最初是魏晋时期人物品评中使用的概念，如《宋书·武帝纪》言："及长，身长七尺六寸，风骨奇特。"[①]《世说新语·轻诋》言："旧目韩康伯：将肘无风骨。"[②] 而中国古代风格学的形成恰恰受魏晋人物品评的影响而产生，吴承学在《中国古典风格学的形成及特色》一文中，已论证了这一点，他说："与西方风格学相比，中国古代风格学的形成和兴盛有非常独特的历史原因。如果说西方风格学起源于修辞学的话，中国古代风格学则是在魏晋时代人物品评的直接影响之下形成的。"[③]

因而在魏晋，几乎同时，我们又看到风骨作为一个艺术审美概念指向艺术风格，如《魏书·祖莹传》言："莹以文学见重，常语人云：'文章须自出机杼，成一家风骨，何能共人同生活也。'"[④] 这里"一家风骨"即是有特点的艺术风格。

至刘勰，则在《文心雕龙》中单列《风骨》一篇，"风骨"一词正式成为文学批评范畴风格论中的概念。刘勰《风骨》篇云：

> 是以怊怅述情，必始乎风；沉吟铺辞，莫先于骨。故辞之待骨，如体之树骸；情之含风，犹形之包气。结言端直，则文骨成焉；意气俊爽，则文风清焉。[⑤]

从"结言端直，则文骨成焉；意气俊爽，则文风清焉"一句看，"骨"是作品中所表现出的端直的人格精神，"风"是作品中所表现出的强烈的

---

① （南朝·梁）沈约：《宋书》卷1《武帝纪》，中华书局1974年版，第1页。
② （南朝·宋）刘义庆：《世说新语》，中州古籍出版社2013年版，第395页。
③ 吴承学：《中国古典文学风格学》，北京大学出版社2011年版，第2页。
④ （北齐）魏收：《魏书》卷82《祖莹传》，中华书局1974年版，第1800页。
⑤ 范文澜注：《文心雕龙注》，人民文学出版社1958年版，第513页。

意气。这是文辞、情感表现的基础，即“辞之待骨，如体之树骸；情之含风，犹形之包气”。“风骨”通过精准而富含情感的文辞表达出来，便形成作品强烈的审美感染力，即“风清骨俊”的风格特征。

屈原受命不迁，立志为国，正道直行，即使在遭遇小人谗害，被君王疏远、流放后，依然不变其婞直品性，依然将道义坚持到底、担当到底，如《离骚》中“余固知謇謇之为患兮，忍而不能舍也”“亦余心之所善兮，虽九死其犹未悔”①，《九章·涉江》中云“苟余心其端直兮，虽僻远之何伤”“吾不能变心以从俗兮，固将愁苦而终穷”②。且敢于同群小作斗争，揭露其危害与丑恶嘴脸并加以痛斥。如《离骚》中“惟夫党人之偷乐兮，路幽昧以险隘”“众皆竞进以贪婪兮，凭不厌乎求索”③，《九章·惜往日》中“蔽晦君之聪明兮，虚惑娱又以欺”④。屈原正道直行，敢于担当、九死不悔的人格精神就是其骨；奔走呼喊，痛斥群小，不平悲鸣就是其意气、是其风。屈原风骨通过《离骚》《九章》这种典型的骚体文学表现出来，使骚类诗体蕴含强烈的正直、坚毅、豪迈等审美感染力，遂形成风骨风格特征。若说悲怨是情感层面的，那么风骨则是人格、精神层面的，二者共同构成骚体情志风格。

第三节　从“文质彬彬”到“即体成势”：骚类诗体风格的开创意义

先秦时期，虽没有形成纯粹的诗学理论，但是有关诗体功能性质的论说还是很多的，如《尚书·尧典》中的“诗言志”说，《大雅·崧高》中“吉甫作诵，其诗孔硕。其风肆好，以赠申伯”，《国语·周语上》载“故

① （宋）洪兴祖撰：《楚辞补注》，中华书局1983年版，第9—14页。
② （宋）洪兴祖撰：《楚辞补注》，中华书局1983年版，第130—131页。
③ （宋）洪兴祖撰：《楚辞补注》，中华书局1983年版，第8页。
④ （宋）洪兴祖撰：《楚辞补注》，中华书局1983年版，第150页。

天子听政，使公卿至于列士献诗”，《国语·楚语上》载“教之《诗》，而为之导广显德，以耀明其志”，《论语·子路》载：“诵《诗三百》，授之以政，不达；使于四方，不能专对；虽多，亦奚以为？”[①] 由此不难看出，这些有关诗体的论说，全部指向政教，所以孔子才说：“小子何莫学夫诗？诗，可以兴，可以观，可以群，可以怨。迩之事父，远之事君；多识于鸟兽草木之名。”[②] 孔子所谓“兴观群怨”也是着眼于集体，着眼于一国政治而言。因此，在先秦“诗”更多的是一种与政教关系密切的文献，而少有个体抒情的色彩。虽然有一些来自社会下层、民间的表达喜怒哀乐情绪的歌诗存在，如《诗经·魏风·园有桃》“心之忧矣，我歌且谣”，《小雅·四月》“君子作歌，维以告哀”，《小雅·白华》“啸歌伤怀，念彼硕人”等，但这些诗歌经采诗、献诗之后，已经被周大师雅化，当被编入《诗三百》后，其原初之义，早已被政教之义淹没。

因此不论是西周早期为祭颂先公先王而作之颂、雅诗，还是怨刺讽谏之变风、变雅，乃至《诗经》被编订成集后作为文之义府，而被诸国外交场合用以言志、观志，诗皆鲜明地与政治教化联结在了一起，可以说在屈原之前，世人对于诗的认识不曾滑向个体抒情。而屈辞的出现无疑将诗体抒情的大门正式打开，使诗的抒情功能明确确立，这在我国文学史上有开创之功。因而诗体风格也开始由“文质彬彬”“温柔敦厚”“乐而不淫，哀而不伤”，向“情致异区，文变殊术，莫不因情立体，即体成势”转变，即是诗体风格由合礼，受礼法的规定制约，到由个体情感及诗体本身体式来决定。以《离骚》《九章》为代表的骚类诗体，是屈原抒情的主要诗体篇章，《离骚》云：“怀朕情而不发兮，余焉能忍与此终古？”《九章·惜诵》中，屈原更是明确说出“惜诵以致愍兮，发愤以抒情”的话语，足以证明抒情成为骚体文学功能中一个重要的命题。骚体文学风格的形成无疑完成了这种转变。

---

① 杨伯峻译注：《论语译注》，中华书局 2009 年版，第 133 页。

② 杨伯峻译注：《论语译注》，中华书局 2009 年版，第 183 页。

第四节 激愤与警策：《天问》风格论

王国维在《宋元戏曲史自序》中说："凡一代有一代之文学。楚之骚、汉之赋、六代之骈语、唐之诗、宋之词、元之曲，皆所谓'一代之文学'，而后世莫能继焉者也。"① 历史地看，王氏此论也有时代文体代表论的味道，这里楚骚被看作一个整体，与汉赋、唐诗、宋词等并列。而我们想要进一步探讨的是，在楚骚中，各篇章文体类别、文本特征、艺术风貌都相同而没有差异吗？

西汉以来，世人对屈辞文体性质的认识，历经三变，两汉称赋，齐梁称骚，而进入二十世纪，尤其是新文化运动以后，受西方文学观念、文体观念的影响，学界主流观点又把以屈辞为主体的"楚辞"看作一种新诗体。如刘大白在《中国文学史》中说："这一时期（周秦）的诗歌，可以用两部集子来代表，就是《毛诗》和《楚辞》。"② 等于说将"楚辞"看作诗歌。傅斯年在《中国古代文学史讲义》中也说："三百篇后，四言的运命已经终结，即如我们在前文所说：接续四言体制而起的，是所谓'楚辞'一类的诗歌。"③ 也把"楚辞"看作诗歌。可以肯定的是，学者们对屈辞文体的认识受到所处时代文学观念、文体观念的影响，但无疑这种认识越来越接近其本身。然而这一现象毕竟是特殊的，因为在中国文学史上从来没有哪种文学像屈辞这样，在文体的认识上出现如此多的变化与不同，这种不同正说明屈辞决不只包含一种文体类别。实际上，屈辞既有诗体，又有歌体与赋体。而就诗体而言，《离骚》与《天问》在文本体征上也表现出很大的差异，这使其文体风格也必然不会相同，而这些就是屈辞文体的特殊性所在，在论析屈辞文体风格时，是需要认识清楚的。

---

① 王国维：《宋元戏曲史》，中华书局 2015 年版，第 1 页。

② 刘大白：《中国文学史》，岳麓书社 2011 年版，第 27 页。

③ 傅斯年：《中国古代文学史讲义》，时代文艺出版社 2009 年版，第 72 页。

《天问》是屈原初放汉北时创作的诗篇。作为力主联齐抗秦的代表，屈原这次被放逐表明其在与旧贵族亲秦派的斗争中失利，这也标志着楚怀王再次亲近死敌秦国，而这样只会加速楚国走向灭亡。对于“受命不迁”、一心为国的屈原来讲，这种局面无疑会使其内心滋生强烈的怨气、郁气及痛惜之气。这是《天问》创作前的一个大的背景。

而促使《天问》创作的最直接因素，则是屈原在向汉北流亡的过程中，所观楚国先王之宗庙壁画，如王逸所云：“屈原放逐，忧心愁悴。彷徨山泽，经历陵陆。嗟号昊旻，仰天叹息。见楚有先王之庙及公卿祠堂，图画天地山川神灵，琦玮僪佹，及古贤圣怪物行事。周流罢倦，休息其下，仰见图画，因书其壁，何而问之，以泄愤懑，舒泻愁思。”[①] 在先秦，宗庙明堂壁画的功能在于训政鉴政，《孔子家语》载：“孔子观乎明堂，睹四门墉有尧舜之容、桀纣之像，而各有善恶之状、兴废之诫焉。又有周公相成王，抱之负斧扆，南面以朝诸侯之图焉。孔子徘徊而望之，谓从者曰：‘此周之所以盛也。’”[②] 足见宗庙明堂壁画的鉴戒训政功能。

屈原往汉北途中观楚先王宗庙之训政壁画，感慨昔日楚王行政之用心，痛惜当下之庸政，今昔反差鲜明，遂感画兴怀，依图而作《天问》。《天问》将训政壁画之图像，以诗体的形式反映出来，将画体文体化，以文体之思见画体之思，开题画文学之先河，可认定为题画体。而为能够使诗句中的历史兴亡之道以更有力的方式呈现出来，引起君王的思考，屈原有意采用问句的形式构篇，因此从文体形式上讲，学界又称《天问》为“问句体”。采用问句体的形式，除能够有利于表现兴亡之理，引发君王鉴戒外，也符合屈原当时的悲愤心境，有利于其悲怨、痛惜情绪的宣泄，因而首先展现出激愤的风格特征。

但不论是从句式特征上将《天问》认定为“问句体”，还是从壁画与诗歌创作关系角度将之认定为题画体，毫无疑问都与政治的关系十分紧

① （宋）洪兴祖撰：《楚辞补注》，中华书局1983年版，第85页。

② 杨朝明、宋立林主编：《孔子家语通解》，齐鲁书社2009年版，第128页。

密，屈原作《天问》的第一期待读者是楚国君王，宗庙壁画有警戒君王兴政之功用，那么依壁画而创作的《天问》，自然同样具有警戒、鞭策君王勤政、兴政的功用，而这也是屈原创作《天问》的根本目的所在。从这一视角讲，《天问》则又展示出其警策的风格特征。

警，乃警戒之意；策，为鞭策。与其希望君王以历史之兴亡成败为警戒，鞭策其努力勤政的内容题旨相一致。《天问》警策君王的创作意图，已积淀为其自身的风格特征。

警策风格的最直接表现形式就是通过一个个历史事件展现出来。《天问》中，每一个历史事件，屈原多是用一个问句展现，但言简而意丰，其实每一问的事件背后，都是一个极丰富且有重大借鉴意义的王朝、部族兴衰的故事，如：

> 授殷天下，其位安施？反成乃亡，其罪伊何？
> 争遣伐器，何以行之？并驱击翼，何以将之？①

这也是先秦政治家、文人、哲学家惯用的创作形式，他们表达道理、思想，往往不直言道理、思想，而是通过比喻、事例、警句等形式来表现，如庄子善用寓言、神话故事，孟子善用比喻。屈原创作《天问》也是如此，以历史成败事例表现兴亡之理、规律，以警戒、鞭策君王。因而警策无疑是《天问》文体表现出来的一种主要风格。

第五节　凄婉与缠绵：《九歌》风格论

《九歌》源于沅湘间的巫祭乐歌，虽经屈原改作，但只是更定其词，并没有改变其乐歌的性质，这一点从《九歌》诸篇的文本中也可看出。

---

①（宋）洪兴祖撰：《楚辞补注》，中华书局1983年版，第109—110页。

《九歌》的地方民歌色彩依旧很浓，在中国文学史上可谓地方民歌一次不小的展现，之前虽有《诗三百》，但被整理雅化后的《诗三百》早已经步入政教的殿堂，而随着西汉的经学化，其本身民歌范畴的风格学意义，并未被开发多少，对中国古典诗歌风格的影响是有限的。屈原《九歌》的出现，可谓开创了一种新的诗歌创作风格：凄婉、缠绵。

《九歌》虽被一些学者视作与《离骚》《九章》并列的典型的骚体，但其实与《离骚》《九章》在许多方面存在着差异，这种差异上文我们已经提及。结合歌诗文本看，《九歌》并非屈原直接抒情的篇章，没有《九章》中常以“吾”“余”发端，直叙身世经历、遭遇的现象，也没有《离骚》中借一位抒情主人公反映自身命运的构思，《九歌》较之更为单纯，题材就围绕巫祭仪式及所祀神灵展开。但多数却是以爱情为主题来表现，诗文中神、巫对唱，爱恋而惆怅，如同上演一出出戏剧，也因此《九歌》可视为剧体歌。因有爱情主线的贯穿，所以呈现出缠绵的风格特征。但细究《九歌》各篇章会发现，这组被屈原改作后的以爱情为主题的祭歌，总透露着隐隐的凄婉，如：

思夫君兮太息，极劳心兮忡忡。(《云中君》)

扬灵兮未极，女婵媛兮为余太息。横流涕兮潺湲，隐思君兮陫侧。(《湘君》)

帝子降兮北渚，目眇眇兮愁予。(《湘夫人》)

结桂枝兮延伫，羌愈思兮愁人。(《大司命》)

悲莫悲兮生别离，乐莫乐兮新相知。(《少司命》)

长太息兮将上，心低徊兮顾怀。(《东君》)

子交手兮东行，送美人兮南浦。(《河伯》)

风飒飒兮木萧萧，思公子兮徒离忧。(《山鬼》)

祭神之歌，本是用来娱神、悦神的，这样才能达成祭祀者的心愿，悦神必会喜气完满，而屈原《九歌》中所氤氲的淡淡的凄婉，绝不会是沅湘祭歌的本色，应是着上了屈原自己的情感色调，这种色调虽没有表达出屈原具体的情感类别，但却昭示了屈原当时的情感状态。可以认定这种凄婉就是屈原愁怨情感状态的一种艺术化表现。

若就成因来讲，《九歌》凄婉的风格特征除与屈原的个人情感状态有关外，与南方特定的地域环境也是分不开的，南方多雨多水，花草美艳且种类繁多，人们得益于自然的恩泽良多，与自然山川雨泽的关系密切，多自然崇拜。而物产丰美、不忧冻饿也容易滋生人们细腻多情的性格，在这种地域上滋养生成的歌诗必然也会打上这种烙印。刘勰在《文心雕龙·物色》中即云："若乃山林皋壤，实文思之奥府，略语则阙，详说则繁。然屈平所以能洞鉴《风》《骚》之情者，抑亦江山之助乎！"① 即认为屈原的创作得江山之助。明王夫之在《楚辞通释·序例》中云："楚，泽国也。其南沅湘之交，抑山国也。叠波旷宇，以荡遥情，而迫之以崟嶔戌削之幽菀，故推宕无涯，而天采矗发，江山光怪之气，莫能掩抑。"②

只有在川泽之乡，才更容易滋生神话、自然崇拜及巫鬼文化，在这种地域上，才会形成与之相应的奇谲而又婉丽的歌诗风格。如《东皇太一》中"瑶席兮玉瑱，盍将把兮琼芳，蕙肴蒸兮兰藉，奠桂酒兮椒浆"，《云中君》中"浴兰汤兮沐芳，华采衣兮若英；灵连蜷兮既留，烂昭昭兮未央"，《少司命》中"秋兰兮麋芜，罗生兮堂下。绿叶兮素枝，芳菲菲兮袭予"。其用词既有地域色彩，又体现出婉丽的风格，当婉丽柔美的辞采与屈原凄然的情感相结合时，遂形成《九歌》凄婉的风格。这种凄婉又通过男女爱恋对唱的体式展现出来，因而又多了一分缠绵。

屈原《九歌》可谓开创了这种凄婉缠绵的美学风格，对后世歌诗的创作影响颇大，之后不论是《古诗十九首》还是南朝民歌，其中有关爱恋双方离别的描写，总会带有这种凄婉的风格，如《迢迢牵牛星》：

---

① 范文澜注：《文心雕龙注》，人民文学出版社1958年版，第695页。

②（明）王夫之：《楚辞通释》，上海人民出版社1975年版，第4页。

迢迢牵牛星，皎皎河汉女。纤纤擢素手，札札弄机杼。终日不成章，泣涕零如雨。河汉清且浅，相去复几许。盈盈一水间，脉脉不得语。①

综合以上所论，屈辞文体风格因其文体类别、体式的不同，呈现出不同的特征。以《离骚》《九章》为主的骚类诗体作为屈辞的代表，作为屈原抒情的主体篇章，表现出悲怨、风骨的风格特征。悲怨与风骨的诗体风格，也完成了我国诗体风格由合政教、中庸美学的文质彬彬、温柔敦厚到个体抒情“即体成势”风格的转变。而以问句体、题画诗体为特征的《天问》，因有屈原在流放过程中谏政的创作目的，表现出激愤、警策的风格特征。《九歌》以沅湘地方祭祀乐歌为原型，以男女爱情为主线，氤氲着屈原凄然悲凉的情感基调，开创了凄婉、缠绵的风格特征。

① （南朝·梁）萧统：《文选》，上海古籍出版社1986年版，第1347页。

第六章　屈原辞文体的流变及影响

历时地看，产生于战国中后期的屈原辞，在中国古典文学、文体学发展历程中处在一个十分重要的位置上，因为在历经短暂的秦朝进入汉代后，赋体文学迅速崛起，展现出盛大恢宏的气象。屈辞对此当有源泉之功，假若没有屈原辞的存在，赋体文学的兴盛不知要推迟多少年。最先受屈辞影响的是宋玉，宋玉将赋体明确化，率先以赋命篇，从文本体征上看，其依然延续了《卜居》《渔父》以问对构篇的体式。汉代不论是大赋创作还是骚体赋创作，受屈原作品的影响是明显的，也出现了专门仿拟屈辞创作的拟骚诗。从屈原到宋玉再到汉人的辞赋创作，构成了赋体早期发展的脉络。

第一节　屈原辞文体对宋玉诗、赋创作的影响

司马迁在《屈原贾生列传》中云："屈原既死之后，楚有宋玉、唐勒、景差之徒者，皆好辞而以赋见称；然皆祖屈原之从容辞令，终莫敢直谏。"[①] 可知在时间上，宋玉在屈原之后，并且祖屈原之从容辞令而创作。翻阅宋玉诗赋也可见，其作品中有仿拟，甚至直接化用屈原辞而来的句子，效法屈原作品而创作的痕迹是明显的。

---

① （汉）司马迁：《史记》卷84《屈原贾生列传》，中华书局2014年版，第3020页。

一　对宋玉《九辩》创作的影响

从文章体类上看，宋玉作品有诗体也有赋体，诗体即《九辩》；赋体即《风赋》《高唐赋》《神女赋》《登徒子好色赋》等作品。就《九辩》而言，从篇题上看，是仿拟《九歌》的样式，借原有古乐曲《九辩》之名为题。但从内容上看，宋玉《九辩》却如屈原《九章》一般，是抒情作品。在句式的使用上，《九辩》则沿袭《离骚》《九章》中的“兮”字句式。因此，《九辩》的文本体征多是仿拟屈辞文体而来，受屈辞文体的影响是明显的。

《韩诗外传》卷七载：“宋玉因其友见楚襄王，襄王待之无以异，乃让其友。其友曰：‘夫姜桂因地而生，不因地而辛。女因媒而嫁，不因媒而亲。子之事王未耳，何怨于我？’”① 据此可知，宋玉是经其友人介绍到楚顷襄王身前为臣的，并且一开始就不是很顺心，因为“襄王待之无以异”。但是宋玉毕竟才华出众，他工于辞赋，通晓音律，也能得到楚顷襄王的赏识，如习凿齿《襄阳耆旧记》中云：“玉识音而善文。襄王好乐而爱赋，既美其才，而憎其似屈原也。”② 宋玉为楚顷襄王赋《高唐赋》《神女赋》，很好地反映出其出色的辞赋才华，而从其《钓赋》《御赋》看，宋玉以钓鱼喻钓贤治国，以驾驭马车喻治理国家，则又表现出其内心存有传统士大夫济世理政的思想，或许这就是楚顷襄王“憎其似屈原”之处。宋玉的不得志，与他比喻性的谏政不能说没有关系。《九辩》可以看作宋玉为抒发这种失意不平之情所作的诗篇。而在宋玉之前的屈原，作为忠而被谤、信而见疑的典型，显然会成为宋玉感怀悲悯的对象，屈原辞也必然会成为宋玉效法的对象。

王逸《九辩序》云：“屈原怀忠贞之性，而被谗邪，伤君暗蔽，国将危亡，乃援天地之数，列人形之要，而作《九歌》《九章》之颂……宋玉

① （汉）韩婴撰，许维遹校释：《韩诗外传集释》，中华书局1980年版，第259页。

② （晋）习凿齿：《襄阳耆旧记》，见《宋玉研究资料类编》，商务印书馆2014年版，第13页。

者，屈原弟子也。闵惜其师，忠而放逐，故作《九辩》以述其志。”① 王逸认为宋玉乃是屈原弟子，则把二人的关系拉得更近。诚如王逸所言，宋玉创作《九辩》确有悯惜屈原的意味，但悯惜屈原的同时也有自悲自怜的创作目的。

宋玉之前，楚地最为典型的抒情作品是屈原创作的《离骚》《九章》，显然这些作品最容易成为宋玉效法的对象。从文体功能上讲，屈原《离骚》《九章》诸诗体篇章，开创了“发愤以抒情”的传统，《九辩》承续这一创作传统而来，抒情是《九辩》文本表现出的一个鲜明特征。

从文本特征上看，《九辩》之前的《九歌》② 由不同篇章组构形成，《九歌》包含十一章，那么宋玉的这篇长文《九辩》起初是否分章呢？对于这个问题，现在已不容易弄清楚。但从宋玉以“九辩”命名来看，当是仿拟屈原《九歌》的择名形式，以古乐曲之名命篇。由此来看，《九辩》起初也应该是分章的。古人也多认为《九辩》分章，且存在八章、九章、十章、十一章等分歧，如洪兴祖《楚辞补注》分十章，朱熹《楚辞集注》分为九章。若准此，那么宋玉创作《九辩》采用分章的文本体征无疑也是受屈辞文体的影响。

从句式特征上看，《九辩》的句式也多是承袭屈辞“兮”字句式而来，即：○○○介词○○兮，○○○介词○○。

这是由屈原创制的律动性极强的句式，而且在其生成之初便同抒情紧密联系在一起。《九辩》是宋玉悲屈自伤之作，是抒发幽情的作品，而在此之前，屈原对抒情句式的开创使用，无疑为宋玉提供了很好的范例。从《九辩》文本来看，其间多有宋玉直接借用或化用屈原《离骚》《九章》诸作品中的句子，表明宋玉读到过屈原的作品，如“揽骓辔而下节兮，聊逍遥以相佯。岁忽忽而遒尽兮，恐余寿之弗将”“何时俗之工巧兮，背绳墨而改错！却骐骥而不乘兮，策驽骀而取路”。这可看作宋玉《九辩》所

---

① （宋）洪兴祖撰：《楚辞补注》，中华书局1983年版，第182页。

② 就作品时间来看，《九章》虽然在《九辩》之前，但其是否为屈原自己编订尚存在异议。

用句式受屈辞句式影响的直接证据。

但我们也要看到，《九辩》的句式是参差不齐的，并非完全一致，这其中的原因是多方面的，但最主要的，还当与那个时代文体意识普遍不强有关，宋玉的创作也不可避免地表现出这一点，这在其赋体文学创作中也有体现。

二　屈原辞文体对宋玉赋体创作的影响

刘勰在《文心雕龙·杂文》篇中云："宋玉含才，颇亦负俗，始造《对问》，以申其志，放怀寥廓，气实使之。……自《对问》以后，东方朔效而广之，名为《客难》。托古慰志，疏而有辨。扬雄《解嘲》，杂以谐谑，回环自释，颇亦为工。班固《宾戏》，含懿采之华；崔骃《达旨》，吐典言之裁……"[①] 刘勰将宋玉《对楚王问》、东方朔《答客难》、扬雄《解嘲》、班固《答宾戏》等归为同一体征的作品是恰当的。但刘勰这段论述也存在两点问题：一是，宋玉《对楚王问》、东方朔《答客难》、扬雄《解嘲》等作品，虽没有以赋名篇，但从文体类别上说，实属赋体文学，这也成为当下学者们的共识；二是，"对问"体例的篇章，实不应认为始于宋玉《对楚王问》，其实屈原《卜居》《渔父》已开问对创作之先河。宋玉《对楚王问》问对首引以明志言理的创作体例，应受到屈原《卜居》《渔父》创作体例的影响。如元人祝尧在《古赋辨体》卷三司马相如《子虚赋》的题解中说："赋之问答体，其原自《卜居》《渔父》篇来，厥后宋玉辈述之，至汉，此体遂盛。"[②]

正如上文我们在论述《卜居》《渔父》的文体特征时所说，问对体例在说理言志时，有其优越性：一是能够引出作者欲言之辞、欲说之理，问对开篇引文之后，变成一个人的独角戏，《卜居》最具此特点；二是设置

① 范文澜注：《文心雕龙注》，人民文学出版社1958年版，第254—255页。

② （元）祝尧：《古赋辨体》，载《赋话广聚》（第2册），北京图书馆出版社2006年版，第152—153页。

问对的双方言辞上的不同以驳难，这样辩的意味更浓，孰是孰非，孰优孰劣，使观者一目了然，《渔父》是这一特点的代表。宋玉问对言志明理赋体文学的创作不外乎这两种情况。如《对楚王问》，通过宋玉与楚顷襄王间的问对，为宋玉说理，引出了机会。

宋玉《大言赋》《小言赋》《钓赋》《御赋》等赋作，则是在楚王问完之后，由宋玉、唐勒等臣僚一一作对，这种问对无形中演变成了宋玉、唐勒、景差等对答方的比较，以展现他们的言辞能力、论辩能力，这种问对模式可看作对《渔父》问对体例的改进与发展。

从作品内容上看，宋玉另一类型的赋作是问对开首以状物描摹，这一类型的赋以《高唐赋》《神女赋》为代表。以问对开端从而引出状物描摹之辞，这种创作体式在屈原《招魂》的创作中已体现得非常明显，其中尤以楚美的状写为精彩。宋玉《高唐赋》《神女赋》的创作对此不能说没有借鉴。但从句式特征上看，在《高唐赋》《神女赋》中，宋玉极尽铺叙描摹之力状高唐、神女，其中使用了两种截然不同的句式，如《高唐赋》：

> 惟高唐之大体兮，殊无物类之可仪比。巫山赫其无畴兮，道互折而曾累。登巉巗而下望兮，临大阺之稸水。遇天雨之新霁兮，观百谷之俱集。……奔扬踊而相击兮，云兴声之霈霈。猛兽惊而跳骇兮，妄奔走而驰迈。虎豹豺兕，失气恐喙；雕鹗鹰鹞，飞扬伏窜。……仰视山巅，肃何千千。炫燿虹蜺，俯视峥嵘。窐寥窈冥，不见其底，虚闻松声。倾岸洋洋，立而熊经。①

又如《神女赋》：

① 吴广平编注：《宋玉集》，岳麓书社2001年版，第54—58页。

夫何神女之姣丽兮，含阴阳之渥饰。被华藻之可好兮，若翡翠之奋翼。其象无双，其美无极。毛嫱障袂，不足程式……奋长袖以正衽兮，立踯躅而不安。澹清静其愔嫕兮，性沉详而不烦。时容与以微动兮，志未可乎得原。①

不难看出，这其中包含两种句式：○○○介词○○兮，○○○介词○○和○○○○，○○○○。而第一种句式是《离骚》《九章》诸诗篇常用的咏叹意味颇浓的抒情句式；第二种四字句，干练简约，适合铺叙描摹，屈原在《招魂》中状宫廷、苑囿、乐舞之美时，所运用的就是这种句式。

刘勰在《文心雕龙·定势》中说“夫情致异区，文变殊数，莫不因情立体”②，刘勰这句话的意思是说，作者的情感气质各有不同，文章的创作手法也多种多样，但无不是根据自己所要表达的情感特点确定所使用的文体。这也就是说文体的选择，与所要表达的内容存在直接关系。宋玉状高唐、神女，应采用简练明快，适于描摹的四言，但在《高唐赋》《神女赋》铺叙之初，宋玉皆率先使用“○○○介词○○兮，○○○介词○○”这一抒情句式，显然并不恰当，这也表明，宋玉对屈原句式的继承缺乏自觉的文体思量，或许就是随着写作的深入，感觉别扭，才改为适于状物描摹的四言体。改用四言体，可谓做到了“因情而立体”。

第二节 《招魂》“楚美”铺写对汉代骋辞大赋的影响

《招魂》中的招魂辞，在屈原的艺术加工下，呈现出文辞优美，描摹细腻的特征，尤其是有关“楚美”的描写，已涉及宫宇、歌舞、饮食等描

① 吴广平编注：《宋玉集》，岳麓书社2001年版，第72页。

② 范文澜注：《文心雕龙注》，人民文学出版社1958年版，第529页。

写，且语辞夸饰。汉代辞赋作家的写作，因王侯之好，有意追求文辞的恢宏、精美。《招魂》“楚美”的描写，为此提供了很好的范例。

一　《招魂》“楚美”语辞的虚夸色彩

被流放江南之前，仕途上长期的挫折、困顿已经使屈原的精神、思想萎靡疲惫，楚顷襄王前期的江南之放，无疑使屈原的处境更加悲楚，而美政理想希望之光的渐趋破灭，会进一步加剧屈原精神上的苦痛。事实上，在屈原第一次被流放汉北时，就有过灵魂苦闷、心绪烦乱的状态，他曾通过创作诗文进行自我解愁，如作于汉北的《抽思》篇中云：“烦冤瞀容，实沛徂兮。愁叹苦神，灵遥思兮。……道思作颂，聊以自救兮。”[①] 除此之外，在屈原辞中还可以看到屈原多次表述希望通过一些行为活动等纾解忧愁的话语，如《思美人》中的“吾将荡志而愉乐兮，遵江夏以娱忧”“狂顾南行，聊以娱心”“舒忧娱哀”等，足可以证明屈原确实有自觉娱心解忧的意识。从根本上说，《招魂》正是屈原为舒缓初放江南时的苦闷郁结灵魂而作，如蒋骥所云：“《远游》近者欲使之远，《招魂》远者欲使之近，皆是放逐之余，幽邑瞀乱，觉此身无顿放处，故设为谩词自解，聊以舒忧娱哀。”[②]

只不过《招魂》的创作在立意谋篇上借鉴了传统招魂仪式及招魂辞的艺术形式，但又要看到，屈原《招魂》的创作经过文人艺术化的处理，已经冲破了传统招魂辞的樊篱，成为一种全新的创作。其中最为直接的一个标志是，《招魂》篇章的巨幅宏丽。传统招魂仪式中的招魂辞不可能如此鸿篇巨制。清人蒋骥说：“《招魂》序宫室女色饮食音乐之乐，与《大招》不同。《大招》是实情，《招魂》是幻语。”[③] 蒋骥所谓的这种不同可看作仪式招魂用辞与文人创作间的差异。就主体招魂辞而言，《招魂》通过艺

---

① （宋）洪兴祖撰：《楚辞补注》，中华书局1983年版，第141页。

② （清）蒋骥撰：《山带阁注楚辞》，上海古籍出版社1984年版，第236页。

③ （清）蒋骥撰：《山带阁注楚辞》，上海古籍出版社1984年版，第236页。

术化的加工，无疑使“美”更美，使“恶”愈恶，尤其是其中对于“楚美”的描写。

《招魂》的创作，屈原借助了巫祝招魂仪式的样式，这如同其借巫祭仪式、占卜仪式创作《九歌》《离骚》一般，其中许多文辞不宜坐实，如《九歌》神游、人神恋爱，《离骚》上天求女、灵氛占卜等，这些超现实艺术的描写实际服务于作者一定的写作目的。《招魂》“楚美”的描写也是如此。对楚美的描写，屈原从屋宇楼阁、充宫美人、琼玉芳华之饰、美食等方面展开，每个方面都极尽文辞之能事来铺写。如：

> 高堂邃宇，槛层轩些。层台累榭，临高山些。网户朱缀，刻方连些。冬有突厦，夏室寒些。川谷径复，流潺湲些。光风转蕙，泛崇兰些。经堂入奥，朱尘筵些。砥室翠翘，挂曲琼些。翡翠珠被，烂齐光些。蒻阿拂壁，罗帱张些。纂组绮缟，结琦璜些。室中之观，多珍怪些。①

实事求是地讲，这样的建筑、装饰，即便是君王天子也难以享有。屈原之所以极尽铺写之能刻画描摹如此华丽的宫宇，追求的就是珍异绝美之文辞所构建的美景、美乐、美食带来的视觉、听觉、味觉的冲击，以此来消解心灵上的苦闷，给心灵增加些许的快感。显然铺写描摹对象越是奇异，越是精美，越是珍贵，所带来的震撼性就会越大。因此这样的描写也注定会超越现实，不同于一般，进入虚夸的描写境地。《招魂》是屈原在特定时期娱乐精神的产物。

二　汉代骋辞大赋的兴起及内在写作要求

西汉初期，地方王侯秉承战国养士的风气，大量蓄养游说之士，其中

① （宋）洪兴祖撰：《楚辞补注》，中华书局 1983 年版，第 202—204 页。

尤以吴王濞与梁孝王武为盛。之后吴王濞因谋反而消亡，在此事件中，梁王有功，梁国逐渐富足起来。《史记·梁孝王世家》载："吴楚破，而梁所破杀虏略与汉中分。明年，汉立太子。其后梁最亲，有功，又为大国，居天下之膏腴地。地北界泰山，西至高阳，四十余城，皆多大县。""府库金钱且百巨万，珠玉宝器多于京师。"[①] 梁国的强盛富足，使得当时的名士相继奔向梁国，《梁孝王世家》载："招延四方豪杰，自山以东游说之士莫不毕至。"[②] 同时，梁孝王还是喜好文辞之人。枚乘、司马相如等著名文士也欣然前往。梁孝王鼓励创作、褒奖文士，宾主时常游玩唱和，辞赋创作之风渐渐兴盛。《西京杂记》卷四载："梁孝王游于忘忧之馆，集诸游士，各使为赋。枚乘为《柳赋》……路乔如为《鹤赋》……公孙诡为《文鹿赋》……邹阳为《酒赋》……公孙乘为《月赋》……韩安国作《几赋》不成，邹阳代作……邹阳、安国罚酒三升，赐枚乘、路乔如绢，人五匹。"[③] 这一记述鲜活地反映出彼时梁国辞赋创作的生动场面。

《西京杂记》对梁王文士们的这些赋作也做了存录。通过阅读这些作品，可以发现，文士们极力骋奢华之辞以状写所赋之物，如枚乘《柳赋》：

> 蜩螗厉响，蜘蛛吐丝。阶草漠漠，白日迟迟。于嗟细柳，流乱轻丝。[④]

虽然各篇篇幅较小，但尽辞力而状物的写作模式已经形成，为之后骋辞大赋的书写做了必要的准备。

从内容上看，梁国文士们的这些咏物赋，还有一个值得我们注意的地方，即是每一篇赋，在文末都有对藩王的赞美。如枚乘《柳赋》："君王渊

① （汉）司马迁：《史记》卷58《梁孝王世家》，中华书局2014年版，第2533页。
② （汉）司马迁：《史记》卷58《梁孝王世家》，中华书局2014年版，第2533页。
③ 《文渊阁四库全书》（第1035册），台湾商务印书馆1986年版，第17—18页。
④ （汉）刘歆等撰，王根林校点：《西京杂记》，上海古籍出版社2012年版，第32页。

穆其度，御群英而玩之。小臣瞽聩，与此陈词。”路乔如《鹤赋》在描写完白鹤后，也写道：“故知野禽野性，未脱笼樊，赖吾王之广爱，虽禽鸟兮报恩。”公孙诡《文鹿赋》云：“叹丘山之比岁，逢梁王于一时。”邹阳《酒赋》：“君王凭玉几、倚玉屏。举手一劳，四座之士，皆若哺粱肉焉。”[①]这种创作现象从根本上说是由宾主间的地位决定的，侍从文人为迎合王主之好，除辞赋创作精美之外，奉承劝美之言自然也必不可少。詹福瑞曾指出：“汉代围绕在皇帝和诸侯王身边的文学侍从之臣，主要是一批以文章名世，且以文章立足于朝廷的人。这些人的立身之本就是文章，以赋招，因赋得幸，辞赋写得好坏，直接影响到个人的遭际和命运。”[②]因此劝美的描写就成了文学侍从者辞赋创作的一种内在要求，这一点同样体现在稍后的散体骋辞大赋写作中。

将赋视为古诗之流，是汉代士人一种普遍的观念，如班固在《两都赋序》中云：“或曰：‘赋者，古诗之流也。’”[③]西汉文景时期，《诗三百》的经学地位确立以后，随着经学思想的扩展传播，汉人说《诗》之美刺两端，也慢慢影射到对赋作的批评上。如司马迁云：“相如虽多虚辞滥说，然其要归引之节俭，此与《诗》之讽谏何异。”[④]易闻晓指出：“汉儒授《诗》说赋的‘古诗’追溯，却是从观念上树立赋的《诗》学正统性，并要求其发挥《诗》学讽谏的现实功用。”[⑤]基于汉人这种观念，我们会发现在散体大赋作品中，在铺排繁描颂扬天子藩王山林苑囿之美后，又往往会带有一点点讽谏的尾巴。

虽然如此，文学侍臣的地位仍决定了他们的赋作“劝百讽一”的体例。枚乘《七发》与司马相如《子虚赋》《上林赋》最为典型地代表了这种创作。

枚乘与司马相如是汉初散体骋辞大赋创作的代表作家，两人也都曾是

① （汉）刘歆等撰，王根林校点：《西京杂记》，上海古籍出版社2012年版，第33页。
② 詹福瑞：《汉大赋的内在矛盾与文士的尴尬》，《文艺研究》2001年第6期。
③ （南朝·梁）萧统：《文选》，上海古籍出版社1986年版，第1页。
④ （汉）司马迁：《史记》卷117《司马相如列传》，中华书局2014年版，第3722页。
⑤ 易闻晓：《汉赋“凭虚”论》，《文艺研究》2012年第12期。

梁园著名文士。枚乘起初是吴王濞郎中，后来吴王欲反，枚乘进谏不被采纳，于是去吴适梁，随梁孝王游。七国之乱平息之后，枚乘名声大起，汉景帝召而拜为弘农都尉。但“乘久为大国上宾，与英俊并游，得其所好，不乐郡吏，以病去官。复游梁，梁客皆善属辞赋，乘尤高”①。

司马相如的经历、禀性与枚乘略有相似。起初，相如“事孝景帝，为武骑常侍，非其好也。会景帝不好辞赋，是时梁孝王来朝，从游说之士齐人邹阳、淮阴枚乘、吴庄忌夫子之徒，相如见而说之，因病免，客游梁”②。由此可见枚乘、相如都是喜好文学之人。他们皆以病称离而客游梁，则反映出为官并非他们的人生追求。他们以辞赋知名显贵，因此致力于辞赋写作，博得王侯之喜爱，仍是他们所追求的。因而恢宏壮阔的丽奢之辞铺写以颂美王侯，就成为汉初散体骋辞大赋写作的内在要求，《西京杂记》卷二载司马相如在回答友人盛览作赋心得时云：“合綦组以成文，列锦绣而为质，一经一纬，一宫一商，此赋之迹也。”③ 即是说以丝绸般华丽的辞藻组成赋的文采，以锦绣般的精美构思作为赋的内容。在这种创作意识下，必然要进行大量词汇的累积，如此，赋家则需要翻阅大量书籍，尤其是以文辞闻名的书籍。明人谢榛云：“汉人作赋，必读万卷书，以养胸次。《离骚》为主，《山海经》、《舆地志》、《尔雅》诸书为辅。又必精于六书，识所从来，自能作用。”④ 可见屈原作品是大赋作家们主要的学习对象。屈原对《招魂》“楚美”的铺排描写定然会格外引起大赋作家们的关注。

三　《招魂》“楚美”铺写在文辞性质、文本特征上对骋辞大赋创作的影响

清人刘熙载云：“枚乘《七发》出于宋玉《招魂》。”⑤ 对于刘熙载所

① （汉）班固：《汉书》卷51《枚乘传》，中华书局1962年版，第2365页。

② （汉）司马迁：《史记》卷117《司马相如列传》，中华书局2014年版，第3637页。

③ （汉）刘歆等撰，王根林校点：《西京杂记》，上海古籍出版社2012年版，第19页。

④ （明）谢榛著，宛平校点：《四溟诗话》，人民文学出版社1961年版，第62页。

⑤ （清）刘熙载：《艺概》，上海古籍出版社1978年版，第92页。

认为的宋玉作《招魂》，这里存异不论。他能指出《七发》出于《招魂》，无疑是看出了《招魂》对于《七发》创作的影响。其实不仅是《七发》，司马相如《天子游猎赋》中，也可见出《招魂》的影响。

从宏观结构体征上看，《七发》与《天子游猎赋》皆为虚设人物问对，以引出所赋言辞，在经历了一番宏大铺排描叙之后，又将其言辞归于讽谏。正如上文我们所指出的，篇末归于讽谏的写法，是受到经学美刺批评思想的影响，但其用言很少，实在包揽不住颂美宏大丽辞之洪瀑。何况《七发》《天子游猎赋》之所以得到王侯的喜爱，也实在是因其奢丽之文辞，因其恢宏之气势，而不在于其讽谏意义。班固就指出："汉兴枚乘、司马相如，下及扬子云，竟为侈丽闳衍之词，没其风谕之义。"① 刘勰也曾说："自《七发》以下，作者继踵。……观其大抵所归，莫不高谈宫馆，壮语畋猎；穷瓌奇之服馔，极蛊媚之声色；甘意摇骨体，艳词动魄识，虽始之以淫侈，而终之以居正。然讽一劝百，势不自反。"② 因此《七发》《天子游猎赋》最典型的地方，还是在于它们对山林宫苑的铺排描写，及其所展现出的恢宏气势。而这种描写，不论是在文辞性质还是文本体例上都可以看到《招魂》的影响。

从文辞性质上看，在《招魂》中，屈原对于"楚美"的描写多夸饰之语，文辞已超越现实，进入一种虚化的艺术描写，这种艺术性的抒写追求的是宏大侈丽之美，目的是带给感官一种珍奇的满足。《七发》与《天子游猎赋》在文辞上的追求显然受到《招魂》中这类描写的影响。《七发》列音乐、美食、车马、楼宇、游猎、观涛诸事，其中每一项的描写都极尽铺排，文辞意象绮丽，且时有神话传说幻语，如：

> 犓牛之腴，菜以笋蒲。肥狗之和，冒以山肤。楚苗之食，安胡之飰，抟之不解，一啜而散。于是使伊尹煎熬，易牙调和。熊蹯之臑，

① （汉）班固：《汉书》卷30《艺文志》，中华书局1962年版，第1756页。

② 范文澜注：《文心雕龙注》，人民文学出版社1958年版，第255—256页。

勺药之酱。薄耆之炙，鲜鲤之鲙。秋黄之苏，白露之茹。兰英之酒，酌以涤口。山梁之餐，豢豹之胎。小飰大歠，如汤沃雪。①

又如：

钟岱之牡，齿至之车，前似飞鸟，后类距虚。穱麦服处，躁中烦外。羁坚辔，附易路。于是伯乐相其前后，王良、造父为之御，秦缺、楼季为之右。此两人者，马佚能止之，车覆能起之。于是使射千镒之重，争千里之逐。②

从这两段铺写来看，单纯的骋辞虚写的特征是明显的。如对饮食的描写中“使伊尹煎熬，易牙调和”，对车马的描写中“伯乐相其前后，王良、造父为之御”，这些显然都是超现实的、意象化了的描写，是可遇而不可求的。这些描写连同珍词异藻一道构成了骋辞大赋的虚夸风格。

《天子游猎赋》的语辞风格也是如此，且较之《七发》更甚，尤其是对天子上林苑的描写。如：

独不闻天子之上林乎？左苍梧，右西极，丹水更其南，紫渊径其北；终始灞、浐，出入泾、渭。酆、鄗、潦、潏，纡余委蛇，经营乎其内。荡荡兮八川分流，相背而异态。东西南北，驰骛往来，出乎椒丘之阙，行乎洲淤之浦，经乎桂林之中，过乎泱莽之野。汩乎浑流，顺阿而下，赴隘陕之口。触穹石，激堆埼，沸乎暴怒，汹涌滂潰，滭浡滵汩，湢测泌瀄，横流逆折，转腾潎洌，澎濞沆瀣。穹隆云挠，蜿灗胶戾，逾波趋浥，莅莅下濑，批墋冲壅，奔扬滞沛，临坻注壑，瀺灂賈坠，湛湛隐隐，砰磅訇礚，潏潏淈淈，湁潗鼎沸，驰波跳沫，汩

① （南朝·梁）萧统：《文选》，上海古籍出版社1986年版，第1563—1564页。

② （南朝·梁）萧统：《文选》，上海古籍出版社1986年版，第1564页。

浥漂疾，悠远长怀，寂漻无声，肆乎永归。①

另外，《招魂》“楚美”铺写，在文本体征上对汉代散体骋辞大赋也有不小的影响。具体来说，表现在文本结构及所使用的句式上。

从铺写体例看，《招魂》“楚美”的描写是指向多元的，屈原从屋宇楼阁、充宫美人、琼玉芳华之饰、美食、乐舞、赌乐六个方面展开，这种描写不仅使所颂扬的对象层次感强，而且也更立体化。《七发》与《天子游猎赋》的写作显然学习了这一点，其中《七发》从音乐、美食、车马、宫宇、游猎、观涛诸方面展开；《天子游猎赋》中对上林苑的描写，则从山、水、离宫别馆、香木果树、奇禽异兽、游猎、宴乐诸方面展开。而从不同方面展开描写的创作样式，也成为状物骋辞大赋的一种文体特征。

从句式特征上看，《招魂》“楚美”的描写是一句状写一物象，两个半句均为四言，其中第二个半句有一个虚词“些”，若不计虚词，一句则是四、三言构成，这种简短明快的句式很适合描摹状物。如：

翡帷翠帐，饰高堂些。红壁沙版，玄玉梁些。仰观刻桷，画龙蛇些。坐堂伏槛，临曲池些。芙蓉始发，杂芰荷些。②

明显可见一句之中，前半句和后半句以句首的动词为纽带，形成非常紧密的关系。这样的句式显然是为描摹铺排而创制。

在《七发》与《天子游猎赋》的状物描摹中，所用句式也正是以四言为主体的句子，如《七发》中对于虞怀之宫的描写：

连廊四注，台城层构，纷纭玄绿。辇道邪交，黄池纡曲。溷章白鹭，孔鸟鹎鹄，鹓雏䴔䴖，翠鬣紫缨。螭龙德牧，邕邕群鸣。阳鱼腾

① （汉）司马迁：《史记》卷117《司马相如列传》，中华书局2014年版，第3657—3658页。
② （宋）洪兴祖撰：《楚辞补注》，中华书局1983年版，第206页。

跃，奋翼振鳞。①

可见所用均为四言句式。在对于游猎、车马的描写中，涉及动作的描写时，也常采用三言，如：

掩青蘋，游清风，陶阳气，荡春心，逐狡兽，集轻禽。

《天子游猎赋》中也多是这般。如对天子校猎的描写：

乘镂象，六玉虬，拖蜺旌，靡云旗，前皮轩，后道游；孙叔奉辔，卫公骖乘，扈从横行，出乎四校之中。鼓严簿，纵猎者，江河为阹，泰山为橹，车骑雷起，隐天动地，先后陆离，离散别追，淫淫裔裔，缘陵流泽，云布雨施。②

其中“乘镂象”“六玉虬”“拖蜺旌”等都是动宾结构，这与《招魂》“楚美”描写中“饰高堂”“画龙蛇”“杂芰荷”的用法是一致的。可见汉代骋辞大赋在句式的选择与运用上受到《招魂》句式的影响。

汉初状物骋辞大赋的作者，多数是地方藩王的门客，如枚乘曾先后追随吴王濞及梁孝王武；司马相如因汉景帝不喜好辞赋而客游梁国。而楚辞在汉初的传播，也恰恰是先在地方藩国兴起。如贾谊贬谪长沙，侧闻屈原楚辞；吴国庄忌拟楚辞而作《哀时命》，其后严助、朱买臣等也是因能说楚辞而贵显汉朝。枚乘起初为吴王宾客，他必然读到过以文辞著名的楚辞。诚如谢榛《四溟诗话》所云，“汉人作赋，必读万卷书，以养胸次。《离骚》为主，《山海经》、《舆地志》、《尔雅》诸书为辅”，工于辞赋的枚乘、司马相如等人必然都有广泛涉猎、学习前代优秀文辞作品的经历，以

① （南朝·梁）萧统：《文选》，上海古籍出版社1986年版，第1565页。
② （汉）司马迁：《史记》卷117《司马相如列传》，中华书局2014年版，第3677页。

文辞闻名的屈原辞，自然会在他们的学习范围之内。

况且从文本用辞来看，不论是《七发》还是《天子游猎赋》，虽叙写内容有别，但仍能看到化用《招魂》中的语句。如《招魂》中有“宫庭震惊，发《激楚》些。……郑卫妖玩，来杂陈些。《激楚》之结，独秀先些”①。《七发》中则有“于是乃发《激楚》之结风，扬郑卫之皓乐”；《天子游猎赋》中则有“荆吴郑卫之声……鄢郢缤纷，《激楚》结风”。这对于枚乘、司马相如等阅读过《招魂》，是十分有力的证据。

总之，屈原《招魂》中对“楚美”的描写篇幅较大，文辞精美，树立了一种状物的典范，给汉初大赋作家的辞赋创作提供了很好的文体范例。

第三节 《卜居》《渔父》对问对辩难言志赋体的影响

屈原辞在汉代的流传是广泛的，对汉代辞赋创作的影响是巨大的。除去上文所论及的《招魂》对汉代状物骋辞大赋的影响外，《卜居》《渔父》对于《答客难》《解嘲》《答宾戏》等问对体驳难言志赋的影响也是非常明显的。东方朔、扬雄、班固都是熟读屈原辞的人，如东方朔曾依屈辞而作《七谏》；扬雄悲屈原之文，曾“读之未尝不流涕也”②，并作有《反离骚》、《广骚》及《畔牢愁》；班固也曾作《离骚经章句》。这对于他们阅读过屈原作品是确证。

从根本上说，《卜居》《渔父》是贤士对社会现状及时代观念风气的驳斥，同时展现一己之意志，文中设定的问对双方，其实是代表不同价值观念的正反双方，其中反方正是作者所要驳斥的。这一点在《渔父》中尤为明显。《答客难》《解嘲》《答宾戏》诸篇，在文体功能与文本体征上与之

① （宋）洪兴祖撰：《楚辞补注》，中华书局1983年版，第210—211页。

② （汉）班固：《汉书》卷87《扬雄传上》，中华书局1962年版，第3515页。

一脉相承。

一　文体功能的影响

说到底，屈原的身份是士大夫，属于士阶层。战国时期，在崇圣尚贤的文化思潮下，士人有其独立的价值及内在要求，屈原早年树立起坚定的政治理想，“受命不迁”，希望“来吾道夫先路”，他“好修以为常”，努力做成一名贤士。但战国中后期的社会现实是，列国兼并战争激烈，礼崩乐坏，追求个人富贵的纵横家横行，腐朽的旧贵族势力依旧强大，尤其是在楚国这样较为传统的诸侯国中。在这种社会现实下，在各方利益的交叉冲突中，屈原这种正直、贞洁的贤士往往会遭遇谗毁与迫害。而且在当时的社会环境中也很难找到价值观念上的知音。《离骚》中设置“女嬃”之劝这一情节，让主人公变节改志，这对当时世俗对于屈原这种贤士的态度是一种很好的映射。

践行士人人格理想与价值理念的屈原信而见疑、忠而被谤。面对这样的遭遇，屈原必然要对世俗之观念进行驳斥，对士人之价值本然做进一步的追问。《卜居》《渔父》即是屈原在这种意念下创作的产物。

《卜居》《渔父》设置人物问对，《卜居》中是屈原和郑詹尹；《渔父》中是屈原和渔父。《卜居》篇中，屈原率先提出，“余有所疑，愿因先生决之”①。屈原之疑，正是社会之是非颠倒，价值观念之低俗扭曲，士人该何去何从的问题，屈原以八组“宁……将……”句式对比罗列出来，而郑詹尹对此竟说：“龟策诚不能知事”，他所代表的，或者屈原赋予这位人物的，正是当时多数士人对于社会病态的不关心、冷漠的态度。在《渔父》中，渔父作为屈原对立面的人物，更是劝屈原这样的贤士去改变、去随波逐流，以适应那个污浊的社会，这无疑正是屈原所反对与驳斥的。

因此我们不难发现，《卜居》《渔父》中的问对双方，就是价值观念不

---

① （宋）洪兴祖撰：《楚辞补注》，中华书局 1983 年版，第 176 页。

同的双方，创作目的是驳斥批判对方，即反方。只不过在《卜居》《渔父》中，屈原直接使自己出现在了正方的位置上。

随着屈原辞的流传，《卜居》《渔父》这种设置人物问对以展示士人一己之价值理念、志趣，批驳现实社会一些观念的文体形式，便慢慢成为一种驳论文体的典型体例，而驳难、批判也会成为这种问对体的功能，因而很容易为后世失意士人所效仿。《答客难》《解嘲》《答宾戏》等的创作，显然受此影响。

从作者身份上看，东方朔、扬雄、班固都属于士大夫阶层，他们在创作《答客难》《解嘲》《答宾戏》时，也都处在各自人生失意时期。《汉书·东方朔传》载："武帝既招英俊，程其器能，用之如不及。时方外事胡越，内兴制度，国家多事，自公孙弘以下至司马迁皆奉使方外，或为郡国守相至公卿，而朔尝至太中大夫，后常为郎，与枚皋、郭舍人俱在左右，诙啁而已。久之，朔上书陈农战强国之计，因自讼独不得大官，欲求试用。其言专商鞅、韩非之语也，指意放荡，颇复诙谐，辞数万言，终不见用。"① 这是《答客难》创作前，东方朔所面临的窘境，也是其创作《答客难》的原因。东方朔虽然常有诙谐，但作为士大夫，其内心仍希望被君王重用。"辞数万言，终不见用"的窘境，着实是一种尴尬，是人生的失意，也必然会引起同僚们的白眼与嘲笑。《答客难》文中，"客"虽是东方朔设定的人物，实际上代表的就是当时外界其他士人对他的态度与看法。东方朔在《答客难》中设置人物问对，将自己也放入文中，正是为自己的处境解围，对外界的偏见进行驳斥。因而，从功能上说，《答客难》的问对体与《卜居》《渔父》是相一致的。

扬雄创作《解嘲》时的情形与之相似。《汉书·扬雄传》载：

> 哀帝时，丁、傅、董贤用事，诸附离之者或起家至二千石。时雄

① （汉）班固：《汉书》卷65《东方朔传》，中华书局1962年版，第2863—2864页。

方草《太玄》，有以自守，泊如也。或言嘲雄以玄尚白，而雄解之，号曰《解嘲》。①

这里时人对于扬雄的嘲笑，源于士人之间的比较，同为士子，有人飞黄腾达，着青紫之衣，而扬雄却“位不过侍郎”，且甘守静默而作《太玄》，这给了得势者或那些喜爱依势利品评人物之人机会。扬雄创作《解嘲》正是对世俗势力观念的驳斥。在《解嘲》中，扬雄设置“客”嘲扬子之语，代表当时扬雄面临的舆论窘境。扬雄作答，即是解舆论之围。《解嘲》中，扬雄指出“世乱则圣哲驰骛而不足，世治则庸夫高枕而有余”，来说明治世之下，贤才不被用是正常的。但最根本的一点在于，彼时虽为治世，但朝廷却是十分污浊不清明，这也是扬雄重点揭示的。如他所言：

当涂者入青云，失路者委沟渠，旦握权则为卿相，夕失势则为匹夫……

当今县令不请士，郡守不迎师，群卿不揖客，将相不俛眉；言奇者见疑，行殊者得辟，是以欲谈者宛舌而固声，欲行者拟足而投迹。乡使上世之士处乎今，策非甲科，行非孝廉，举非方正，独可抗疏，时道是非，高得待诏，下触闻罢，又安得青紫？②

扬雄对当时大汉社会现实的揭示，与屈原在《卜居》中对“蝉翼为重，千钧为轻；黄钟毁弃，瓦釜雷鸣”的污浊社会的揭示是非常相似的。这也是扬雄所着重阐发的其不得志的根本原因所在。

由此看来，扬雄设“客”“我”问答以驳斥世俗之观念，以展己志的创作形式，不论是从文本内容性质上还是文体功能上，受《卜居》《渔父》

① （汉）班固：《汉书》卷87《扬雄传》（下），中华书局1962年版，第3565—3566页。

② （汉）班固：《汉书》卷87《扬雄传》（下），中华书局1962年版，第3568—3570页。

创作的影响是明显的。何况在《解嘲》中，扬雄在列举前世不得志之士时，明确提到“或横江潭而渔”，显然他读到过《渔父》，熟知屈原的事迹。

班固作《答宾戏》的情形，与东方朔作《答客难》、扬雄作《解嘲》时所面临的境况也是相类似的。《后汉书·班彪列传下》载：

> 及肃宗雅好文章，固愈得幸，数入读书禁中，或连日继夜。每行巡狩，辄献上赋颂，朝廷有大议，使难问公卿，辩论于前，赏赐恩宠甚渥。固自以二世才术，位不过郎，感东方朔、扬雄自论，以不遭苏、张、范、蔡之时，作《宾戏》以自通焉。①

班固在《答宾戏序》中云：“永平中为郎，典校秘书，专笃志于博学，以著述为业。或讥以无功，又感东方朔、扬雄自谕以不遭苏、张、范、蔡之时，曾不折之以正道，明君子之所守，故聊复应焉。”② 显然班固也有由被宠幸到失意的人生经历，班固明确以东方朔、扬雄自谕，则说明其与东方朔、扬雄之间有相似的人生困境。那么由此也可推断《答宾戏》的创作，最直接的仿效对象是《答客难》《解嘲》。通过阅读《答宾戏》文本，可以明显看出，《答宾戏》所表现出的文体功能也确实同《答客难》《解嘲》相一致，都可视为《卜居》《渔父》文体之流变。

二　文本体征的影响

《卜居》《渔父》最鲜明的文本体征是以双方人物的问对结构文本。问对的文本形式在我国文献中很早就已出现，甲骨文中的问占，西周早期史官对君王大臣议政的实录，因为有对话，其文本都是以问对的形式出现的。战国时期，纵横家们为演练说辞，开始有意虚设人物问对，这已与文

① （南朝·宋）范晔：《后汉书》卷40《班彪列传》（下），中华书局1965年版，第1373页。

② （汉）班固：《汉书》卷100《叙传》（上），中华书局1962年版，第4225页。

学的艺术虚化创作有了相似之处。但从本质上看，纵横家的说辞及史官对君臣问对的实录，仍属于政治性的史料文献，真正的文学性问对创作，要属庄子、屈原的作品。

屈原创作《卜居》《渔父》，是借人物问对以明志，并驳斥批判社会的流俗观念及污浊现实，从内容上看，这承续了战国士人的论辩意识。从形式上看，屈原虚设人物问对，且使自己出现在文中，追求的正是那种现场感、逼真感，让读者以为是如史官记事记言一般的实录，以致能更好地将读者带入文本。再一点，《卜居》《渔父》中，屈原所设定的双方，不仅仅是为自己引出一己之辞，其言论也被赋予现实意义，反方代表着屈原要驳斥、批判的观念。

从流传下来的文献看，以问对的形式结构文章，有着多种不同的写作目的，如庄子问对以说理，宋玉问对以骋辞，纵横家问对以取策之巧。屈原《卜居》《渔父》问对，则是为明己志而驳世俗，其中问对的双方实际是价值观念不同的双方。在文本中，作者通过双方对答，以抒己情、明己志，批现实，将失意不得志之缘由一并托出。西汉以来，随着屈原影响力的扩大，《卜居》《渔父》问对以述志的文体形式也必然会逐渐典型化。《答客难》《解嘲》《答宾戏》的文体形式受《卜居》《渔父》的影响是明显的，可视为《卜居》《渔父》文体形式在汉代的流变。

从文本上看，《答客难》中设客与东方朔问对，形成对立的双方，东方朔对于失意的不满，对于现实的驳斥，全因客之难而展开。同样，《解嘲》中扬雄以客之嘲引出自己对现实的批判。《答宾戏》中也是如此，只是班固并未像屈原、东方朔、扬雄那样，将自己放入文中，而是以客、主人的形象展开，但双方问对的模式不变，以此而抒发失意之情，批判现实的写作目的不变。同时，“客”的言论也正是作者所着力批判的。这与《卜居》《渔父》之问对模式相一致。

总之，屈原《卜居》《渔父》以问对而述志斥时的写作模式，在后世影响是巨大的，其流脉是久远的，除《答客难》《解嘲》《答宾戏》外，还有诸如崔骃《达旨》、张衡《应间》、郭璞《客傲》、韩愈《进学解》等，都是这种创作体例。

第四节 汉代拟骚诗与骚体赋异同的文体学探微

拟骚诗与骚体赋是文学史上公认的两个概念。一般来说，拟骚诗指《楚辞章句》中除屈原宋玉作品之外的所有拟骚作品；骚体赋指句式上多仿拟屈骚“兮”字句型，内容上多忧怨色彩的抒情赋体文学。虽然学界有这样一种基本共识，但时至当下对这两个概念的认知仍旧存在分歧。如徐志啸在《汉代拟骚诗产生与兴盛的原因》一文中说：“我们必须看到，拟骚诗的创作并不寂寞，至少从现存资料可知，当时一批较有影响的文人大多都有作品问世，计如：贾谊《惜誓》、淮南小山《招隐士》、东方朔《七谏》、严忌《哀时命》……贾谊《吊屈原赋》、《鹏鸟赋》……以及扬雄的《反离骚》、《广骚》、《畔牢愁》……”① 显然徐先生把贾谊《吊屈原赋》和《鹏鸟赋》视为拟骚诗，但通常学界把这两篇作品看作骚体赋的代表作。

赵敏俐在《歌诗与诵诗：汉代诗歌的文体流变及功能分化》一文中，对比散体赋和骚体赋的文体特征后说，“我认为有必要把骚体赋和散体赋分开，把骚体赋仍然划归于汉代诗歌史的范畴”②，这里赵先生虽然没有明确讲出是划为“拟骚诗”，但他主张“把骚体赋仍然划归于汉代诗歌史的范畴”，显然也是把骚体赋看作诗。

相反，把拟骚诗看作骚体赋的现象就更多了，如龚克昌说“骚体赋从西汉初年直至东汉一直绵延不断”，他在列举出了一些骚体赋作品，如贾

① 徐志啸：《汉代拟骚诗产生与兴盛的原因》，《贵州社会科学》1985 年第 3 期。

② 赵敏俐：《歌诗与诵诗：汉代诗歌的文体流变及功能分化》，《首都师范大学学报》（社会科学版）2007 年第 6 期。

谊的《吊屈原赋》《鹏鸟赋》、司马相如的《哀二世赋》《大人赋》后，又说道，“除上述作品外还有庄忌的《哀时命》、淮南小山的《招隐士》、东方朔的《七谏》…… 王褒的《九怀》、刘向的《九叹》、王逸的《九思》”①，明显把收入《楚辞章句》中的这些拟骚作品都看作骚体赋。袁行霈先生主编的《中国文学史》（第一卷）云：“在贾谊之后，还出现了一系列以悼念屈原为主题的骚体赋，诸如庄忌的《哀时命》、东方朔的《七谏》、王褒的《九怀》、刘向的《九叹》、王逸的《九思》等。尤其是《九怀》、《九叹》、《九思》等作品，一脉相承，九章成篇，体制固定，主体相类，作为骚体赋的一种体制，虽然规模未大，却具备了独有的格局。”②显然也把汉代的这些拟骚之作看作骚体赋。

既然拟骚诗和骚体赋是被学界承认了的两个概念，那么对于这二者指称下的作品，在认识上为什么还会有如此大的差别，甚至完全对立？

一　拟骚诗与骚体赋的原初写作及其异同体征

从名称上来看，拟骚诗与骚体赋都包含一个“骚”字，这表明它们的创作与屈原辞存在非常紧密的联系。屈原作品在汉代十分受欢迎，上至帝王，下至贫士，均不乏喜爱者。屈辞奇伟诡谲的华采丽章受到好辞的王侯贵族的喜爱；屈原悲忧的人生经历与怨愤情感色彩炽烈的骚体文学，又往往能使遭际不顺的士大夫产生共鸣，并有意效仿创作。拟骚诗与骚体赋就是仿效屈骚而创作的产物，只是仿效程度不同而已。

汉代赋体文学盛行，且世人已有明确的赋体创作意识，也自觉称自己作品为赋，如《司马相如列传》中载：“上读《子虚赋》而善之，曰：‘朕独不得与此人同时哉！’得意曰：‘臣邑人司马相如自言为此赋。’上惊，乃召问相如。相如曰：‘有是。然此乃诸侯之事，未足观也。请为《天子

① 龚克昌：《中国辞赋研究》，山东大学出版社 2003 年版，第 177 页。

② 袁行霈主编：《中国文学史》（第一卷），高等教育出版社 2005 年版，第 156 页。

游猎赋》，赋成奏之。'"① 可见《子虚赋》之篇题当时已有，时人也自觉称之为赋，如杨得意说“臣邑人司马相如自言为此赋”。司马相如所说“请为天子游猎赋，赋成奏之”，更是先命题后创作，足见赋体创作意识的自觉。

在这种赋体创作潮流下，当失意士大夫在叙幽情、表伤悼、叹人生之际，采用屈骚经典“兮”字抒情句式进行写作时，最后往往命题为赋，如《吊屈原赋》《悲士不遇赋》《洞箫赋》《遂初赋》等，这些赋作因采用楚骚“兮”字句构篇，所以学界称之为骚体赋。

《七谏》《哀时命》《九怀》《九叹》等作品的创作，则是纯粹仿拟屈原作品而来，采用与屈骚相似的句子，说一些屈原该说的话。在这些作品中，几乎看不到作者本人的身影，作品中的主人公多是屈原形象。因为没有作者本人的真情实感，这些作品给人一种无病呻吟之感，如王夫之在《楚辞通释·招隐士序》中就说：“《七谏》以下，无病呻吟，蹇涩肤鄙之篇。虽托屈子为言，其漠不相知，徒劳学步，正使湘累有灵，实应且憎。”② 又因为是单纯的仿拟写作，所以这些作品体现不出作者的文体意识。

但二者毕竟与“骚”存在紧密的联系，因而在文本体征上表现出一定的相似性，这种相似性可概括为以下三点。

第一，两种文体的文本都由“兮”字句式构成。这是二者最明显的共同点，毫无疑问都是仿拟屈原作品的句式形式而来。屈原作品的“兮”字句样式，大约有五种。

1. ○○○语助词○○兮，○○○语助词○○。

使用这种句式的屈原作品主要有：《离骚》《九章·惜诵》《九章·涉江》《九章·哀郢》《九章·抽思》《九章·思美人》《九章·惜往日》《九章·悲回风》。

---

① （汉）司马迁：《史记》卷117《司马相如列传》，中华书局2014年版，第3640页。

② （明）王夫之：《楚辞通释》，上海人民出版社1975年版，第165页。

2. ○○○兮○○，○○○兮○○。

使用这种句式的屈原作品主要有：《九歌·东皇太一》《九歌·云中君》《九歌·湘君》《九歌·湘夫人》《九歌·大司命》《九歌·东君》《九歌·河伯》。

3. ○○○兮○○○，○○○兮○○○。

使用这种句式的屈原作品主要有：《九歌·山鬼》《九歌·国殇》。

4. ○○○○兮，○○○○。

使用这种句式的屈原作品是《九章·怀沙》。

5. ○○○○，○○○兮。

使用这种句式的屈原作品是《九章·橘颂》。

若仔细研读拟骚诗和骚体赋的作品，会发现其作品文本所用“兮”字句式皆没超出屈辞这五种句式范围。如拟骚诗《惜誓》的句型为：○○○语助词○○兮，○○○语助词○○，诗句如“寿冉冉而日衰兮，固儃回而不息。俗流从而不止兮，众枉聚而矫直。或偷合而苟进兮，或隐居而深藏。苦称量之不审兮，同权概而就衡”①。使用这类句型的拟骚诗还有《哀时命》、《七谏·沉江》、《七谏·怨世》、《七谏·怨思》、《七谏·哀命》、《七谏·谬谏》以及《九叹》诸篇。

《九怀·危俊》的句式为：○○○兮○○，○○○兮○○。诗句如：

> 林不容兮鸣蜩，余何留兮中州？陶嘉月兮总驾，搴玉英兮自修。结荣茝兮逶逝，将去烝兮远游。径岱土兮魏阙，历九曲兮牵牛。聊假日兮相佯，遗光耀兮周流。望太一兮淹息，纡余辔兮自休。②

与这一句式相同的拟骚诗还有《九怀·昭世》《九怀·思忠》《九怀·陶壅》《九思·疾世》《九思·遭厄》《九思·伤时》《九思·守志》。

---

① （宋）洪兴祖撰：《楚辞补注》，中华书局1983年版，第229—230页。

② （宋）洪兴祖撰：《楚辞补注》，中华书局1983年版，第271—272页。

《九思·逢尤》句式为：〇〇〇兮〇〇〇，〇〇〇兮〇〇〇。诗句如：

天生我兮当暗时，被诼谮兮虚获尤。心烦愦兮意无聊，严载驾兮出戏游。

周八极兮历九州，求轩辕兮索重华。世既卓兮远眇眇，握佩玖兮中路躇。

羡咎繇兮建典谟，懿风后兮受瑞图。愍余命兮遭六极，委玉质兮于泥途。①

《九怀·株昭》的句式为：〇〇〇〇兮，〇〇〇〇。诗句如：

悲哉于嗟兮，心内切磋。款冬而生兮，雕彼叶柯。

瓦砾进宝兮，捐弃随和。铅刀厉御兮，顿弃太阿。

骥垂两耳兮，中坂蹉跎。蹇驴服驾兮，无用日多。②

骚体赋作品中所使用的句子类型也同样没有超出屈原作品中所用句式类型的范围，如贾谊《吊屈原赋》首段主要是“〇〇〇〇兮，〇〇〇〇”句型，赋句如“恭承嘉惠兮，俟罪长沙。侧闻屈原兮，自沉汨罗”，而“谇曰”这段句式主要是“〇〇〇语助词〇〇兮，〇〇〇语助词〇〇”，如“袭九渊之神龙兮，沕深潜以自珍。偭蟂獭以隐处兮，夫岂从虾与蛭螾”。又如司马相如《大人赋》：

世有大人兮，在乎中州。宅弥万里兮，曾不足以少留。悲世俗之迫隘兮，朅轻举而远游。乘绛幡之素蜺兮，载云气而上浮。建格泽之长竿兮，总光耀之采旄。垂旬始以为幓兮，曳彗星而为髾。掉指桥以

① （宋）洪兴祖撰：《楚辞补注》，中华书局1983年版，第314页。

② （宋）洪兴祖撰：《楚辞补注》，中华书局1983年版，第279页。

偃蹇兮，又旖旎以招摇。揽欃枪以为旌兮，靡屈虹以为绸。红杳眇以眩湣兮，猋风涌而云浮。驾应龙象舆之蠖略逶丽兮，骖赤螭青虬之蚴蟉蜿蜒。①

可以看到，句式虽有变化，既有“○○○○兮，○○○○”式，又有“○○○语助词○○兮，○○○语助词○○”式，但仍没有超出屈骚句式类型范围。

第二，两种文体都是抒情文体。拟骚诗中的“余”“吾”“予”“我”，虽多是屈原形象或屈原作品中的主人公形象，不是作者本人，但无疑都是在抒发各种忧怨不平的情感，代屈抒情也是抒情。骚体赋的抒情性体现在，文中的抒情主人公多是作者本人，所抒之情是作者对一己之遭遇，或是对某个事件、现象、问题的感叹、想法。除贾谊《吊屈原赋》、司马相如《大人赋》及梁竦《悼骚赋》与屈原作品或屈原事迹有关外，其余骚体赋的篇章内容与屈原并无关涉。

第三，不论是拟骚诗还是骚体赋，一些篇章的末尾常有“乱辞”，或相当于“乱辞”的总结性的语句。拟骚诗《七谏》《九怀》《九思》的篇末有“乱曰”，《九叹》每章之后皆有“叹曰”；骚体赋中，刘彻《李夫人赋》、王褒《洞箫赋》、扬雄《太玄赋》、刘歆《遂初赋》、班固《幽通赋》篇末都有“乱曰”，张衡《思玄赋》篇末有“系曰”，这也是承袭屈原作品而来。屈原作品中的一些篇章常有“乱辞”，如《离骚》《涉江》《哀郢》《抽思》等篇，王逸以为“乱，理也。所以理词指，总撮其要也”，洪兴祖引《国语》说“《国语》云：共辑之乱。辑，成也。凡作篇章既成，撮其大要以为乱辞也”②。显然在屈原的诗篇中“乱曰”已不同于作为乐章结尾之“乱”，但二者之间存在承袭关系是可能的。而能肯定的是，拟骚诗和骚体赋中作为篇章体式一部分的“乱曰”，必定是承袭屈原作品

① （汉）司马迁：《史记》卷117《司马相如列传》，中华书局2014年版，第3703页。

② （宋）洪兴祖撰：《楚辞补注》，中华书局1983年版，第47页。

而来的。

通过以上所论，可以得出拟骚诗与骚体赋就文本体征上讲，确实有许多相同点，这些相同点也恰恰是屈辞诗篇文本所具有的特点。显然不论是拟骚诗还是骚体赋，其创作皆是承袭、仿拟屈原作品而来的，这或许也是学界将二者混同的原因。

对于拟骚诗和骚体赋间的区别，同样也可从三个方面来谈。

第一，最直观地讲，从篇名上看，骚体赋诸篇的篇题都直接冠以“赋”名，可以直接根据篇名来判定文体性质，如《吊屈原赋》《鹏鸟赋》《士不遇赋》《悼骚赋》。褚斌杰在《中国古代文体概论》中给“骚体赋”定义时就说：“所谓‘骚体赋’是指在体制上极力模仿‘楚辞’并且以赋名篇的作品。”① 即突出以“赋”名篇。郭建勋在判定骚体赋时，主要依两个基本标准，其中一个也是“明确地用‘赋’作为作品的称名”②。而拟骚诗在篇名上依然是仿效屈原作品的命名方式，篇题主旨体现出忧愁、悲伤、不遇时的特点，篇题名称不直接反映作品的文体性质。

第二，从抒情方式及所抒发内容上看，拟骚诗多为代言，可称作代言体诗。如上文我们所说，其抒情主人公并不等同于作者，文本中抒情主人公多是屈原形象或屈原作品中抒情主人公形象，作者更多的是在模拟屈原说话，或代屈原说话，这样在内容上与屈原作品有许多相似之处，因此也有学者称这些拟骚诗具有传体文学性质。

骚体赋的题材是丰富的，既有与屈原事迹相关的内容，也有与屈原毫不相干的内容。文本中抒情主人公多是作者本人，所抒之情也多是作者自己的一己之情怀。因此骚体赋自身所能具有的“骚”的色彩，怕是全部体现于句式中所用“兮”字这一点上。

第三，从句式和用韵方面看，二者也有较多差异。上文我们在讲述二者的共同点时，已稍微提了一些二者的差异，即二者虽同用“兮”字句式

① 褚斌杰：《中国古代文体概论》，北京大学出版社1984年版，第95页。

② 郭建勋：《骚体赋的界定及其在赋体文学中的地位》，《求索》2000年第5期。

结构文本，且“兮”字句型都没有超出屈原作品“兮”字句式范围。但拟骚诗的篇章往往是较为固定地使用一种句式类型，句子增减字也少，使得文本看起来较为整齐。骚体赋则不然，一些篇章中往往会有两种或两种以上的句式类型，除上文我们所举《吊屈原赋》的例子外，其他还有《大人赋》《悲士不遇赋》《士不遇赋》等，文本中句式常有变换，如《大人赋》：

> 世有大人兮，在于中州。宅弥万里兮，曾不足以少留。悲世俗之迫隘兮，朅轻举而远游。乘绛幡之素蜺兮，载云气而上浮。建格泽之长竿兮，总光耀之采旄。垂旬始以为幓兮，抴彗星而为髾。掉指桥以偃蹇兮，又旖旎以招摇。揽欃枪以为旌兮，靡屈虹以为绸。红杳眇以眩湣兮，猋风涌而云浮。驾应龙象舆之蠖略逶丽兮，骖赤螭青虬之蚴蟉蜿蜒。低卬夭蟜据以骄骜兮，诎折隆穷蠼以连卷。沛艾赳螑仡以佁儗兮，放散畔岸骧以孱颜。跮踱輵辖容以委丽兮，绸缪偃蹇怵㚇以梁倚。纠蓼叫奡踏以艐路兮，蔑蒙踊跃腾而狂趭。莅飒卉翕熛至电过兮，焕然雾除，霍然云消。①

从中我们可以看到，句式的变化是非常明显的，由“○○○○兮，○○○○”式到“○○○语助词○○兮，○○○语助词○○”式，又到“○○○○○语助词○○兮，○○○○○语助词○○”式，其间还杂有一些长句，在一定程度上已有了散文化倾向。当然也有一些骚体赋的句式还是整齐的，如《李夫人赋》《太玄赋》《遂初赋》《北征赋》《幽通赋》等，多用“○○○语助词○○兮，○○○语助词○○”句型，与《离骚》句式相同，形式较为固定。

从用韵方面看，拟骚诗的句子基本是合乎韵律的，有的诗篇甚至好几

① （汉）司马迁：《史记》卷117《司马相如列传》，中华书局2014年版，第3703页。

句使用同一韵部，如《哀时命》开头六句全在“之部”韵：

哀时命之不及古人兮，夫何予生之不遘时。(之部)
往者不可扳援兮，徕者不可与期。(之部)
志憾恨而不逞兮，杼中情而属诗。(之部)
夜炯炯而不寐兮，怀隐忧而历兹。(之部)
心郁郁而无告兮，众孰可与深谋？(之部)
欿愁悴而委惰兮，老冉冉而逮之。(之部)①

又如《九怀·思忠》：

登九灵兮游神，静女歌兮微晨。(文部)
悲皇丘兮积葛，众体错兮交纷。(文部)
贞枝抑兮枯槁，枉车登兮庆云。(文部)
感余志兮惨栗，心怆怆兮自怜。(真部)
驾玄螭兮北征，向吾路兮葱岭。(耕部)
连五宿兮建旄，扬氛气兮为旌。(耕部)
历广漠兮驰骛，览中国兮冥冥。(耕部)
玄武步兮水母，与吾期兮南荣。(耕部)
登华盖兮乘阳，聊逍遥兮播光。(阳部)
抽库娄兮酌醴，援瓟瓜兮接粮。(阳部)
毕休息兮远逝，发玉轫兮西行。(阳部)
惟时俗兮疾正，弗可久兮此方。(阳部)
寤辟摽兮永思，心怫郁兮内伤。(阳部)②

① （宋）洪兴祖撰：《楚辞补注》，中华书局 1983 年版，第 259—260 页。
② （宋）洪兴祖撰：《楚辞补注》，中华书局 1983 年版，第 276—277 页。

从中我们可以看出《思忠》篇的用韵是非常整齐的。

骚体赋的篇章也有用韵的现象，但并不严格，一篇之中一些句子合乎韵律，一些句子又不合韵，如班固《幽通赋》：

> 系高顼之玄胄兮，氏中叶之炳灵。（耕部）飖凯风而蝉蜕兮，雄朔野以飏声。（耕部）皇十纪而鸿渐兮，有羽仪于上京。（阳部）巨滔天而泯夏兮，考遘愍以行谣。（宵部）终保己而贻则兮，里上仁之所庐。（鱼部）懿前烈之纯淑兮，穷与达其必济。（脂部）咨孤蒙之眇眇兮，将圮绝而罔阶。（脂部）岂余身之足殉兮，违世业之可怀。（微部）①

从中我们可以看出，前两句是合韵的，都在“耕部”，之后几句不合韵，到六、七句时，又都在“脂部”。这可以看作骚体赋用韵情况的一个缩影，《哀二世赋》《悲士不遇赋》《太玄赋》《遂初赋》等用韵情况皆与此相类，一篇之中时用时不用。从这一点上讲，骚体赋确实已体现出亦诗亦文的特点。

二 拟骚诗与骚体赋认知混同原因探析

至今学界对拟骚诗与骚体赋的认识仍存在混同，如上文所说，首先缘于二者在文本体征上确实存在相似性，从直观上模糊了二者间的文体界限；其次则是因为当下学界对于文体概念的认识并不统一。

从文本体征上说，拟骚诗与骚体赋之间的这种相似性，源自二者皆是对屈原作品的仿拟，那么从一定程度上说，对于屈原作品文体性质的认识，就影响甚至决定着人们对于这些拟骚诗与骚体赋文体性质的判断。

在汉代，赋是文学创作的主流。对于赋体的性质和来源，汉人有他们自己的认识，刘勰在《文心雕龙·诠赋》中对此有一个很清晰的概括性说明：

① （南朝·梁）萧统：《文选》，上海古籍出版社 1986 年版，第 635—636 页。

《诗》有六义，其二曰赋。赋者，铺也，铺采摛文，体物写志也。昔邵公称："公卿献诗，师箴赋。"《传》云："登高能赋，可为大夫。"……刘向明"不歌而诵"，班固称"古诗之流也"。①

这里"不歌而诵"与"古诗之流"，可以看作汉人对赋体认识的共识。刘安《离骚传》说："《国风》好色而不淫，《小雅》怨诽而不乱。若《离骚》者，可谓兼之。"② 把《离骚》与《国风》《小雅》对举，就分明是把《离骚》当作《诗》之流。刘歆《被公诵楚辞》中说"孝宣皇帝诏征被公，见诵楚辞。被公羊裘，母老，每一诵，辄与粥"③，班固《汉书·严朱吾丘主父徐严终王贾传（下）》也有相似的记载，"宣帝时修武帝故事，讲论六艺群书，博尽奇异之好，征能为《楚辞》九江被公，召见诵读"④，由此可以得出，在汉人看来《楚辞》是诵的，这合乎刘向所说的"不歌而诵"。

这样在汉人的眼中，屈原作品既是"古诗之流"，又是"不歌而诵"，完全符合他们对于赋体的认识，所以在汉人眼中屈原作品就是赋。那么在这种认识下，《楚辞》中的拟骚作品被认为是赋，在汉代就是自然而然的事了。时下一些学者将拟骚诗也认定为骚体赋，无疑是承续了汉人的这一认识。

魏晋以来，随着文学意识的自觉，世人辨体意识也随之增强，魏晋六朝学者的文论著作、编辑著作中，已鲜明地表现出他们的这种辨体意识。如曹丕在《典论·论文》中开始将文分为"四科八体"。之后的陆机在《文赋》中依"文"的不同特征，将"文"分作十类，其中他说"诗缘情而绮靡，赋体物而浏亮"⑤，明确将"诗"与"赋"区别开来，"诗缘情"

① 范文澜注：《文心雕龙注》，人民文学出版社 1958 年版，第 134 页。

② （宋）洪兴祖撰：《楚辞补注》，中华书局 1983 年版，第 49 页。

③ 转引自李诚、熊良智主编《楚辞评论集览》，湖北教育出版社 2003 年版，第 9 页。

④ （汉）班固：《汉书》卷 64《严朱吾丘主父徐严终王贾传（下）》，中华书局 1962 年版，第 2821 页。

⑤ （晋）陆机撰，张少康集释：《文赋集释》，上海古籍出版社 1984 年版，第 71 页。

的提法和认识也与先秦“诗言志”说有了本质的不同，开始摆脱“诗”自先秦以来政治性、功利性的一面，指向个体文人本身。钟嵘在《诗品序》中对此有更为详尽的阐发：

若乃春风春鸟，秋月秋蝉，夏云暑雨，冬月祁寒，斯四候之感诸诗者也。嘉会寄诗以亲，离群托诗以怨。至于楚臣去境，汉妾辞宫；或骨横朔野，魂逐飞蓬；或负戈外戍，杀气雄边，塞客衣单，孀闺泪尽；或士有解佩出朝，一去忘返；女有扬蛾入宠，再盼倾国。凡斯种种，感荡心灵，非陈诗何以展其义？非长歌何以骋其情？①

显然他们对于诗的认识，都看重其个体抒情的特征，那么若依这种认识标准，屈原的大部分作品、汉代拟骚作品，以及抒情为主的骚体赋都会被看作诗，因为它们都是抒情作品，且又都有着相似的文本体征。

如今学界仍有学者将二者指称下的作品混同，忽视二者间的差异性，当与他们接受前人对于“赋”、对于“楚辞”文体的认识有关。若从汉人对赋的认识“不歌而诵”“古诗之流”的角度看，则屈原作品被视为赋，自然收入《楚辞》的汉代拟骚作品也会一同被视为赋作。到了魏晋时期，随着文学自觉意识的普遍增强，辨体意识也在萌生，从陆机“诗缘情而绮靡，赋体物而浏亮”开始，对于诗与赋开始正式做出区分，“缘情”被看作诗区别于赋的特点，在这种文论观念下，屈原作品显然又是诗，以抒情为主的骚体赋也会被认为是诗。若学界对于文体概念仍秉持不同的认识，那么对拟骚诗与骚体赋的混同就不可能得到解决。

三　拟骚诗与骚体赋文体辨正

如第一章中我们所论，我国早期文体的生成与仪式礼制有紧密的关

① （南朝·梁）钟嵘著，萧华荣注：《〈诗品〉注译》，中州古籍出版社1985年版，第48页。

系，它们因仪式礼制的需要而生，并承担起相应的功能。适用仪式场合的不同，承担功能的不同，成为区分这些早期文体的基本依据。但从文艺理论视角看，先秦时期并没有产生自觉的文体意识，甚至直到魏晋出现文论作品后，文论家们对于文体的认识仍旧是有片面性的。同样他们对赋体、诗体的定性也是如此，往往以某一类诗赋，或者诗赋文本的某一特征来给诗赋下定义，这必然会导致片面，也为产生分歧埋下了伏笔。

诚如前文我们所说，文体概念的内涵应当至少包括两个方面，即文章之体类与文本之体征。文章之体类是指不同的文体类别，如在我国古典文学的范畴中，主要的文体类别有：诗、散文、赋、小说、戏剧；文本之体征指具体某一文类下，其作品文本所表现出来的独特文本特征，如诗体文类下，有四言体、五言体、七言体等。明于此，则文本体征特点在古典文学范畴中不宜拿来作为区别文体类别的准则。相同的文本体征不一定是同一文类，如诔、铭大都为四言体；而同一文类也不一定具有相同的文本体征。所以今天若要我们来回答什么是诗、什么是赋、什么是小说等问题，就不能仅仅拿某一体类下的具体作品的文本体征，或某一文类的一种属性作为依据，而是应该对诗或赋有一个全面的、整体性的认识。如诗体可以言志，也可以抒情，但也有叙事诗，如杜甫的一些诗作；也有以议论入诗的，如宋代的一些诗作。因此就不能把诗的某一特征看作诗区别于其他文体的根本依据。同样，赋虽然有“不歌而诵”的特点，但不能拿这一点来框定赋的概念，或是作为区别于其他文体的依据，魏晋时期还出现了俳赋，它们是合韵律的，就不一定是“诵”了，或许还可以唱；而汉代抒情小赋的出现，也使得“体物写志”的说法有了局限性。所以现如今再界定这些文体类型时，就不能再限于具体文本体征或依有一定时代局限性的文论思想来指导我们的研究，而是应当放眼整个中国古代文学史，以一种全面的、客观的眼光来看待任何一种文体类别。

不论是拟骚诗还是骚体赋，都是仿拟屈原作品而来的，拟骚诗可以说是直接脱胎于屈原作品；骚体赋虽然在内容上大多已脱离了屈原色彩，但在形式上依然披着屈原作品的外衣，因而不可否认两种文体之间存在一定的交叉，这也是由那个时代的文学特点决定的。战国以来至汉初，我国抒情文体的种类是有限的，诸子散文、纵横家辞令的文体形式不适于用来抒情。《诗三百》又一直与政治教化联系在一起，至西汉文景时期，又立博士，纳入经学范畴，《诗三百》的这一“身份”，使得个体文人也很难采取它的艺术样式来抒发个人情感。因而只有屈原作品这一典型的抒情作品形式可供文士借鉴。

就屈原作品来看，《离骚》《天问》《九章》等篇章的创作，采用自西周以来的讲文采、语辞、以雅言行文的赋法创作。创作目的，文本本身具有的功能，则与西周王室逐渐衰微后正直的公卿士大夫作诗讽谏、抒怀是一脉相承的。屈原无辜受到小人谗害，内心十分枉屈，而君王又是非不明，因此必然会选择一种适合咏叹的句式来抒发内心不平，选择一种质问的短句来使君王反思历史背后的道理。任何一种创作，其形式都是服务于内容的表达与抒发。先秦对于文体的界定不是看其形式，而是看其内容与功能，诗在先秦，就是指向事件、内容、情怀。何况就形式上讲，屈原《离骚》《天问》《九章》诸篇章句式整齐、用韵规整，定性为诗没有任何问题。

屈原之后，楚有宋玉、唐勒、景差，他们虽然也以辞赋见长，采用与屈原相同的讲究文采的赋法创作、雅言创作，却走向了娱乐君王、服务于君王享乐之途，这与屈原创作背道而驰。但可以肯定的是，赋在宋玉时已然成体，《高唐赋》《神女赋》《大言赋》《小言赋》的创作已能证明这一点。西汉以来，文学创作首先是在地方藩国兴盛，各侯王召集宾客组成文学集团，其创作正类似于战国晚期楚顷襄王周围宋玉等人的创作，以满足王的言语辞赋之好，屈宋之华彩丽章成为他们创作效仿的对象，因而汉初率先兴起的就是《七发》《子虚》等以语辞见长的王公游猎享乐景象的大赋文学。随着这种文学创作的风气由地方向汉统治中心转移，尤其是像汉武帝这般喜好辞赋的君王倡导，以雅言文采见长的赋法创作蔓延开来，表现范围也逐渐扩大，言志、抒情、游历、述怀都可以采用赋法来创作，且都以赋名篇，而不再仅仅局限于宫殿、游猎题材的描写。采用赋法，借助屈原“兮”字咏叹句式来抒一己之幽情的骚体赋，就是这种创作环境下的产物，因此将骚体赋看作赋体文学没有问题。

拟骚诗的创作因直接仿拟《离骚》《九章》等作品，没有作者本人的文体意识，对于其文体性质的认定，只需定性屈原作品中《离骚》《九章》等篇章的文体性质即可，而正如上文我们分析《离骚》《九章》在文体性质上应当被定性为诗，《离骚》《九章》等篇章不仅符合先秦诗的特质，而且符合现在我们对于古典诗歌的认识。如上文所提及，一是其句子合乎韵律，王力先生的《楚辞韵读》已经将其用韵标的十分详细。二是句式整齐有节奏，主要和其句中实词、语助词以及叹词“兮”的有序组合有关。准此，那么把《楚辞》中的汉代拟骚作品定性为诗，则是没有问题的。所以从根本上说，骚体赋与拟骚诗是在不同文体创作意识支配下，在不同创作目的下完成的，这决定了二者不可能归为同一文类。况且拟骚诗与骚体赋在文本体征上也表现出了一定的差异，如拟骚诗的句式更为整齐，用韵也十分规整；骚体赋则不同，不但句式多变，而且用韵时有时无。另外，骚体赋大多承袭了赋体文学问对以首引的创作体例，这也是拟骚诗所不具备的。

通过以上所论，从文体学视角来看，拟骚诗与骚体赋在文本体征上确实存在相似性，这种相似性源于二者都是仿拟屈原作品的句式而来，这也模糊了二者的文体界限，是导致后世对二者认识混同的原因。但对于文体类别的区分，我们不能以具体文本体征的相同或不同为依据，还是应着眼于作者创作时的文体意识及创作目的。西汉初期，地方文学以赋法创作为尚，文学中心向中央转移后，赋体创作蔓延开来，言志、述怀、游猎、宫殿皆可用赋体来表现。汉人为抒幽情，采用楚骚抒情句式并以赋命篇的骚体赋就是这种创作风气的产物。骚体赋的创作体现出作者原初创作时的赋体文学意识与创作目的。拟骚诗不论是形式还是内容，多是仿拟《离骚》

《九歌》而作，丝毫体现不出作者本人的文体意识，从当下文体理论来看，《离骚》《九章》为诗体，也就决定了《七谏》《哀时命》《九怀》《九叹》等拟骚作品的诗体性质。因此拟骚诗与骚体赋属于不同文类，二者不可混同。

结　语

二十世纪八十年代开始，文体学研究兴盛起来，从文体学视角研究屈原辞也始于那一时期。因为受到西方文体观念的影响，学界对文体内涵的理解并不一致，这也导致对屈原辞文体的研究存在一些问题与不足，我们选择屈原辞文体研究这一课题，就是试图弥补一些不足。依照当下对文学的认识，文学是语言的艺术，那么研究文学，就是从语言开始。但我国在先秦时期，尤其是战国之前，并无类似于当下我们所理解的文学的观念。战国以前所产生的文类，与仪式、礼制关系紧密，各类文章承担相应的功能，任何语言的雕饰、写作技巧的运用，也均是为更好地服务于其功能，而不是增强艺术性，艺术性更像是一种无目的而合目的的客观存在。因此对于屈原辞文体的研究，笔者的重点没有放在分析意象、语辞等外在形式上，而是选择从其创作目的、文辞功能、艺术构思等方面分析，这也更符合那个历史语境中的文体内涵。

从文章体类上看，屈原辞既有诗体，又有赋体。诗体体类下的篇章是《离骚》《天问》《九章》《九歌》。其中《九歌》是屈原改作于南楚沅湘间的巫祭乐歌，屈原虽然更定其词，但改变不了乐歌的性质。《离骚》《九章》《天问》多抒幽情、刺谗佞、警君王，与西周中期以来士大夫刺时伤世的变风变雅创作一脉相承。赋体体类下的篇章是《卜居》《渔父》《招魂》，赋的初始含义是雅言的言说、写作，后衍生出直陈、铺排之义，这种直陈、铺排往往以问对的形式展开或引出，《卜居》《渔父》虚设问对以明理述志；《招魂》则以问对首引，引出精美的招魂辞。

但又要看到，屈原辞各体类下的篇章，其文本特征并非完全一致，这一点在屈原诗体各篇章中体现得尤为明显，这是屈原“因情而立体”的创作体现，如《离骚》中，屈原并没有在其中直接说话，而是托于一位巫觋形象替自己说话，屈原的这一选择当然有他的目的，看重的是巫觋自身所具有的独特特质与神力，托言于巫，会收到更好的言说效果。又因《离骚》是屈原以抒情为目的的作品，必然会采用一种节奏感强的咏叹句式。《天问》与之不同，《天问》的创作背景是屈原对旧贵族斗争失败，楚国再次亲秦，而自己也被流放汉北，为此屈原有满腹的怒气、怨气、痛惜之气，当他在汉北看到楚先王用于兴政、训政的宗庙壁画时，睹画而兴怀，往昔先王兴政之用心与当下之庸政形成鲜明对比，屈原依壁画而创作《天问》，《天问》开题画文学之先，可认定为题画体。但屈原要以怎样的形式来呈现壁画内容呢，为了让君王明白壁画中那些经典王朝兴亡事件中的道理，屈原采用问句的形式，问句的优点在于容易引发人的思考，更容易将壁画内容背后的道理揭示出来。同时质问的句式又可以消解屈原内心的不平之气。因为屈原要追求问句的力量，问句便不宜过长，四言正合适，所以学者们也称之为“问句体”“四言体”。文中我们对《九歌》《招魂》等篇章的论述，也是采用这样一种思路。可以说屈原有极强的创作自觉性，他知道不同的意志与情感采用怎样的体式来表达能收到更好的效果。也就是说，任何艺术形式的使用皆服务于其创作目的。

正如我们一再引述的刘勰《文心雕龙·定势》篇中的那句话：“夫情致异区，文变殊术，莫不因情立体，即体成势也。”即不同的情感、意志，作家会选择不同的文体去表达，而不同的文体则会表现出不同的风格。但说到底，文体风格的形成还是源于“情”，即文辞中所表现出的作者的情感、思想意志。屈原因其光辉的人格、悲剧的命运而为后人追念，于是奇谲瑰丽的屈原辞也受到世人的追捧效仿，因而屈原辞文体对后世文体创作的影响也是巨大的。

限于才学浅薄，本书在写作过程中不可避免会存在一些问题和不足。

如我们在论述十一篇《九歌》为乐章体时，因资料少，证据相对有限，还有待进一步完善；在论述“九体”时，从整体上论述的较多，对具体其中篇章的论述则比较少，并且在论及“九体”在后世创作中的影响时，因未能网罗所有同类作品，肯定存在没有提到的。又如在论述屈原辞文体的流变与影响时，我们几乎仅将目光放在了两汉，汉以后屈原辞文体的影响涉及得很少。这都是今后需要改进的。

屈原辞文体是一个值得研究的课题，本书主要从屈辞文体生成的艺术依据、创作的艺术构思、文本体征等方面论述。其实还可以从诸如语辞的使用、意象的选择、文体创造的意义等方面展开研究。因此对于这一课题的研究，笔者还会继续进行下去。

参考文献

一　元典古籍

（秦）吕不韦编著，（汉）高诱注：《吕氏春秋》，上海古籍出版社 2014 年版。

（汉）班固：《汉书》，中华书局 1962 年版。

（汉）刘向：《战国策》，上海古籍出版社 1985 年版。

（汉）司马迁：《史记》，中华书局 2014 年版。

（西晋）陆机著，张少康集释：《文赋集释》，上海古籍出版社 1984 年版。

（南朝·宋）范晔：《后汉书》，中华书局 1965 年版。

（南朝·梁）刘勰著，范文澜注：《文心雕龙译注》，人民文学出版社 1958 年版。

（南朝·梁）萧统：《文选》，上海古籍出版社 1986 年版。

（南朝·梁）钟嵘著，萧华荣注译：《〈诗品〉注译》，中州古籍出版社 1985 年版。

（唐）刘知幾著，（清）浦起龙通释：《史通通释》，上海古籍出版社 2009 年版。

（宋）洪兴祖撰：《楚辞补注》，中华书局 1983 年版。

（宋）严羽著，郭绍虞校释：《沧浪诗话校释》，人民文学出版社 1961 年版。

（宋）朱熹：《楚辞集注》，上海古籍出版社 1979 年版。

（明）王夫之：《楚辞通释》，上海人民出版社 1975 年版。
（明）吴讷著，于北山校点：《文章辨体序说》，人民文学出版社 1962 年版。
（明）徐师曾著，罗根泽校点：《文体明辨序说》，人民文学出版社 1962 年版。
（明）许学夷著，杜维沫校点：《诗源辩体》，人民文学出版社 1987 年版。
（清）丁晏：《曹集诠评》，商务印书馆 1935 年版。
（清）段玉裁撰：《说文解字注》，中华书局 2013 年版。
（清）胡文英：《屈骚指掌》，北京古籍出版社 1979 年版。
（清）蒋骥撰：《山带阁注楚辞》，上海古籍出版社 1984 年版。
（清）焦循撰，沈文倬点校：《孟子正义》，中华书局 1987 年版。
（清）刘熙载：《艺概》，上海古籍出版社 1978 年版。
（清）孙希旦：《礼记集解》，中华书局 1989 年版。
（清）孙星衍撰：《尚书今古文注疏》，中华书局 1986 年版。
（清）孙诒让：《周礼正义》，中华书局 1987 年版。
（清）王先谦撰集：《释名疏证补》，中华书局 1984 年版。
（清）姚鼐、王先谦编：《古文辞类纂》，浙江古籍出版社 1998 年版。
高亨注：《诗经今注》，上海古籍出版社 2009 年版。
黄怀信等注：《逸周书汇校集注》，上海古籍出版社 2007 年版。
黄灵庚主编：《楚辞文献丛刊》，国家图书馆出版社 2014 年版。
李学勤主编：《清华大学藏战国竹简》（三），中西书局 2012 年版。
李学勤主编：《清华大学藏战国竹简》（一），中西书局 2010 年版。
李学勤主编：《十三经注疏·春秋公羊传注疏》，北京大学出版社 2000 年版。
李学勤主编：《十三经注疏·毛诗正义》，北京大学出版社 2000 年版。
李学勤主编：《十三经注疏·尚书正义》，北京大学出版社 2000 年版。
李学勤主编：《十三经注疏·周礼注疏》，北京大学出版社 2000 年版。

马承源主编:《上海博物馆藏战国楚竹书》(八),上海古籍出版社 2009 年版。
马承源主编:《上海博物馆藏战国楚竹书》(七),上海古籍出版社 2008 年版。
马承源主编:《上海博物馆藏战国楚竹书》(一),上海古籍出版社 2001 年版。
上海师范学院古籍整理组校点:《国语》,上海古籍出版社 1978 年版。
汤炳正等:《楚辞今注》,上海古籍出版社 2012 年版。
杨伯峻编著:《春秋左传注》,中华书局 2009 年版。
杨伯峻译注:《论语译注》,中华书局 2009 年版。
杨朝明、宋立林主编:《孔子家语通解》,齐鲁书社 2009 年版。
袁珂校注:《山海经校注》,北京联合出版公司 2013 年版。

二　学术著作

陈梦家:《殷墟卜辞综述》,中华书局 1988 年版。
褚斌杰:《楚辞要论》,北京大学出版社 2003 年版。
褚斌杰:《中国古代文体概论》,北京大学出版社 1984 年版。
邓国光:《挚虞研究》,(香港)学衡出版社 1990 年版。
董治安:《先秦文献与先秦文学》,齐鲁书社 1994 年版。
范卫平:《文体在活动中生成——先秦诗学新论》,甘肃人民出版社 2012 年版。
[英]弗雷泽著:《金枝——巫术与宗教之研究》,汪培基、徐育新等译,商务印书馆 2012 年版。
傅道彬:《诗可以观:礼乐文化与周代诗学精神》,中华书局 2010 年版。
龚克昌:《中国辞赋研究》,山东大学出版社 2003 年版。
郭建勋:《辞赋文体研究》,中华书局 2007 年版。
郭建勋:《先唐辞赋研究》,人民出版社 2004 年版。

郭沫若:《诅楚文考释》，科学出版社 1982 年版。

郭英德:《中国古代文体学论稿》，北京大学出版社 2005 年版。

过常宝:《楚辞与原始宗教》，东方出版社 1997 年版。

胡念贻:《楚辞选注及考证》，岳麓书社 1984 年版。

黄凤显:《屈辞体研究》，湖南人民出版社 1997 年版。

黄灵庚:《楚辞与简帛文献》，人民出版社 2011 年版。

江林昌:《楚辞与上古历史文化研究：中国古代太阳循环文化揭秘》，齐鲁书社 1998 年版。

姜亮夫:《楚辞学论文集》，上海古籍出版社 1984 年版。

蒋南华:《屈原及其〈九歌〉研究》，贵州人民出版社 1992 年版。

李诚、熊良智主编:《楚辞评论集览》，湖北教育出版社 2002 年版。

李零:《简帛古书与学术源流》，生活·读书·新知三联书店 2008 年版。

李炳海:《部族文化与先秦文学》，高等教育出版社 1995 年版。

李泽厚:《由巫到礼　释礼归仁》，生活·读书·新知三联书店 2015 年版。

廖群:《先秦两汉文学的多维研究》，山东大学出版社 2013 年版。

廖群:《先秦两汉文学考古研究》，学习出版社 2007 年版。

廖群:《中国审美文化史》(先秦卷)，上海古籍出版社 2013 年版。

林河:《〈九歌〉与沅湘民俗》，上海三联书店 1990 年版。

刘刚:《宋玉研究资料类编》，商务印书馆 2014 年版。

刘继才:《中国题画诗发展史》，辽宁人民出版社 2010 年版。

刘泽华:《先秦士人与社会》，天津人民出版社 2004 年版。

陆侃如、冯沅君:《中国诗史》，人民文学出版社 1956 年版。

罗义群:《苗族文化与屈赋》，中央民族大学出版社 1997 年版。

马积高:《赋史》，上海古籍出版社 1987 年版。

马银琴:《两周诗史》，社会科学文献出版社 2006 年版。

毛庆:《屈骚艺术新研》，湖北人民出版社 1990 年版。

潘天寿:《中国绘画史》，中国文史出版社 2015 年版。

潘啸龙：《屈原与楚文化》，安徽文艺出版社 1991 年版。
裘锡圭：《中国出土古文献十讲》，复旦大学出版社 2004 年版。
宋公文、张君：《楚国风俗志》，湖北教育出版社 1995 年版。
宋兆麟：《巫觋：人与鬼神之间》，学苑出版社 2001 年版。
孙作云：《诗经与周代社会研究》，中华书局 1966 年版。
孙作云：《天问研究》，河南大学出版社 2008 年版。
汤炳正：《屈赋新探》，齐鲁书社 1984 年版。
田耕滋：《屈原与儒、道文化论辨》，中国社会科学出版社 2011 年版。
童庆炳：《文体与文体的创造》，云南人民出版社 1994 年版。
王冠：《赋话广聚》，北京图书馆出版社 2006 年版。
王国维：《宋元戏曲史》，中华书局 2015 年版。
王小盾：《诗六义原始》，《扬州大学中国文化研究所集刊》（第一辑），江苏古籍出版社 1998 年版。
闻一多：《神话与诗》，北京联合出版公司 2013 年版。
吴承学：《中国古代文体形态研究》，中山大学出版社 2000 年版。
吴承学：《中国古代文体学研究》，人民出版社 2011 年版。
吴承学：《中国古典文学风格学》，北京大学出版社 2011 年版。
吴广平：《宋玉集》，岳麓书社 2001 年版。
萧兵：《楚辞新探》，天津古籍出版社 1988 年版。
萧兵：《楚辞与神话》，江苏古籍出版社 1987 年版。
邢义田：《画为心声：画像石、画像砖与壁画》，中华书局 2011 年版。
许结：《汉代文学思想史》，南京大学出版社 1990 年版。
姚爱斌：《中国古代文体论思辨》，北京大学出版社 2012 年版。
游国恩：《离骚纂义》，中华书局 1980 年版。
游国恩：《天问纂义》，中华书局 1982 年版。
游国恩：《游国恩学术论文集》，中华书局 1989 年版。
俞剑华主编：《中国古代画论类编》（上），人民美术出版社 1998 年版。

袁梅:《楚辞词典》，山东教育出版社 2000 年版。
曾枣庄:《中国古代文体学》（上、下），上海人民出版社 2012 年版。
张从军主编:《汉画像石》，山东友谊出版社 2002 年版。
张正明:《楚文化史》，上海人民出版社 1987 年版。
（清）章学诚著，王重民通解:《校雠通义通解》，上海古籍出版社 2009 年版。
（清）章学诚著，叶瑛校注:《文史通义校注》，中华书局 1985 年版。
赵逵夫:《屈骚探幽》，巴蜀书社 2004 年版。
赵逵夫:《屈原与他的时代》，人民文学出版社 2002 年版。
周勋初:《九歌新考》，上海古籍出版社 1986 年版。
周贻白:《中国戏剧史长编》，上海书店出版社 2007 年版。

三　期刊论文

陈桐生:《楚辞五体源流论》，《学术研究》2012 年第 2 期。
陈桐生:《商周史官文化向战国士文化的转变及其对说理散文的影响》，《文史哲》2008 年第 3 期。
褚斌杰:《楚辞的文体》，《百科知识》1979 年第 5 期。
褚斌杰:《屈原〈九歌〉文体研究》，《中国文化研究》1995 年第 1 期。
丁冰:《楚辞渊源试探》，《东北师大学报》1981 年第 4 期。
范卫平:《1995—2004 年“楚辞体”文体特性研究论文述要》，《职大学报》2006 年第 1 期。
方铭:《关于汉赋研究的几个问题》，《北方论丛》2005 年第 1 期。
高国兴:《楚辞成因论略——中国早期诗歌源流的探索》，《东疆学刊》1994 年第 2 期。
高国兴:《楚辞体形成的外部条件及内在原因》，《固原师专学报》1992 年第 1 期。
郭建勋:《楚辞的文体学意义——兼论楚辞与几种主要的中国古代韵文》，

《中国文学研究》2001 年第 4 期。
过常宝:《〈天问〉作为一部巫史文献》,《中国文化研究》1997 年第 1 期。
韩高年:《〈九歌〉文体新论》,《兰州大学学报》(社会科学版)2009 年第 1 期。
何念龙:《骚、赋文体辨——兼说屈作不当名赋》,《荆州师范学院学报》2000 年第 6 期。
何直刚、刘世枢:《定县 40 号汉墓出土竹简简介》,《文物》1981 年第 8 期。
黄永林:《古江汉民歌是楚辞产生的摇篮——楚辞与江汉民歌的关系研究之一》,《华中师范大学学报》(哲学社会科学版)1992 年第 4 期。
蒋方、张忠智:《论楚辞文体在魏晋六朝的传播与接受》,《湖南师范大学社会科学学报》2002 年第 4 期。
康金声:《论汉代的骚体赋》,《山西大学学报》(哲学社会科学版)1988 年第 2 期。
李伯敬:《赋体源流辨》,《学术月刊》1982 年第 3 期。
李华年:《骚体渊源新证》,《贵州民族学院学报》(社会科学版)1990 年第 4 期。
李学勤:《荆门郭店楚简中的〈子思子〉》,《文物天地》1998 年第 2 期。
李中华:《楚辞的文体界定与文体渗透》,《中国楚辞学》(第十一辑),学苑出版社 2009 年版。
廖群:《楚地巫风与屈辞"寓言体"考论》,《中南民族大学学报》(人文社会科学版)2014 年第 2 期。
廖群:《楚歌"代言体"与〈离骚〉三章臆说》,《中国楚辞学》(第五辑),学苑出版社 2004 年版。
廖群:《原始与文明的交响曲——楚辞艺术形态考察,兼论楚辞与〈诗经〉的逻辑关系》,《文学遗产》1988 年第 5 期。
刘培:《屈骚传统的多角度解读——南宋中期骚体创作》,《文艺研究》

2011年第9期。

刘纲纪:《楚艺术美学五题》,《文艺研究》1990年第4期。

刘泽华:《王、圣相对二分与合二为一》,《天津社会科学》1998年第5期。

[法]罗思德:《以文解画,以画解文:中国古代绘画与文学之间的关系》,《复旦学报》(社会科学版)2015年第4期。

毛庆:《从考古发掘的楚文化资料看屈赋产生的艺术背景》,《北方论丛》1986年第6期。

毛庆:《论屈原对〈九章〉的整体构想及整理》,《文学遗产》2004年第6期。

潘啸龙:《〈九歌〉六论》,《中国社会科学》1986年第4期。

孙常叙:《〈楚辞·九歌〉十一章的整体关系——〈楚辞九歌通体系解·事解〉之一》,《社会科学战线》1978年创刊号。

孙津华、程章灿:《先唐“九”体源流述略》,《中州学刊》2005年第4期。

孙作云:《楚辞〈九歌〉之结构及其祀神时神、巫之配置方式》,《文学遗产增刊》(第八辑),中华书局1968年版。

童庆炳:《中国叙事文学的起点与开篇——〈左传〉叙事艺术论略》,《北京师范大学学报》(社会科学版)2006年第5期。

王传富、汤学锋:《荆门郭店一号楚墓》,《文物》1997年第7期。

吴贤哲:《楚辞文体在汉代的流变》,《西南民族大学学报》(人文社会科学版)2005年第12期。

萧兵:《论〈九歌〉篇目和结构——〈九歌十论〉之五》,《齐鲁学刊》1980年第3期。

徐徐:《论“楚辞体”的演变——兼谈屈原作品的文体》,《荆州师专学报》1986年第1期。

徐嘉瑞:《九歌的组织》,《文学遗产增刊》(第六辑),作家出版社1958年版。

徐志啸:《汉代拟骚诗产生与兴盛的原因》,《贵州社会科学》1985 年第 3 期。

姚小鸥、孟祥笑:《赋体文学源流与〈招魂〉的文体性质》,《学术界》2012 年第 6 期。

姚小鸥:《〈天问〉意旨、文体与诗学精神探原》,《中国楚辞学》(第十五辑),学苑出版社 2011 年版。

易闻晓:《汉赋“凭虚”论》,《文艺研究》2012 年第 12 期。

余行迈:《先秦史官制度概说》,《苏州大学学报》1982 年第 S1 期。

詹福瑞:《汉大赋的内在矛盾与文士的尴尬》,《文艺研究》2001 年第 6 期。

赵辉:《歌与诗的起源及原始功能异同》,《武汉大学学报》(人文科学版)2009 年第 6 期。

赵辉:《原始宗教与楚辞》,《湖北教育学院学报》1988 年第 3 期。

赵逵夫:《〈天问〉的作时、主题与创作动机》,《西北师范大学学报》(社会科学版)2000 年第 1 期。

赵逵夫:《屈赋对古诗风格情调的继承与创造》,《江西社会科学》1988 年第 4 期。

赵敏俐:《楚辞的文体区分与屈宋的文体意识》,《长江学术》2007 年第 4 期。

赵敏俐:《歌诗与诵诗:汉代诗歌的文体流变及功能分化》,《首都师范大学学报》(社会科学版)2007 年第 6 期。

后　记

我对古典文学的喜爱开始于本科阶段，记得那时只要没有课，我就会到图书馆找古诗文鉴赏类的书或杂志看，刚开始着意找一些关于名篇诗文的鉴赏，后来范围慢慢扩大，当时的感觉是古人的文辞真美，能够将一己之情、事，准确合理地表述出来。而批评家则把我所不知道的所以然用恰切的语言叙述了出来，让人禁不住想看。绥化学院图书馆自修室给我提供了极大的便利，自修室宽敞明亮、座位充足，从不需要占座儿，甚至有时因自修学生少，还要关闭两个，这是之后我的硕士、博士学校无法比的。

因对古典文学的喜爱，2009 年考研，我报考了中国古代文学专业，到陕西理工学院师从田耕滋先生学习先秦文学，主要研习屈原楚辞，三年的时间里，我看的书多半与屈原楚辞有关。汉中气候温润，山水秀美，文化气息浓厚，是个很适合看书学习的地方。田师治学，常从哲学、政治思想等视角把握文学问题，见解深刻，我喜欢这种治学方法。2013 年考到山东大学，跟随廖群师攻读博士，廖师治先秦两汉文学成果丰硕，无论史传文学、诸子文学，还是诗骚、乐府，皆有许多优秀成果，且为人勤奋、治学严谨。经过一段时间的学习后，因我有楚辞的一点基础，廖群师建议我将研习方向还是放在屈原楚辞上。

到了山东大学学习，自己知识的浅薄与不足之弊越发鲜明，每日早起到图书馆占座儿成了日常。四年下来，总算能完成论文，如愿毕业。这本小书即是由我的博士毕业论文增删而来，其主要内容是研究屈原辞的文体，从文章体类与文本体征两个方面来把握。这本书也可算是我自硕士阶段学习楚辞以来的一点心得，我知道其中有很多不足，但毕竟是我学术之路的起点，我很珍视。同时要再次感谢田耕滋师的教导、感谢廖群师的教导！

这里我还要感谢山东师范大学文学院对本书出版的资助，这对于青年教师来说是一种帮助，也是一种鼓舞，让人觉得很温暖。同时还要感谢中国社会科学出版社编辑王小溪博士，这次出版的很多事宜都是她处理完成的，且审校书稿做了很多工作，辛苦了！

张世磊